HARALD SCHNEIDER

Das letzte Mahl

TÖDLICHES GEMÜSE Ausgerechnet in der Vorderpfalz, Deutschlands größtem Gemüsegarten, stirbt eine Landwirtin während eines von ihr zubereiteten Abendessens durch den Verzehr von giftigen Zucchini. Weitere Teilnehmer des Essens überleben schwerverletzt, nur der ebenfalls anwesende Kommissar Palzki, der eine generelle Abneigung gegen Grünzeug aller Art hat, überlebt unbeschadet. Schnell wird ihm klar, dass es zahlreiche Verbindungen zum Pfalzmarkt in Mutterstadt geben muss, der zu den größten Gemüseerzeugern Europas zählt. Die Ermittlungen nehmen eine überraschende Wendung, als vor Palzkis Augen mitten in der Nacht neben einem Erntehelfer-Containerdorf ein Lkw-Fahrer erschossen wird, der eine Gemüselieferung zum Pfalzmarkt bringen wollte. Kurz darauf entdeckt Palzki im Keller der verstorbenen Landwirtin ein Labor, in dem Versuche mit genverändertem Gemüse durchgeführt werden. Und dann taucht an den Tatorten auch noch eine suspekte, seltsam gekleidete Person auf, die heimlich Fotoaufnahmen mit einem Teleobjektiv macht …

Harald Schneider, 1962 in Speyer geboren, wohnt in Schifferstadt und arbeitete 20 Jahre als Betriebswirt in einem Medienkonzern. Seine Schriftstellerkarriere begann während des Studiums mit Kurzkrimis für die Regenbogenpresse. Der Vater von vier Kindern veröffentlichte mehrere Kinderbuchserien. Seit 2008 hat er in der Metropolregion Rhein-Neckar-Pfalz den skurrilen Kommissar Reiner Palzki etabliert, der neben seinem mittlerweile zwanzigsten Fall »Das letzte Mahl« in zahlreichen Ratekrimis in der Tageszeitung Rheinpfalz und verschiedenen Kundenmagazinen ermittelt. Im Jahr 2017 erreichte Schneider bei der Wahl zum Lieblingsautor der Pfälzer den 3. Platz nach Sebastian Fitzek und Rafik Schami.

HARALD SCHNEIDER

Das letzte Mahl

Palzkis 20. Fall

GMEINER

Immer informiert

Spannung pur – mit unserem Newsletter informieren wir Sie regelmäßig über Wissenswertes aus unserer Bücherwelt.

Gefällt mir!

Facebook: @Gmeiner.Verlag
Instagram: @gmeinerverlag
Twitter: @GmeinerVerlag

MIX
Papier aus verantwortungsvollen Quellen
FSC® C083411
FSC
www.fsc.org

Besuchen Sie uns im Internet:
www.gmeiner-verlag.de

Im Ehnried 5, 88605 Meßkirch
Telefon 07575/2095-0
info@gmeiner-verlag.de

1. Auflage 2021

Lektorat: Claudia Senghaas, Kirchardt
Herstellung: Mirjam Hecht
Umschlaggestaltung: U.O.R.G. Lutz Eberle, Stuttgart
unter Verwendung eines Fotos von: © katrinshine / photocase.de
Druck: CPI books GmbH, Leck
Printed in Germany
ISBN 978-3-8392-2803-6

Personen und Handlung sind frei erfunden.
Ähnlichkeiten mit lebenden oder toten Personen
sind rein zufällig und nicht beabsichtigt.

INHALT

PERSONENGLOSSAR

Fiktives Personal

Reiner Palzki	Kriminalhauptkommissar in Schifferstadt
Klaus P. Diefenbach	Dienststellenleiter der Kriminalinspektion Schifferstadt
Gerhard Steinbeißer, Jutta Wagner, Jürgen	Kollegen von Palzki
Stefanie	Palzkis Ehefrau mit den Kindern Melanie, Paul, Lisa, Lars
Frau Ackermann	Die Frau, die schneller spricht als ihr Schatten
Doktor Matthias Metzger	Not-Notarzt ohne Kassenzulassung
Heidelinde Rustik	Landwirtin, Erzeugerin für den Pfalzmarkt
Sonja Kruk	Tochter von Heidelinde Rustik
Dieter Kruk	Ehemann von Sonja und Mitarbeiter des Pfalzmarkts
Pablo Miro	Spanischer Vermittler von Erntehelfern

Reales Personal

Hans-Jörg Friedrich	Vorstand des Pfalzmarkts
Reinhard Oerther	Vorstand des Pfalzmarkts
Christian Deyerling	Aufsichtsratsvorsitzender Pfalzmarkt
Günter Wallmen	Doktorand und Gehilfe von Doktor Metzger
Peter Kauert	Mysteriöser Fotograf
Tanja Hauck	Geschäftsführerin *Fliegengitter Hauck*, Schwester von Heidelinde Rustik
Silke Koch	Zumba-Trainerin
Steffen Boiselle	Karikaturist, Erfinder des 100% PÄLZER, Inhaber Agiro-Verlag

KAPITEL 1
PALZKIS TRAUMA

Es hätte so ein schöner Tag werden können.

Eigentlich begann alles verblüffend verheißungsvoll. Ich hatte gut geschlafen, meine Frau Stefanie zauberte ein ansprechendes, wenn auch vegetarisches Frühstück. Die außerordentlich pubertierende Melanie kam nicht mit abstrusen Forderungen, die Frauen für gewöhnlich erst Jahre später entwickelten, und der zehnjährige Paul war brav wie ein Lämmchen, ohne dass ich dafür einen Grund erkennen konnte. Ich fuhr bei bestem Wetter, es war weder windig noch zu kalt oder zu warm, zur Dienststelle der Kriminalpolizei Schifferstadt in den Waldspitzweg. Da zu Hause alles glatt lief, kam ich dort ausnahmsweise pünktlich zum Dienstbeginn an. Die Kollegin in der Zentrale schaute spaßeshalber auf die Uhr und grinste, als ich mich auf den Weg zu Juttas Büro machte. Ich konnte den Kaffee schon riechen, den ich in Kürze zu diesem perfekten Tagesbeginn genießen würde. Alles in allem: Ich erlebte eine friedliche Idylle und fühlte mich rundum wohl. Das Leben hatte auch seine guten Seiten.

»Was machst du hier, Reiner? Und so früh?« Meine Kollegin Jutta Wagner war ebenso überrascht wie Gerhard Steinbeißer, der in der Besprechungsecke lümmelte und ein Sportmagazin für Marathonläufer betrachtete.

»Arbeiten? Atmen? Das Leben genießen?« Ich ließ mich durch Juttas Fragen nicht verwirren.

»Aber, du hast doch …«

»Lust auf einen Kaffee«, ergänzte ich und fläzte mich neben Gerhard an den Besprechungstisch. »Entschuldigt bitte, dass ich so früh auftauche, falls ich euren Tagesplan durcheinandergebracht habe.«

»Wurde der Termin kurzfristig verlegt?«, fragte Gerhard vorsichtig, während er das Magazin auf den Tisch legte. Er sah mich mit zusammengekniffenen Augen an.

Noch immer bemerkte ich nicht, dass etwas faul war. »Ich weiß nichts von einem Termin«, entgegnete ich. »In meinem Kalender steht nichts Wichtiges. Erst nächste Woche darf ich wegen Paul mal wieder zum Lehrergespräch.« Mindestens zweimal im Monat hatte ich solche unerfreulichen Gespräche, die Stefanie stets an mich abdrückte.

»Du hast vor ein paar Tagen die schriftliche Anweisung bekommen«, beharrte Jutta weiter. »Ich habe sie dir selbst auf deinen Schreibtisch gelegt.«

Ich lachte kurz auf. »Du weißt genau, wie selten ich in meinem Büro bin. Und wenn ich mal dort bin, habe ich sicherlich keine Zeit, mich durch Stöße von Anweisungen aller Art zu wühlen.« Nachdem ich meine Tasse gefüllt hatte, schaute ich Jutta an: »Wichtige Dinge sagst du mir immer persönlich.«

»Habe ich auch«, konterte sie und seufzte. »Gestern kurz vor Feierabend zum letzten Mal.«

»Dann kann es nichts von Belang sein, sonst könnte ich mich erinnern. Hat unser Chef Geburtstag?«

»Mein Geburtstag ist erst in zwei Monaten!«

Wir erschraken alle drei. Ich erkannte die autoritär tiefe

Stimme sofort. Im Türrahmen stand der Dienststellenleiter Klaus P. Diefenbach, der aufgrund seiner Initialen von uns nur KPD genannt wurde.

Während Gerhard möglichst unauffällig das Sportmagazin unter dem Tisch verschwinden ließ, zog Jutta ihr Genick ein und setzte sich hinter ihren Schreibtisch.

Ich wollte gerade einen lockeren Spruch zur Begrüßung anbringen, da fiel mir die Kleidung meines Chefs auf. Die maßgeschneiderte Uniform war nicht das Auffällige, auch nicht die Vielzahl der Orden und Anstecker an seiner Jacke. Es war die Krawatte. »Haben Sie eine Wette verloren?«, fragte ich KPD, ohne weiter darüber nachzudenken.

»Eine Wette?«, antwortete er irritiert mit einer Gegenfrage.

»Freiwillig haben Sie diese ulkige Krawatte sicherlich nicht angezogen.« Ich grinste breit. Generell trug KPD nur konservative Krawatten, die seine Wichtigkeit unterstreichen sollten. Heute hatte er ein grasgrünes Stück umgebunden, auf dem diverses Gemüse abgedruckt war: Blumenkohl, Radieschen und Kopfsalat kannte ich, der Rest interessierte mich nicht. »Sieht ziemlich geschmacklos aus«, ergänzte ich und bereute es sofort.

Adrenalin in Höchstdosis schoss KPD in den Kopf. Gleich würde sein krebsrotes Gesicht aufplatzen wie in einem billigen Comic. Sein Blutdruck dürfte jedes Messgerät überfordern.

In dem Moment, als KPD mit einem Schreianfall loslegen wollte, klingelte Juttas Telefon. Aus unerfindlichen Gründen lenkte uns das Klingeln von der angespannten Situation ab. Wir blickten zu Jutta, die zögerlich den Hörer abnahm.

»Wagner. Ja bitte? Herr Diefenbach? Ja, der ist bei mir, einen kleinen Augenblick bitte.« Sie reichte den Hörer an KPD weiter, der im Reflex annahm.

Seine Körperhaltung änderte sich. Von einer Sekunde auf die andere stand er stramm vor dem Schreibtisch. »Jawoll!«, schrie er unterwürfig in den Hörer. »Ich bin schon unterwegs mit meinem Untergebenen.« Er beendete das Gespräch und gab Jutta den Hörer zurück, den diese angeekelt mit zwei Fingern auf den Tisch legte. Sie holte aus der Schreibtischschublade ein Päckchen Desinfektionstücher und reinigte den von KPD mit einem Spucknebel kontaminierten Hörer.

»Wir müssen los«, bellte er in meine Richtung. »Genauer gesagt, hätten wir vor einer halben Stunde losfahren müssen. Hoffentlich kommen wir nicht zu spät.« Er drohte mir mit dem Finger. »Wenn das der Fall sein sollte, sind Sie die längste Zeit an dieser Dienststelle gewesen, Palzki.« Er musterte mich von oben herab. »Hatte ich nicht angeordnet, dass Sie heute in akzeptablem Zustand zum Dienst erscheinen sollen? Warum haben Sie keine Uniform an?«

»Die wurde beim letzten Einsatz beschädigt und wird gerade ausgebessert«, nuschelte ich. Um Ausreden war ich meist nicht verlegen.

KPD warf mir einen verächtlichen Blick zu. »Dann kommen Sie eben so mit. Halten Sie aber immer ein paar Meter Abstand zu mir, es muss ja nicht jeder wissen, dass Sie mein Untergebener sind.« Kopfschüttelnd fügte er hinzu: »Ich verstehe sowieso nicht, warum ich ausgerechnet Sie mitnehmen muss.«

»Ich kann gerne hierbleiben, Herr Diefenbach. Mir geht es heute sowieso nicht besonders gut. Wenn Sie etwas Schriftliches brauchen, schreibe ich Ihnen gerne ein paar Zeilen.« Hoffnungsvoll schaute ich meinen Chef an.

»Das kommt nicht in die Tüte«, polterte KPD. »Wenn ich ohne Sie auftauche, heißt es bestimmt, ich habe meinen Laden nicht im Griff. Kommen Sie, Palzki, kommen Sie endlich.«

Er drehte sich um und verließ das Büro. Jutta und Gerhard feixten um die Wette.

»Wo geht es hin?«, fragte ich die beiden misstrauisch.

»Lass dich überraschen, Reiner«, antwortete Jutta und fiel in Gerhards Lachen ein.

Nicht einmal den Kaffee konnte ich trinken. KPD stiefelte schnellen Schrittes durch das Gebäude zum Hinterausgang. Die Sache war eindeutig: Ich musste eine Fahrt in KPDs Dienstwagen überstehen. Die Fahrkünste meines Chefs waren außerordentlich zweifelhaft bis mehr als unbefriedigend. Die Wahrscheinlichkeit, eine Fahrt mit ihm unbeschadet zu überstehen, tendierte gegen null.

Ich irrte mich. KPD ging an seinem Wagen vorbei und steuerte auf eine Stretch-Limousine zu, die mitten auf dem Hof hinter unserer Dienststelle parkte. Verblüfft registrierte ich die Aufschrift an der hinteren Tür sowie am Heckfenster: »Hier fährt Klaus P. Diefenbach, der gute Dienststellenleiter der Schifferstadter Kriminalinspektion.«

Pure Angst überkam mich. Wenn KPD dieses Ungetüm fuhr, würde man aufgrund der vielen Unfälle Katastrophenalarm im Kreisgebiet ausrufen müssen. Meine panische Reaktion erwies sich als unbegründet. Ein livrierter Chauffeur stieg aus und kam meinem Chef entgegen, der in der Nähe des Hecks stehengeblieben war.

Der Chauffeur öffnete die hinterste Tür der Stretch-Limousine und gab KPD mit einer geschmeidigen Geste zu verstehen, dass er einsteigen könne. Ich beobachtete die Szene kopfschüttelnd. KPD war in meinen Augen schon immer ein eitler Spinner, der übertriebenen Wert auf Etikette legte. Mit dieser Aktion übertraf er alles bisher Dagewesene. Um mir die Peinlichkeit einer vom Chauffeur aufgehaltenen Tür zu ersparen, öffnete ich auf gleicher Höhe des Wagens die Tür auf der anderen Seite. Ich musste zweimal hinschauen, bis ich den exorbitant großen Innenraum überblicken konnte. Luxus, wohin mein Auge traf. Stand neben dem 75-Zoll-Fernseher tatsächlich eine Badewanne? Mehr Zeit, darüber nachzudenken, hatte ich nicht: KPD fuhr mich böse an.

»Was wollen Sie, Palzki? Warum haben Sie die Tür geöffnet?« Die Beinfreiheit vor dem Einzelsessel meines Chefs war gigantisch.

»Einsteigen?«, fragte ich naiv. »Oder darf ich nun doch zu Hause bleiben?«

KPD zog eine Schnute. »Natürlich kommen Sie mit, Palzki. Ihr Platz ist vorne. Beeilen Sie sich jetzt endlich.«

Froh, nicht neben meinem Chef sitzen und gezwungenen Small Talk führen zu müssen, ging ich nach vorne und stieg auf der Beifahrerseite ein. Hier war es nicht ganz so komfortabel wie hinten, an Platz mangelte es dennoch nicht. »Tach, mein Name ist Reiner Palzki.«

Der Chauffeur sagte mir seinen Namen, der so kompliziert klang, dass ich ihn sofort wieder aus meinem Kurzzeitgedächtnis strich.

Ein Motorengeräusch war nicht zu hören. Lautlos rollten wir über die Straße. Die Inneneinrichtung ließ mir keine Ruhe. »Sagen Sie mal, Herr, äh, habe ich da hinten wirklich eine Badewanne gesehen? Ist das nicht zu schwer?«

Der Fahrer grinste spitzbübisch. »Gewichtsmäßig ist der Wagen bis 7,5 Tonnen zugelassen«, erklärte er mir. »Bis zu einem Dutzend Fahrgäste kann ich befördern. Oft sind es ziemliche Schwergewichte, die deutlich mehr wiegen als die statistischen 75 Kilogramm.« Er blickte kurz zu mir rüber. »Die Badewanne ist leer, außerdem gehört sie nicht zur Ausstattung der Limousine. Ich renoviere zu Hause zurzeit mein Bad. Da habe ich die Gelegenheit genutzt, vorhin am Baumarkt vorbeizufahren und die Wanne zu kaufen. Nachher kommt die natürlich wieder raus.«

»Dann hoffen wir mal, dass mein Chef unterwegs nicht baden möchte.«

Der Chauffeur schmunzelte. »Es sind ja nur ein paar Kilometer.«

»Wo geht's eigentlich hin?«

»Mutterstadt«, antwortete der Fahrer.

»Für die kurze Strecke diesen Aufwand?« Mutterstadt lag nur wenige Kilometer nördlich von Schifferstadt. Mehr als die Hälfte der Strecke hatten wir bereits hinter uns.

Er hob die Schultern kurz hoch. »Das kann mir egal sein. Herr Diefenbach hat mich und den Wagen für einen halben Tag gebucht inklusive aller Kilometer. Während der Wartezeit kann ich mir den Fernseher anmachen. So leicht wie heute verdiene ich selten mein Geld.«

Ich zog meine Schlussfolgerungen. »Wir fahren nach Mutterstadt, und später fahren Sie uns wieder zurück?«

Er nickte. »So wurde es vertraglich vereinbart.«

»Und wo geht's genau hin?«

»Hat Ihnen das Herr Diefenbach nicht gesagt? Wir sind gleich da.«

Kurz darauf fuhren wir durch das Zentrum von Mutterstadt. Ohne zu rangieren konnte der Chauffeur an der großen Kreuzung im Ortszentrum nach Westen in Richtung Dannstadt auf die Neustadter Straße abbiegen. Ich hatte keine Ahnung, wohin die kurze Reise gehen könnte. Keine Minute später ließen wir die letzten Häuser des Orts hinter uns. »Fahren Sie nicht zu weit? Hier endet Mutterstadt.«

»Nur die Bebauung, Herr Palzki. Wie gesagt, wir sind gleich am Ziel.«

Mir kam die Sache inzwischen spanisch vor. Links und rechts von uns gab es nur Felder. Die Vorderpfalz wurde gerne der *Gemüsegarten Deutschlands* genannt, was aufgrund der nicht enden wollenden Äcker und Felder nachvollziehbar war. Dabei wusste ich nicht einmal, ob es einen Unterschied zwischen Feld und Acker gab. Ein Gemüsegarten entsprach sowieso nicht meiner Interessenslage. Die Landstraße führte über die A61. Auf der anderen Seite der Brücke begann Dannstadt-Schauernheim.

Unvermittelt bog der Chauffeur rechts ab auf ein Firmengelände mit übergroßen Hallen. Erst als ich das Firmenschild entziffern konnte, wusste ich, wo wir waren: im Pfalzmarkt. Ich kannte zwar ein paar Eckdaten des Unternehmens, das als Genossenschaft jedes Jahr unendlich viel Obst und Gemüse produzierte, doch vor Ort gewesen war ich noch nie. Als Schifferstadter kam man ohne Grund eigentlich nur sehr selten bis nie auf den Gedanken, die Landstraße zwischen Dannstadt und Mutterstadt zu befahren.

Der Wagen hielt auf dem gut gefüllten Firmenparkplatz. »Wir sind am Ziel«, sagte der Chauffeur. In dem Moment polterte KPDs Stimme aus dem Lautsprecher.

»Bitte parken Sie etwas prominenter direkt am Zufahrtsweg. An der Stelle, wo wir im Moment halten, können uns die Gäste nicht sehen.«

Während ich darüber nachdachte, welche Gäste er meinte und warum diese den Wagen sehen sollten, antwortete der Fahrer: »An den Zufahrtswegen gilt überall striktes Halteverbot.«

»Das ist für mich irrelevant«, plusterte sich KPD stimmlich auf. »Ich als VIP habe selbstredend eine Ausnahmegenehmigung. Fahren Sie direkt vor bis zum Eingang.«

Der Chauffeur seufzte und folgte der Aufforderung. Nachdem er die Lautsprecheranlage abgeschaltet hatte, meinte er mit einem Seitenblick zu mir: »Auch wenn der heutige Auftrag für mich leicht verdientes Geld ist, Herr Diefenbach ist einer meiner bisher schwierigsten Kunden. Nein, ich muss mich verbessern, er ist definitiv der schwierigste Kunde.«

»Ich weiß«, bestätigte ich seine treffende Einschätzung. »Steigt hier ein Fest?« Längst waren mir die vielen anderen Wagen aufgefallen und jede Menge Personen, die in festlicher Garderobe in Richtung eines der Hallenkomplexe liefen.

»Der Neubau wird heute eingeweiht. Wussten Sie das nicht?«

Ich hatte keine Ahnung. Was ich wusste, war, dass sich der Pfalzmarkt Mitte der 80er Jahre des vergangenen Jahrhunderts aus der Fusion von mehreren Vorläufergesellschaften gebildet hatte. Einer dieser Vorläufer befand sich früher in Schifferstadt schräg gegenüber dem Hauptbahnhof. Von meiner Grundschulzeit sind mir glücklicherweise nicht viele Erinnerungen geblieben, doch an den Wandertag zur Versteigerungshalle des Großmarkts konnte ich mich erinnern. Wir Knirpse saßen auf einer steilen Tribüne und schauten fasziniert auf die Versteigerungsuhr, die rückwärtslief. Wer beim höchsten Preis einen Knopf drückte, dem gehörte die Ware.

Der Chauffeur fluchte. »Ich werde direkt neben der Hallenwand parken, dort stört der Wagen hoffentlich nicht zu sehr. Macht es Ihnen etwas aus, über die Fahrerseite auszusteigen?«

Angesicht der blockierten Beifahrertür blieb mir nichts anderes übrig. Die körperliche Anstrengung hielt sich in Grenzen. Währenddessen befreite der Chauffeur KPD, der abwartete, bis ihm die Tür geöffnet wurde.

»Da ist ja das neue Prunkstück«, sagte er in Richtung Hallenwand, die an dieser Stelle wie eine gewöhnliche Hallenwand aussah. Dann blickte er mich scharf an. »Palzki, Sie bleiben, wie vereinbart, stets einige Schritte hinter mir. Falls Ihre Anwesenheit benötigt wird, gebe ich Ihnen ein Zeichen. Und versuchen Sie, mich nicht allzu sehr zu blamieren. Am besten reden Sie nur das Allernötigste.« KPD stiefelte in Richtung Eingang.

»Darf ich bitte Ihre Einladung sehen?«, fragte eine junge Frau am Eingang.

KPD stutzte für einen Moment. »Ja kennen Sie mich denn nicht, junges Fräulein? Ich bin doch der gute Dienststellenleiter der Schifferstadter Kriminalpolizei.«

»Nein«, entgegnete das Fräulein und deutete auf eine dicke Liste in ihrer Hand. »Schließlich kann ich nicht alle der vielen Gäste persönlich kennen. Ich bin nur eine

Auszubildende. Sagen Sie mir bitte Ihren Namen, damit ich nachschauen kann, ob Sie reindürfen.«

KPD plusterte sich gefährlich auf. Da seine nächste Reaktion absehbar war, mischte ich mich deeskalierend ein. »Das ist Klaus P. Diefenbach, und ich bin sein Mitarbeiter Reiner Palzki.«

Die Auszubildende vertiefte sich in die Liste, und KPD verbesserte: »Untergebener. Palzki ist mein Untergebener.«

Mit einem Gesichtsausdruck, der ihren Frust deutlich zur Kenntnis brachte, nickte sie. »Sie dürfen rein. Die Eröffnungsansprachen beginnen erst in einer guten halben Stunde, da wir ein paar kleine Verzögerungen im Ablaufplan hatten. Der Weg zur Getränkebar ist ausgeschildert.«

KPD fand es überflüssig, sich zu bedanken. Er wischte sich eine Fussel vom Unterarm und stolzierte derart betont affig in die Halle, dass seine Orden wie ein verstimmtes Glockenspiel klimperten. Um ja nicht mit meinem Chef in Verbindung gebracht zu werden, hielt ich mich wie befohlen im Hintergrund. Alle paar Meter wurde KPD von jemandem begrüßt. Je nach Wichtigkeit der Person nickte er nur kurz oder wechselte ein paar Worte. Ich selbst war sehr darauf gespannt, wer meinem Chef nahegelegt hatte, mich zu dieser Feier mitzunehmen. Ich grübelte, welche Kontakte ich in der Vergangenheit zur Obst- und Gemüseszene hatte, doch mir fiel nichts Brauchbares ein. Ich fühlte mich an diesem Ort sehr fremd, zumal es überall streng nach den unterschiedlichsten vegetarischen Produkten roch. An manchen Stellen waren kleinere Getränkeausgaben installiert. Aufgrund der frühen Uhrzeit organisierte ich mir eine gut gekühlte Cola Zero.

»Das Buffet und die Grillecke werden direkt nach den Ansprachen eröffnet«, sagte mir die männliche Bedienung, als sie mir die Cola reichte. »Kleine Snacks gibt's jetzt schon nebenan.«

Grillecke, dieses Wort weckte schlagartig meine Lebensgeister, bis mir einfiel, dass es sich in den letzten Jahren immer öfter eingebürgert hatte, zünftige Grillpartys durch das Braten von Gemüse abzuwerten. Dennoch, fand ich, wäre es der Hammer, wenn irgendwo auf dem Gelände das *Currymobil* der Gebrüder Schmidt stehen würde. Seit ein paar Jahren hatte meine geliebte *Currysau* aus Speyer einen mobilen Cateringservice. Jäh wurde ich aus meiner paradiesischen Traumkulisse gerissen.

»Palzki, kommen Sie mal zu mir.« KPD, der bei einem Mann mittleren Alters stand, winkte mich zu sich. »Das ist mein Untergebener Palzki«, sagte KPD. Ich gab seinem Gegenüber die Hand.

»Herzlich willkommen, mein Name ist Hans-Jörg Friedrich. Ich bin einer der beiden Vorstände des Pfalzmarkts.« Er sah zu KPD. »Warum haben Sie nicht Ihre Frau Gemahlin mitgebracht, Herr Diefenbach?«

Auf diese Frage war mein Chef nicht vorbereitet. »Weil, äh, ja«, stotterte er herum, bis er den verlorenen Faden wiedergefunden hatte. »Weil, sie ist unpässlich. Ja, leider unpässlich. Deswegen habe ich Palzki dabei.«

Friedrich nickte uns beiden freundlich zu. »Dann wünsche ich Ihnen bei uns einen schönen und informativen Vormittag. Ich hoffe, Sie fühlen sich wohl.«

Nachdem das Vorstandsmitglied wenige Meter weiter vom nächsten Gast in Beschlag genommen wurde, raunte mir KPD zu: »Ich habe eigentlich erwartet, dass ich etwas wichtiger wahrgenommen werde. Es ist schließlich brüskierend genug, dass ich nachher keine Rede vor allen Besuchern halten darf. Schauen wir mal, wo wir seinen Kollegen finden.«

Um KPDs Meckereien aus dem Weg zu gehen, vergrößerte ich erneut den Abstand zwischen uns. Das nächste Erlebnis entschädigte mich für die Demütigungen meines Chefs. Ein mir unbekannter Mann im Anzug lief an KPD vorbei und grüßte kurz. »Guten Tag.« Dies wäre nicht weiter von Belang gewesen, doch diese Person kam auch mir entgegen. Da wir uns nicht kannten, nickte er mir nur freundlich zu. In diesem Moment konnte ich sein Namensschild entziffern: »Reinhard Oerther, Vorstand«.

Meine Schadenfreude war unübersehbar, als ich KPDs finstere Mimik erblickte. Ich sah schon im Geiste, wie er heute Mittag bei seinem Hausarzt vorsprach und um eine Klinikpackung Antidepressiva bat. Diese Situation galt es auszuweiten. »Na, Herr Diefenbach, Sie sehen so gekränkt aus. Ist Ihnen nicht gut? Hat Sie Herr Oerther genau wie sein Kollege auflaufen lassen? Vielleicht gibt es tatsächlich noch die eine oder andere heute eingeladene Person, die wichtiger ist als Sie?«

»Ausgeschlossen«, schoss KPD zurück. »Ich als Zentralverantwortlicher für die Sicherheit in der Bevölkerung stehe stets an erster Stelle. Wahrscheinlich hat er nur nicht richtig hingeschaut und mich mit einem einfachen Gast verwechselt. Alles andere ist völlig ausgeschlossen. Ich hole mir jetzt ein Glas Sekt, dann gehen wir in die Halle, wo die Reden gehalten werden. Hoffentlich hat man mir in der ersten Reihe einen Platz reserviert.«

Ich versuchte weiter, in KPDs Ego-Wunde zu stochern. »Wer von den beiden Vorständen hat Ihnen eigentlich befohlen, dass ich mitkommen soll?«

KPD antwortete mürrisch: »Das weiß ich doch nicht, außerdem lasse ich mir von niemandem etwas befehlen. Ich bin der Chef. Die Bitte kam zwei Tage nach der schriftlichen Einladung per E-Mail vom Pfalzmarkt. Kann sein, dass sich jemand einen Spaß erlaubt hat, um mich zu ärgern.« Er drohte mir mit einem Finger. »Wenn ich erfahre, dass Sie dahinterstecken, dann können Sie etwas erleben.«

»Warum sollte ich?«, antwortete ich erbost. »Ich habe Ihnen selbst vorgeschlagen, in meinem Büro zu bleiben.«

»Herr Palzki?«

Ich drehte mich um, KPD tat es mir nach.

»Sie sind es tatsächlich«, sagte die mir fremde Person. »Ich wusste gar nicht, dass Sie auf der Gästeliste stehen. In den letzten Jahren habe ich viel Positives über Sie gehört. Meine Mutter hat übrigens sämtliche Kriminalromane von Dietmar Becker gelesen. Die sollen richtig gut sein, meinte sie.«

Ich rollte mit den Augen. Warum wurde ich ständig an diesen unsäglichen Regionalkrimiautor erinnert? Seit fast 15 Jahren schrieb er sogenannte Krimis, die bei den Lesern geteilte Meinungen hervorriefen: Den einen gefielen sie nicht, die anderen fanden sie furchtbar. Dennoch fanden sich regelmäßig jede Menge hartnäckige Leser, die die inzwischen auf 20 Fälle angewachsene Reihe liebten. Mir selbst konnte der Erfolg Beckers egal sein, wenn er mich nicht ständig bei den Recherchen zu seinen Büchern bei meinen polizeilichen Ermittlungen stören würde. Außerdem hatte er den ermittelnden Kommissar auf meinen Namen umbenannt, nachdem ich ihm versehentlich bei einem Einsatz das Leben gerettet hatte.

»Übrigens«, sprach er weiter, »mein Name ist Christian Deyerling, ich bin der Aufsichtsratsvorsitzende des Pfalzmarkts.«

KPD stand unbeachtet mit offenem Mund daneben und schluckte und schluckte. Schließlich mischte er sich ein. »Guten Tag, Herr Aufsichtsratsvorsitzender, ich …«

»Ach, Herr Diefenbach«, unterbrach Deyerling. »Hat Herr Palzki seinen Chef mitgebracht?«

Während sich das Gesicht meines Chefs pfalzmarktkonform in eine Tomate verwandelte, wandte sich der Aufsichtsratsvorsitzende wieder mir zu. »Ich wusste zwar nicht, dass Sie hier sind, Herr Palzki, aber ich weiß, dass Dietmar Becker auf der Gästeliste steht. Er hat angekündigt, einen seiner Krimis bei uns im Pfalzmarkt spielen zu lassen. Meine Mutter freut sich schon sehr auf das Ergebnis. Daher gehe ich davon aus, dass Herr Becker und Sie gemeinsam vor Ort sind, um den Plot des Krimis zu besprechen, oder?«

Ich nickte und musste dabei höllisch aufpassen, nicht vor Lachen laut herauszuplatzen. Körperbeherrschung war das Gebot der Stunde. »Ihr Neubau ist wirklich riesig«, lobte ich ihn, weil mir nichts Besseres einfiel. »Und alles so neu«, ergänzte ich überflüssigerweise.

Deyerling strahlte. »Vor allem haben wir mit dem Neubau die Kühlkapazitäten deutlich ausgeweitet. Unsere Produktpalette mit 140 verschiedenen Gemüse- und Obstsorten wie Radieschen, Bundzwiebeln, Karotten, Salat, Feldsalat, Blumenkohl, Kohlrabi, Äpfeln oder Zwetschgen …«

»So viel verschiedenes Gemüse gibt es?«, unterbrach ich erstaunt.

»Äh, darf ich …«

KPDs Einmischungsversuch wurde völlig ignoriert. Deyerling nickte mir eifrig zu. »Während jeder Freilandsaison ernten unsere 180 aktiven Erzeugerbetriebe auf einer Anbaufläche, die von hier bis an die französische Grenze reicht, etwa 250.000 Tonnen knackfrisches Obst und Gemüse.«

Auch wenn mich die Superlative des Aufsichtsratsvorsitzenden nicht die Bohne interessierten, war ich dennoch über die gigantischen Mengen erstaunt. So viel Gemüse, das konnte mich gut und gerne gleich mehrfach traumatisieren. Ein Glück, dass meine Frau Stefanie das nicht mitbekam. Sie würde nicht aufhören, bis sie alle 140 Sorten Gemüse zu Hause gekocht und probiert hatte, was ich bei meiner Gemüseallergie garantiert nicht überleben würde.

»Kann man die neuen Hallen besichtigen?« KPD versuchte weiterhin hartnäckig, wahrgenommen zu werden. Er machte gerade die Erfahrung seines Lebens. Inzwischen hatte ich bemerkt, dass Christian Deyerling meinen Chef bewusst auflaufen ließ. Wenigstens einer, der wusste, was sich gehörte, und vor KPD nicht den Duckmäuser spielte.

»Ja, Sie können sich einer der Führungen anschließen, die alle paar Minuten vorne am Haupteingang beginnen.« Ohne auf eine Antwort zu warten, nahm er sofort wieder Augenkontakt zu mir auf. »Wir haben unsere Kühlkapazitäten mit dem Neubau von 23.000 Kubikmeter deutlich aufgestockt. Damit können wir in Zukunft viel flexibler im Markt reagieren. Das Geschäft mit Obst und Gemüse war schon immer knallhart.«

»Ich weiß«, sagte ich, weil ich zu diesem Thema kürzlich einen Artikel in der *RHEINPFALZ* gelesen hatte. »Der Einzelhandel bestimmt den Markt, habe ich gelesen.«

»Zum Teil stimmt das schon«, bestätigte Deyerling.

»Wenige große Abnehmer zeichnen für den größten Teil der Warennachfrage verantwortlich. Das ist für uns aber kein Problem. Mit unserem neuen Workflow werden wir zukünftig einen noch smarteren Ablauf haben, sozusagen das modernste Gemüsehandling Europas. Die Anlieferer bringen die Ware direkt in einen gekühlten Raum. Das ist ein wichtiges Alleinstellungsmerkmal, auch wenn alles sehr komplex ist.«

»Da möchte ich nicht mit Ihnen tauschen«, sagte ich ehrlich. »Bei uns ist es einfacher, wir brauchen zur Verbrecherjagd keine Kühlkapazitäten.«

Wir lachten beide über meinen Witz. Deyerling schaute auf die Uhr. »Ich muss leider rüber, weil gleich die Eröffnungszeremonie beginnt. Wir sind sowieso etwas spät dran, weil vorhin ein unbekannter Erzeuger ohne vorherige Absprache seinen beladenen Hänger vor eine der Hallen gestellt hat, was eigentlich nicht zulässig ist.« Er rollte mit den Augen. »Außerdem versperrt der Hänger einen der Fluchtwege. Ich möchte schließlich keinen Ärger mit Ihrem Chef bekommen. Der ist mir sowieso ein bisschen zu penetrant.«

»Um solche Kleinigkeiten wie Fluchtwege kümmert sich KPD nicht«, sagte ich.

»KPD, wer ist KPD?«, fragte Deyerling verwirrt.

Ich zögerte nicht, meinem neuen Freund die Wahrheit zu sagen. »Das ist Diefenbachs Spitzname, wegen seiner Initialen. Das weiß er aber nicht.«

»Von mir erfährt er nichts«, sagte Deyerling verschwörerisch und lächelte. »Ich hoffe, wir sehen uns nachher noch mal.«

Mein Chef hatte längst aufgegeben und war verschwunden. Ich folgte den anderen Gästen in eine riesige bestuhlte

Halle. Seitlich kämpfte ich mich vor bis zur Bühne und scannte die erste Reihe ab. Dann die zweite. Alle Stühle waren besetzt, keiner von KPD. Mir ging es so gut wie lange nicht mehr. Dabei merkte ich, dass meine Cola leer war. Trotz der frühen Uhrzeit würde ich mir jetzt zur Feier des Tages ein Bier gönnen. Und zwar explizit kein alkoholfreies. In der angrenzenden Halle hatte ich den Bierstand einer hiesigen Brauerei bereits im Visier, als ich erneut angesprochen wurde.

KAPITEL 2

FAST TÖDLICHES GEMÜSE

»Herr Palzki? Da sind Sie ja! Ich habe Sie überall gesucht.«

Eine etwa 45-jährige Frau sah mich vorwurfsvoll an. »Wir waren doch vor einer halben Stunde am Bratwurststand verabredet.«

»Bratwurst?« Meine Magensäure poppte auf. »Hier gibt's Bratwurst?«

»Natürlich gibt's hier Bratwurst«, sagte die Frau verärgert. »Denken Sie, an der Eröffnungsfeier gibt's nur Gemüse? Da kennen Sie uns Landwirte aber schlecht, Herr Palzki. Eine zünftige Schlachtplatte oder zumindest einen Pfälzer Saumagen wissen auch wir nicht zu verachten. Manche der Genossen haben durchaus eine Tierhaltung parallel zum Gemüseanbau.«

»Tut mir leid, ich weiß nichts von unserer Verabredung. Kann es sein, dass Sie mich verwechseln?«

»Garantiert nicht«, wehrte sie ab. »Sie sind Reiner Palzki von der Schifferstadter Polizei. Sie hatten die Ermittlungen bei den Grumbeeren geführt, wissen Sie noch?«

»Das stimmt«, entgegnete ich, »bei Kartoffel-Kuhn in Frankenthal. Die vertreiben die Grumbeeren aber selbst. Ist das so etwas wie ein Konkurrent zum Pfalzmarkt?«

Die Dame legte ihr zorniges Gesicht ab und lächelte. »Sie haben nicht wirklich viel Ahnung von der Branche, stimmt's? Kartoffeln und Zwiebeln werden schon immer getrennt vermarktet. Im Pfalzmarkt gibt es sonst alles, nur eben keine Grumbeeren und keine Zwiebeln. Das hat irgendwelche historischen Gründe, so genau weiß ich das auch nicht. Ich bin schließlich Landwirtin und keine Historikerin.«

»Und warum waren wir verabredet?« Ich war inzwischen sehr neugierig geworden, außerdem war ich heiß auf ein Bier und eine Bratwurst.

»Sagen Sie mal, haben Sie mein E-Mail tatsächlich nicht gelesen? Kann bei einer so wichtigen Behörde wie bei Ihnen so etwas untergehen?« Sie sah mich zweifelnd an.

Ich tat erschrocken. »E-Mail? Das muss bestimmt mein Kollege verpennt haben. Sie müssen wissen, dass wir gerade unsere EDV neu aufsetzen, was wegen der Datenschutzbestimmungen alles andere als einfach ist. Außerdem sind wir arbeitsmäßig zurzeit sehr überlastet. Manchmal weiß ich nicht, wo mir der Kopf steht. Und zu allem Überdruss verlangte mein Chef heute von mir, dass ich ihn auf diese Veranstaltung begleite. Ich habe nicht die geringste Ahnung, was ich hier soll.«

»EDV.« Sie schüttelte den Kopf. »Genauso stelle ich mir eine Beamtenstube vor. EDV, diesen Begriff habe ich das letzte Mal in meiner Jugend gehört.«

»Die IT meinte ich«, verbesserte ich und fragte zwecks Ablenkungsmanöver: »Wer sind Sie eigentlich? Sollte ich Sie kennen?«

»Wir sind uns bisher noch nicht begegnet, Herr Palzki. Mein Name ist Heidelinde Rustik. Ich bin Landwirtin und eines der Genossenschaftsmitglieder des Pfalzmarkts. Mir haben Sie es zu verdanken, dass Sie Herr Diefenbach zu der Eröffnungsfeier mitgenommen hat.«

»Ihnen?«, fragte ich erstaunt. »Kennen Sie KPD, äh, Herrn Diefenbach?«

»Ich habe ihn noch nie gesehen. Im Vorstandsbüro von Herrn Friedrich habe ich zufällig mitbekommen, dass der Dienststellenleiter der Schifferstadter Polizei eingeladen wurde. Zu Hause berichtete ich meiner Tochter Sonja davon, und die hatte die entscheidende Idee. Sie liest in ihrer Freizeit gerne Kriminalromane, insbesondere die, die in unserer Region spielen. Daher machte sie den Vorschlag, Sie einzuladen, Herr Palzki.«

»Und warum das Ganze?«

»Weil Sie mir ein fähiger Beamter zu sein scheinen. Anders als Ihr Chef. Ich weiß das natürlich nur von meiner Tochter. Da die Einladungen zu der Feier bereits verschickt waren, suchte ich im Internet die Kontaktdaten von Herrn Diefenbach heraus und ersuchte ihn möglichst förmlich, Sie mitzubringen. Kann sein, dass ich mich dabei ein wenig zu weit aus dem Fenster gelehnt habe, aber der Vorstand des Pfalzmarkts muss ja nicht alles wissen. Ich hoffe, dass Sie mich nicht verraten, Herr Palzki.«

Nun wusste ich zwar, warum mich KPD mitgeschleppt hatte, der eigentliche Grund war immer noch rätselhaft. Ich vermutete, dass es mal wieder war wie so häufig: Ein Leser, in diesem Fall eine Leserin, konnte Fiktion und Realität nicht auseinanderhalten. Zugegeben, seit Dietmar Becker in seinen Pseudokrimis immer mehr lebende reale Personen auftreten ließ und die Handlungsorte überaus realistisch beschrieb, war die Unterscheidung nicht immer ganz einfach. »Sie wollen mich in meiner Eigenschaft als Polizeibeamter sprechen? Warum haben Sie sich nicht einfach direkt gemeldet? Wir haben unsere

Dienststelle täglich geöffnet, für dringende Fälle auch am Wochenende.«

Sie druckste ein wenig herum. »Ich will nicht, dass das an die Öffentlichkeit kommt. Vielleicht ist ja nichts an der Geschichte dran, und ich mache mir umsonst diese schrecklichen Gedanken. Ich will ja niemandem unrecht tun.«

»Sie können sich auch jederzeit vertraulich an die Polizei wenden.«

»Das möchte ich aber im Moment nicht. Es ist eine Art Interessenskonflikt, verstehen Sie?«

»Hat es mit dem Pfalzmarkt zu tun?«

Sie hob kurz die Schultern. »Ich weiß nicht, es könnte schon sein.«

»Einen kleinen Moment bitte.« Hinter ihr sah ich, dass niemand am benachbarten Bierstand wartete. Da ich sowieso über die Lage nachdenken musste, nutzte ich die kurze Auszeit, um mir ein Bier zu besorgen.

»Dürfen Sie im Dienst Alkohol trinken?«, fragte Heidelinde Rustik, als ich wieder zu ihr zurückkam.

»Ich hoffe, Sie verraten mich nicht«, entgegnete ich. »Aber jetzt sagen Sie endlich, was Sie konkret von mir wollen.«

»Sie könnten meiner Vermutung nachgehen. Inkognito, meine ich. Ohne dass es Ihr Chef oder sonst wer erfährt.«

»Liebe Frau Rustik, ich bin Polizeibeamter, kein Privatdetektiv.«

Sie ließ nicht locker. »Meine Tochter sagte mir, dass Sie regelmäßig mit dem Autor Dietmar Becker zusammenarbeiten.«

Damit war mein Verdacht endgültig bestätigt. Ich seufzte theatralisch, bevor ich antwortete. »Die Bücher von diesem Becker sind erfunden, gute Frau! Roman, Fiktion, Belletristik oder was weiß ich.«

»Aber Sie spielen doch selbst mit, Herr Palzki. Sonja hat mir ein paar Passagen vorgelesen, das klingt für mich absolut realistisch.«

»Ist es aber nicht«, unterbrach ich sie barsch. »Ich darf behördliche Ermittlungen nur aufnehmen, wenn Sie Ihren Verdacht offiziell zu Protokoll geben. Alles andere sind üble Fantasien eines Möchtegernschriftstellers.«

Sie sah mich herausfordernd an. »Eine andere Möglichkeit gibt es nicht? Ich kann Ihnen als kleines Dankeschön ein paar Kisten unseres leckeren Gemüses anbieten. Oder wie wäre es ein Jahr lang mit einer wöchentlichen Lieferung der saisonalen Kostbarkeiten unserer Felder frei Haus? Bei solch einem Angebot kann niemand widerstehen.«

Während sich meine Stimmbänder schockartig verkrampften und ich nach Luft schnappte, kam unerwartete Rettung.

»Da sind Sie ja, Palzki!«, dröhnte es basslastig von hinten. KPD hatte mich gefunden. »Der Pfalzmarkt ist bei mir unten durch, hier herrscht eine völlig chaotische Organisation. Stellen Sie sich einmal vor, die haben glatt vergessen, mir einen Ehrenplatz in vorderster Reihe zu reservieren. Und dann haben sie mich sogar von der Bühne herunterkomplimentiert. Auf übelste Art und Weise!« KPD steigerte sich in seinen Wahn hinein.

Ich hatte einen Einfall. Mit einer Hand winkte ich Frau Rustik näher, mit der anderen wischte ich vor KPDs Gesicht herum, sodass dieser sichtlich irritiert verstummte.

»Was soll das, Palzki? Sind Sie noch bei Sinnen? Ich werde …«

»Halt!«, schrie ich, bevor er sich weiter hineinsteigern konnte. »Ich habe eine wichtige Information für Sie als wichtige Person.«

So einfach konnte man meinen Chef neugierig machen. Er war ja so berechenbar.

»Eine wichtige Info?« KPD schaute mich scharf an. »Da bin ich aber mal sehr gespannt. Hat Ihnen der Aufsichtsratsvorsitzende informelle Geschäftsgeheimnisse anvertraut? Mich hat er ja abblitzen lassen. Das empfinde ich als Kampfansage, jetzt geht es um die Wurst!«

»Jetzt spielen Sie mal nicht die beleidigte Leberwurst, Herr Diefenbach. Wir befinden uns nicht in einem Fleischgroßhandel. Die wichtige Information stammt nicht von Herrn Deyerling.«

»So?« KPDs debiler Blick müsste man fotografieren und der Nachwelt erhalten.

Ich machte es spannend und ärgerte ihn zusätzlich um eine Nuance. »Oh, meine Flasche ist leer. Soll ich Ihnen ein Bier mitbringen?«

»Haben Sie mich schon jemals Bier trinken sehen, Palzki? In meiner wichtigen Position ist es nicht üblich, Bier zu trinken. Holen Sie mir ein Gläschen Champagner, aber zuerst erzählen Sie mir von dieser wichtigen Sache.«

Mit einer Handbewegung zeigte ich zu der Landwirtin. »Frau Rustik wird Ihnen alles erzählen. Es ist von solcher Wichtigkeit und Brisanz, dass sie die Information nicht einmal mir anvertraut hat. Zum Glück sind Sie gerade rechtzeitig dazugekommen.«

Heidelinde Rustik funkelte mich böse an, doch was

sollte sie tun? Nach meiner Absage konnte sie jetzt nur noch bei KPD punkten.

»Also gut«, begann sie. »Die Sache ist deswegen heikel, weil sie mit dem Pfalzmarkt zu tun haben könnte.«

KPD rieb sich die Hände. »Dunkle Machenschaften in diesem Unternehmen? Habe ich es doch gleich gewusst. Erzählen Sie, Frau Rustik, legen Sie los.« Ein boshaftes Grinsen zierte sein Antlitz.

Die Landwirtin trat näher an KPD heran. Da sie mich latent ebenfalls ein klein wenig neugierig gemacht hatte, stellte ich mich möglichst unauffällig hinter sie, um nichts zu verpassen.

»Der landwirtschaftliche Betrieb, den ich von meinen Eltern geerbt habe und gemeinsam mit meinem Mann bewirtschafte, liegt westlich von Dannstadt in Richtung Hochdorf, Luftlinie keine zwei Kilometer von hier. Vor dem Haupthaus führt die Landstraße vorbei. Schräg gegenüber gibt es einen Parkplatz, der häufig von Lkws genutzt wird. Meist nur für ein paar Stunden, maximal über Nacht.«

Da in diesem Moment mehrere Personen vorbeigingen, machte sie eine kurze Pause. »Seit ein paar Wochen beobachte ich, dass dort vermehrt Laster mit ausländischem Kennzeichen parken. Das mag jetzt noch nicht verdächtig klingen, doch sie werden auf dem Parkplatz heimlich umgeladen.«

»Heimlich?«, hakte KPD nach. »Wie soll ich das verstehen, und was hat der Pfalzmarkt damit zu tun?«

»Das weiß ich doch nicht«, sagte Rustik. »Es ist mir nur aufgefallen. Bis vor ein paar Wochen gab es das noch nicht. Jedenfalls nicht auf diesem Parkplatz. Es ist halt seltsam, dass das fast vor den Toren des Pfalzmarkts passiert. Außerdem kann ich mir keinen Grund vorstellen, warum dies getan wird. Die Lkws sind mutmaßlich Tausende von Kilometern unterwegs gewesen und werden dann kurz vor dem Ziel umgeladen.«

»Wenn das Ziel wirklich der Pfalzmarkt sein sollte«, mischte ich mich ein. Dafür kassierte ich von KPD einen optischen Verweis. Jedenfalls interpretierte ich seinen Blick so.

»Konnten Sie erkennen, welche Waren umgeladen wurden?«

Ich staunte. Mein Chef war in der Lage, sinnvolle Fragen zu stellen.

»Ich habe mich nicht näher rangetraut. Auf jeden Fall handelte es sich um Palettenware, die mit Folie umwickelt war. Den Aufschriften auf den Seitenplanen und dem Geruch nach konnte es sich nur um Gemüse handeln.«

KPD ereiferte sich: »Und Sie meinen, dass das Gemüse kurz vor der Anlieferung am Pfalzmarkt umgepackt wird? Da hätten wir ja einen faustdicken Skandal. Ich werde sofort eine förmliche Unter…«

»Ich meine gar nichts«, unterbrach Rustik. »Ich werde einen Teufel tun und den Pfalzmarkt verdächtigen.« Sie schaute kurz zu Boden. »Die Umpackaktionen laufen immer spätabends bei Dunkelheit. Meist stehen die Laster dabei leicht versetzt zueinander, sodass man beim Vorbeifahren nicht sehen kann, was im Detail passiert. Als ich mit meiner Tochter darüber gesprochen habe, kam mein Schwiegersohn dazu. Dieter hat sich am gleichen Abend hinter einem Gebüsch auf die Lauer gelegt, konnte aber ebenfalls nichts in Erfahrung bringen. Am nächsten Tag hat er einen der beteiligten Lkws mit seinem Auto verfolgt. Am Autobahnkreuz Frankenthal hat er die Verfolgung abgebrochen. Der Lastwagen ist auf der A61 weiter in Richtung Norden gefahren, was nicht für einen Zusammenhang mit dem Pfalzmarkt spricht.«

KPD ließ sich davon nicht beirren. Er hatte längst ein großes Verbrechen im Visier. »Das kann genauso gut ein Täuschungsmanöver gewesen sein. Die Gauner haben bestimmt den Verfolger bemerkt. Ihr Schwiegersohn ist ja nicht in der Beschattung von Verbrechern geübt, wir Polizeibeamte dagegen schon. Lassen Sie mich mal machen, Frau Rustik. Ich kümmere mich höchstpersönlich um den Fall.« Er blickte sich um. »Palzki, wo bleibt denn mein Champagner? Alles muss man selbst machen.« Er nahm Frau Rustik am Arm. »Kommen Sie, gehen wir uns unseren Champagner selbst holen. Dann besprechen wir die weitere Vorgehensweise.«

»Ich weiß nicht, ob es Champagner gibt«, meinte die Landwirtin skeptisch. »Eigentlich mag ich keinen Alkohol.«

»Ach was«, konterte KPD und schob Heidelinde Rustik mit sanfter Gewalt zum Durchgang zur nächsten Halle. Ich nutzte die Gelegenheit, meine leere Flasche gegen ein volles Exemplar einzutauschen. Danach folgte ich den beiden, die gerade durch die nächste Kühlhalle liefen. Immerhin wurde dadurch mein Bier nicht warm.

»Da kann man sich ja verlaufen«, beschwerte sich KPD missmutig. »Gehen wir nach draußen, in den Hallen ist es mir zu kühl.« Den Ausgang fanden die beiden schnell, ich folgte ihnen ins Freie. Wir befanden uns auf der Rückseite des Neubaus. Nicht weit entfernt donnerte der Verkehr der A61 an uns vorbei. Auf dem freien Platz neben dem Hallenensemble stand ein einzelner, verloren wirkender offener Lkw-Hänger, vollbeladen mit abenteuerlich gestapeltem Gemüse in den unterschiedlichsten Behältnissen.

»So, an diesem Ort sind wir ungestört«, meinte KPD zu der Landwirtin. »Hier draußen kann uns niemand belauschen.«

Heidelinde Rustik wollte gerade zu sprechen beginnen, da unterbrach sie mein Chef abrupt. »Lassen Sie uns doch besser in den Schatten des Hängers gehen, die Sonne blendet mich zu sehr.«

»Ja was jetzt?«, motzte die Landwirtin. »Zuerst in der Halle, dann doch lieber draußen, und jetzt jammern Sie wegen des bisschen Sonnenlichts. Wissen Sie, was es heißt, den ganzen Tag im Freien zu arbeiten?«

KPD grummelte vor sich hin und ging unbeirrt zu dem Hänger, Rustik folgte ihm sichtlich genervt.

Während ich hinter den beiden hertrottete und aufpasste, kein Bier zu verschütten, passierten zwei Dinge gleichzeitig: Die Landwirtin sagte etwas zu meinem Chef, das ich nicht verstand. Mein Chef blieb stehen und starrte sie zornig an. War ein Streit zwischen den beiden ausgebrochen? Ich konnte nur kurz darüber nachdenken, denn ich sah, wie sich plötzlich mehrere volle Gemüsekisten selbstständig machten und aus mehreren Metern Höhe herabzustürzen drohten. In der direkten Falllinie stand KPD.

»Achtung!«, schrie ich, so laut ich konnte. Da ich gerade einen Schluck Bier im Mund hatte, schoss das Getränk fontänenmäßig aus demselben. KPD reagierte kaum. Er drehte sich zwar zu mir um, verließ dabei aber seinen Platz nicht. Seinem Blick nach deutete er den Schrei falsch. Frau Rustik reagierte ebenfalls anders, als erwartet. Sie ging nicht aus der Falllinie, sondern direkt auf sie zu, genau in dem Moment, als das Gemüse den Kampf um das Gleichgewicht verlor und sich der Gravitation geschlagen gab.

Nur meiner unermesslich fixen Reaktion war es zu verdanken, dass ich die beiden rechtzeitig erreichte und seitlich zu Boden stoßen konnte. Dass dabei die Flasche Bier auf dem Beton zerschellte, war das geringste Problem.

Irrsinnige Mengen Gemüse nebst Verpackungen knallten mit lautem Getöse auf den Boden und verteilten sich dort in einem größeren Radius. Es sah aus wie auf einem Miniaturschlachtfeld. KPD verdeckte mit seinem Oberkörper zur Hälfte die Landwirtin. Sein Hinterkopf war mit zwei oder drei Kisten Radieschen bedeckt. Ein längliches Stück Gemüse mit mir unbekanntem Namen lag zerbrochen quer über seiner Nase. Ich selbst hatte ebenfalls mein Fett abbekommen: Es musste eine Gemüsesorte geben, die sehr wasserhaltig war. Aus mehreren gestapelten Holzkisten, die deformiert neben mir lagen, tropfte eine eklige Pampe direkt in mein Gesicht sowie meinen Rücken hinunter.

Mehrere Personen kamen angerannt und halfen uns aus der Misere. Meinem Einsatz war es zu verdanken, dass alle Beteiligten mit kleineren Verletzungen davonkamen. KPD beschwerte sich zwar bei mir lautstark, wie ich es wagen könnte, ihn umzustoßen, doch ich ignorierte ihn einfach. Zwei Pfalzmarktmitarbeiter sperrten den Bereich großzügig ab. »Wir wissen immer noch nicht, welchem Idioten dieser Hänger gehört«, meinte der eine zu dem anderen. »Jetzt müssen wir das ganze Zeug aufwendig entsorgen.« Der andere Mitarbeiter, wahrscheinlich der Vorgesetzte des zweiten, fragte uns, ob wir ärztliche Hilfe benötigten. Heidelinde Rustik, die nur ein paar Kratzer am Arm hatte, verneinte genauso wie mein Chef. Seiner Mimik nach hatte er ein paar schmerzhafte blaue Flecken davongetragen. Auch mir ging es einigermaßen gut, wenn man von der übelriechenden Brühe absah, mit der ich getränkt war.

»Ich habe jemanden gesehen«, flüsterte die Landwirtin mir und KPD zu, nachdem die neugierigen Menschen verschwunden waren. Da KPD in seinem Zustand, seine Uniform hatte den einen oder anderen Fleck abbekommen, nicht mehr am sozialen Leben teilnehmen wollte, standen wir im Freien etwas abseits. »Ich meine, ich habe jemanden auf dem Hänger stehen sehen. Diese Person war äußerst seltsam gekleidet, in Decken oder Tücher, so genau konnte ich das nicht erkennen.«

Wir schauten sie neugierig an, und Rustik präzisierte. »Als das Zeug auf uns stürzte, fiel ich mit Blickrichtung zu dem Hänger auf den Boden. Dabei konnte ich schemenhaft eine Gestalt erkennen, die sich da oben versteckt haben musste.«

»Dann wurde das Zeug mit Absicht auf uns geworfen, ein klassischer Sabotageakt«, stellte KPD fest. »Ich dachte im ersten Augenblick, Palzkis abscheulicher Schrei sei dafür verantwortlich gewesen.«

Die Landwirtin machte ein finsteres Gesicht. »Ich bin endgültig davon überzeugt, dass ich etwas überaus Heikles entdeckt habe und man mich deswegen beseitigen will. Das war eindeutig ein Attentat auf mich, Herr Diefenbach. Ich möchte Polizeischutz haben, und zwar sofort.«

KPD überlegte. »Nun habe ich wegen des feigen Attentats einen Grund, Ermittlungen aufzunehmen. Immerhin wäre ich selbst fast zum Opfer geworden, das ist ungeheuerlich. Palzki und ich werden sofort zur Dienststelle fahren, damit ich mich umziehen kann. Und dann werde ich den Täter ermitteln, und zwar schnellstmöglich.«

»Wissen Sie was, Herr Diefenbach? Kommen Sie doch gegen 17 Uhr zum Abendessen bei uns auf dem Hof vorbei. Dann können wir die weiteren Schritte besprechen, wie Polizeischutz und so weiter.«

KPD war von der Idee begeistert. »Dann kann ich den Parkplatz und die ausländischen Laster höchstpersönlich in Augenschein nehmen. So machen wir es, Frau Rustik. Ich bringe Palzki mit, der kann das Protokoll schreiben.«

»Ich kann heute Abend nicht«, flehte ich. Mit diesem Plan hatte ich nicht gerechnet.

»Keine Chance, Palzki. Ich kann schließlich nicht alles alleine machen. Warum habe ich denn Untergebene? Sie fahren mit mir zum Dinner bei Frau Rustik. Wir werden sogar etwas früher losfahren, damit ich mir vor Ort ein Bild machen kann.«

Heidelinde Rustik verabschiedete sich. Ängstlich sah sie sich um, als sie in Richtung Parkplatz ging.

»Ich bin mir mit dieser Frau noch nicht im Klaren, Palzki. Zuerst fängt sie mit mir Streit an, dann dieses Attentat auf mich, das ist schon sonderbar.«

»Attentat auf Sie, Herr Diefenbach?«

KPD seufzte. »Das ist mir klar, dass Sie das nicht bemerkt haben. Warum sollte jemand die Landwirtin umbringen wollen, bloß weil sie Lastwagen beobachtet hat, die heimlich umgeladen werden? Nein, das Attentat galt eindeutig mir. Irgendetwas ist faul im Pfalzmarkt. Das habe ich sofort bemerkt, als die Vorstände und der Aufsichtsratsvorsitzende meine Wichtigkeit ignoriert haben. Dass kein Sitzplatz auf meinen Namen reserviert war, ist ein weiteres eindeutiges Indiz, dass man mich in eine Falle locken wollte. Aber nicht mit mir!«

»Welche Falle?«, hakte ich nach. KPDs Paranoia war legendär, doch das setzte allem die Krone auf.

»Heidelinde Rustik handelt meiner Meinung nach im Auftrag des Vorstands. Sie ist doch Genossin in dem Unternehmen, nicht? Ihre Aufgabe war es, mich in eine Falle zu locken. Dieser beladene Lkw-Hänger stand nur mit dem Ziel im Hof herum, um mich zu beseitigen. Durch die Ablenkung mit ihrem Schrei hat sie sich unbeabsichtigt selbst gefährdet. Den Streit mit mir hat sie nämlich nur deshalb begonnen, damit ich alleine an der Stelle stehe, wo das Gemüse herabstürzen sollte.« KPD nickte selbstbestätigend wie ein Wackeldackel. »Und deshalb müssen wir unbedingt die Einladung wahrnehmen. Ich werde sie entlarven, die falsche Schlange.«

Da wir in der prallen Sonne standen, begann die Substanz, mit der ich getränkt war, übel zu riechen. Die ersten Schmeißfliegen schwirrten um mich herum.

KPD wedelte sich mit der Hand frische Luft zu und trat einen Schritt zurück. »Das ist mit Ihnen nicht auszuhalten, Palzki. Warum haben Sie nicht besser aufgepasst?«

»Sie haben ja selbst genug abgekriegt. Tut es schön weh?«

»Natürlich spüre ich meine blauen Flecken«, konterte KPD ungewohnt schlagfertig. »Aber ich lasse mich deswegen nicht gehen. Nur wegen des desolaten Zustands meiner Uniform müssen wir jetzt schleunigst unauffällig zu unserem Wagen. Bleiben Sie ein paar Schritte hinter mir, damit mir von dem Gestank nicht übel wird.«

Meiner jahrelangen Erfahrung als psychologisch geschulter Kriminalbeamter hatte ich es zu verdanken, dass ich es förmlich roch, wenn in meiner direkten Umgebung irgendetwas nicht stimmte. Das *Riechen* war in diesem Fall zwar nicht wörtlich zu nehmen, trotzdem erkannte ich das Besondere: Einige Meter von uns entfernt stand ein Mann in auffälliger Bekleidung verdeckt hinter einem Container und fotografierte mit einem Mordstrumm an Teleobjektiv die Personen, die vor dem Eingangsbereich standen. Der Beschreibung seiner Kleidung nach konnte das der Kerl gewesen sein, den Rustik auf dem Hänger gesehen hatte. Nur wegen unserer momentanen Position konnte ich ihn sehen. Ich wusste sofort, dass dies kein offiziell für dieses Fest bestellter Fotograf war, viel zu heimlich war sein Tun. Um die Person länger beobachten zu können, verlangsamte ich meinen Schritt. Dafür erhielt ich von KPD umgehend einen Rüffel und die Aufforderung, mich zu beeilen. Ich entschied mich dafür, meinem Chef Folge zu leisten, da der heimliche Fotograf Sache des Pfalzmarkts war. Eine kriminelle Tat konnte ich mit dem Fotografieren der Gäste nicht in Verbindung bringen. Um den Rest wollte sich ja mein Chef kümmern. Umgehend strich ich meine Beobachtung aus dem Kurzzeitgedächtnis.

Der Chauffeur rechnete zu dieser frühen Stunde nicht mit uns. Er lag in der Stretch-Limousine und gönnte sich einen älteren Zombiefilm, der in einem Einkaufszentrum spielte, als mein Chef die Tür mit den abgedunkelten Scheiben aufriss.

»Da sind Sie ja!«, schrie er.

Der Chauffeur sprang erschrocken und mit rotem Kopf aus dem Wagen. Dann sah beziehungsweise roch er unseren Zustand. »Was ist mit Ihnen passiert?«

»Nichts«, entgegnete KPD. »Halten Sie mir jetzt endlich die Tür auf, damit ich einsteigen kann? In Schifferstadt fahren Sie bitte direkt in den Hof und halten neben meinem Dienstwagen an. So, wie ich aussehe, darf mich niemand sehen, verstanden?«

Der Chauffeur nickte. Nachdem KPD in der Limousine saß, wandte er sich mir zu. »So kann ich Sie leider unmöglich mitnehmen. Den Wagen kriege ich nie mehr sauber, wenn sich das Zeug in den Polstern festsetzt.«

»Soll ich heimlaufen?«

»Ich könnte Ihnen ein Taxi bestellen, kann aber nicht garantieren, dass Sie mitgenommen werden.«

»Und die Badewanne?«, fragte ich dreist.

Nach kurzem Überlegen nickte der Chauffeur. »Sie bleiben aber in der Wanne liegen und fassen nichts an, einverstanden?«

So kam es, dass ich das erste Mal in meinem Leben in einer Badewanne liegend in einem Auto fuhr. Der Chauffeur war so nett, mich nach meinem Chef zu Hause vor der Haustür abzusetzen. Ich achtete beim Ausstieg peinlich genau darauf, nicht von meiner Nachbarin erwischt zu werden, die bestimmt hinter einem Fenster lauerte. Doch dieses Mal war ich schneller. In Riesenschritten sprang ich zu unserem Hauseingang und schloss die Tür auf. Im Flur stand zufällig Stefanie.

»Du bist ja ganz außer Atem«, rief sie überrascht. Ihre Nase benötigte nur eine Sekunde länger als die Augen. »Boah, hast du in einer Biotonne gesteckt? Das ist ja nicht auszuhalten. Und wie du wieder aussiehst! Geh gleich durch auf die Terrasse und zieh dich aus.«

»Danke der Nachfrage«, sagte ich im Vorbeigehen. »Übrigens, ich bin nicht verletzt, und mir geht es gut, falls du danach fragen wolltest.«

Mit dieser Spitze hatte ich die Vorwurfsattacke meiner Frau pariert. Ihr nächster Satz klang deutlich milder. »Sag schon, was ist passiert? Warum bist du so früh zu Hause?«

Ich lächelte sie an. Meinem Lächeln konnte sie nur selten etwas entgegensetzen. Der kurze Kuss, den ich ihr geben wollte, ging ihr aber wegen der Geruchsbelästigung zu weit. Geschickt wich sie aus. »Ich hole dir frische Klamotten, du wirst bestimmt duschen wollen. Was darf ich dir zu essen machen?«

Ich nickte, ohne ihr zunächst eine konkrete Antwort zu geben. Ich hatte zwar einen Bärenhunger, aber keinerlei Appetit. Das Geruchsensemble, das an mir hing, war für mich mit einer Nahrungsaufnahme nicht in Einklang zu bringen. »Ich war mit KPD auf einer Eröffnungsfeier des Pfalzmarkts. Leider ist da ein bisschen was schief gegangen.«

»Jetzt verstehe ich«, sagte Stefanie. »Dieser penetrante Geruch erinnerte mich sofort an mehrere Gemüsesorten, was bei dir eigentlich auszuschließen ist. Was ist konkret passiert?«

»Es sind ein paar Gemüsekisten auf KPD und mich gestürzt. Es muss auch irgendeine Flüssigkeit dabei gewesen sein. Genauer kann ich es dir nicht sagen, weil es mich nicht interessiert hat. Jedenfalls muss ich nach dem Duschen wieder weg.« Um den fragenden Blick Stefanies zu beantworten, fügte ich an: »KPD und ich müssen zu einer verdächtigen Landwirtin bei Hochdorf fahren.« Die Sache mit dem Abendessen behielt ich für mich. »Mein Chef meint wieder einmal, es habe ein Attentat auf ihn gegeben.« Ich machte mit der Hand eine Wischbewegung vor meinem Gesicht. »Er vermutet, dass diese Landwirtin im Auftrag des Vorstands des Pfalzmarkts das Gemüse auf uns stürzen ließ.«

»Ist Herr Diefenbach verletzt?«

»Nicht die Bohne«, antwortete ich, »ein paar blaue Flecken, sonst nichts. Auch sonst wurde niemand verletzt. Und Tote gab es auch keine.«

Stefanie verdrehte die Augen. »Und deswegen macht Diefenbach solch einen Aufstand?«

»Du kennst ihn ja«, bestätigte ich. »Blöd, dass er mich mitnehmen will. Du weißt, wie ich zu dem ganzen Gemüsegedöns stehe.«

»Ich würde mir den Pfalzmarkt gerne mal anschauen. Bestimmt könnte ich mir da die eine oder andere Anregung für unsere Küche holen. Was gibt es dort für Sorten, Reiner?«

»Alle«, antwortete ich. »Eher noch mehr.«

Sie seufzte. »Vermutlich hättest du nicht einmal Kartoffeln erkannt.«

»Die gibt's dort nicht. Das weiß ich 100-prozentig.« Bevor meine Frau ins Detail gehen konnte, verschwand ich in Richtung Bad.

Nachdem ich mich wenig später geruchsneutral fühlte, spielte ich ein paar Minuten mit den zweijährigen Zwillingen Lisa und Lars, die sich inzwischen zu permanenten Stressfaktoren entwickelt hatten. Ich war mir sicher, dass die beiden mittels Gedankenübertragung kommunizierten. Mit schöner Regelmäßigkeit lenkte einer der beiden Zwillinge uns Eltern ab, während der andere irgendetwas Saublödes anstellte, was man bisher eigentlich für ausgeschlossen hielt. Was mich besonders beunruhigte, war, dass die Ergebnisse der Zwillingsaktionen um ein Vielfaches fieser waren als die Dinge, die mein Sohn Paul tat, als er in deren Alter war. Dass man Pauls Heldentaten steigern konnte, hätte ich bis vor Kurzem noch für unmöglich gehalten.

»Kannst du mich mit deinem Wagen zur Dienststelle fahren, Stefanie?«, säuselte ich.

»Erst in einer halben Stunde, wenn Melanie und Paul von der Schule da sind. Paul bekommt heute übrigens eine versetzungsrelevante Mathearbeit zurück. Und nächste Woche steht der Elternabend an.«

Da ich wenig erpicht auf die Ausreden meines Sohnes war, zog ich es vor, den brutal weiten Weg von fast einem Kilometer zu Fuß zurückzulegen.

»Wieso bist du nicht verletzt?«, fragte Jutta, als ich deren Büro betrat. Kollege Gerhard saß wie heute früh am Besprechungstisch und las seine Zeitschrift. »KPD hat vor ein paar Minuten von seinem Büro aus angerufen und gesagt, dass ihr schwerverletzt einem Attentat entkommen seid.«

»Der spinnt wie immer. Ein bisschen Gemüse ist auf uns gefallen«, spielte ich die Sache herunter »Zufall, Unfall, keine Ahnung. KPD wurde vorher in seiner angeblichen Wichtigkeit gedemütigt, daher geht er davon aus, dass man ihm nach dem Leben trachtete. Ihr kennt das ja, es ist jedes Mal dasselbe.«

»Gedemütigt?« Gerhard wurde hellhörig und legte das Heft weg. »Lass mal hören, Reiner.«

Zur Freude und zur Unterhaltung meiner Kollegen erzählte ich die Begegnung unseres Chefs mit dem Führungspersonal des Pfalzmarkts. »Und im Saal war kein Platz für ihn reserviert«, schloss ich den ein wenig ausgeschmückten Bericht. »Das gab ihm den Rest.«

»Kein Wunder, dass er so kurz angebunden war«, sagte

Jutta. »Normalerweise wäre er sofort zu mir ins Büro gekommen. Ich habe mich gewundert, warum er nur angerufen hat.«

»Wahrscheinlich hat er ein kleines Bewegungsdefizit«, erklärte ich. »Ein paar blaue Flecken hat er abbekommen.«

»Du auch?«, wollte Gerhard wissen.

»Sportlich wie ich bin, konnte ich geschickt ausweichen und musste nur wegen des Geruchs unter die Dusche. In den riesigen Hallen gibt es nichts außer Gemüse. Das kann man sich als normaler Mensch gar nicht vorstellen.«

Ich erhielt schallendes Gelächter zur Antwort. »Du und sportlich«, meinte Gerhard. »Zwei Welten prallen aufeinander.«

»Wer ist diese Heidelinde Rustik?«, fragte Jutta, nachdem sie sich beruhigt hatte. »KPD sagte, dass wir alles über diese Frau in Erfahrung bringen sollen. Und alles über die Führungsriege des Pfalzmarkts.«

»Warum macht das nicht Jürgen?« Unser Jungkollege Jürgen war der Vierte in unserem Team und unter anderem für Recherchen zuständig. Was er nicht herausfand, das gab es nicht. Manchmal schoss er bei der Tiefe seiner Untersuchungen über das Ziel hinaus, doch seine Ergebnisse hatten stets Hand und Fuß.

»Der ist auf IT-Lehrgang beim LKA«, sagte Gerhard. »Das weißt du aber seit Wochen.«

»Hab's vergessen«, knurrte ich.

»Was ist jetzt mit dieser Rustik?«, hakte Jutta nach.

»Eine Landwirtin, nichts weiter. Sie hat einen Aussiedlerhof zwischen Dannstadt und Hochdorf und war zufälligerweise dabei, als der Unfall mit dem Gemüse passierte. Kurz zuvor berichtete sie von Lastwagen, die in der Nähe ihres Hofes nachts angeblich umgeladen werden.«

»Und deswegen gehört sie zu den Tätern?«

»Täter? Wie kommst du auf den Schwachsinn?«

»Weil KPD es gesagt hat.«

»Ach was«, sagte ich leicht verärgert, »KPD spinnt, habe ich das vorhin nicht schon einmal gesagt? Leider hat die gute Frau KPD und mich für heute Abend zum Essen eingeladen.«

»Zum Essen?«

Mist, das mit dem Abendessen wollte ich meinen Kollegen eigentlich verheimlichen, um nicht noch mehr Häme zu kassieren. »Nur ein Imbiss«, verharmloste ich. »KPD will sich die Situation vor Ort anschauen, vor allem dort, wo die Lkws umgeladen werden.«

»Und Argumente für ihre Täterschaft suchen«, ergänzte Gerhard.

»Das auch«, bejahte ich. »Da kann er aber lange suchen. Das Ganze ist ein absolut überflüssiger Abendtermin. Für mich schon der zweite oder dritte in diesem Jahr. Kein Wunder, dass mein Überstundenkonto bis zum Anschlag gefüllt ist. Wenn mir KPD das auszahlen würde, könnte ich bis zur Pension zu Hause bleiben.«

Meine Kollegen lachten erneut. »Jetzt übertreib mal nicht, Reiner. Unser Chef hat dich in letzter Zeit in Ruhe gelassen. Eine kurze Fahrt nach Dannstadt gemeinsam mit ihm wird dich nicht umbringen.«

»Hoffen wir's. So sicher bin ich mir da nämlich nicht. Ich werde euch morgen berichten. Jetzt mache ich aber erstmal Pause, bis KPD sich meldet.«

Ich schaffte es, zwei Tassen Kaffee zu genießen. Währenddessen fachsimpelte ich mit Gerhard über unsere sportlichen Erfolge. Als Marathonläufer war er natürlich ein wenig fitter aufgestellt. Als ich ihm erzählte, dass ich vorhin den ganzen Weg zur Dienststelle zu Fuß zurückgelegt hatte, pfiff er erstaunt durch die Zähne. »Und das in deinem Alter ohne Pause? Oder hast du dir unterwegs eine Verpflegungsstation eingerichtet?«

In das allgemeine Gelächter klingelte das Telefon. Schon am Schrillen war mir klar, dass der Anrufer KPD sein musste.

»Haben Sie sich gut vorbereitet?«, fragte KPD, als ich in sein gigantisches Büro kam, das mehr als zwei Drittel des Obergeschosses einnahm. An der Wand hingen Baupläne, die mich neugierig machten. Als ich erkannte, was ich sah, musste ich hart schlucken, dann böse lächeln. Wenn KPD diese Pläne tatsächlich umsetzen würde, wäre er die längste Zeit Dienststellenleiter gewesen. Und vermutlich auch Beamter. Kein Polizeipräsident, kein Innenminister würde es zulassen, dass er die Außenfassade unserer zugegebenermaßen baulich sehr schlichten Dienststelle in ein zweites Schloss Neuschwanstein verwandelte. Sogar die diversen Turmbauten waren dem Original nachempfunden.

»Tolle Sache«, lästerte ich mit Blick auf die Pläne. »Dann haben wir endlich keine Raumnot mehr.«

KPD fühlte sich geschmeichelt. »Das ist aber alles noch streng geheim, Palzki. Ich habe die Baupläne gerade eben aufgehängt, um mir ein Gesamtbild verschaffen zu können. Außer Ihnen weiß noch niemand davon.«

»Nur der Architekt.«

»Welcher Architekt?«, fragte KPD sofort. »Mit meiner allumfassenden Kompetenz benötige ich keinen Fachmann.« Er ging zur Wand und hängte die Pläne ab. Während er sie vorsichtig in Papprollen verstaute, fragte er nach: »Was ist jetzt? Was haben Sie über diese dubiose Landwirtin herausbekommen?«

»Unsere Fachkraft für Recherchen ist zurzeit auf Fortbildung, und Frau Wagner ist überlastet. Auf die Schnelle konnten wir nichts Beunruhigendes finden, das für eine Untersuchungshaft reicht.«

»Die sind schlau, die Leute vom Pfalzmarkt«, sagte KPD mehr zu sich selbst. »Es hätte mich gewundert, wenn wir sofort das Motiv durchschauen könnten. Ich gehe davon aus, dass es äußerst verzwickte Ermittlungen werden, Palzki. Deswegen kann ich Sie nicht alleine losschicken. Ohne meine Erfahrung, mein Wissen und meine Kompetenz würden Sie hoffnungslos untergehen.«

»Keine Angst, Herr Diefenbach, ich werde mich im Hintergrund halten und Ihnen die Ermittlungshoheit überlassen. Ab morgen werden Sie ja bestimmt ohne mich auskommen.«

KPD hatte andere Pläne mit mir. »Im Prinzip stimmt das, was Sie sagen, Palzki. Ich komme immer bestens ohne Sie aus. Generell sind Sie sowieso ein unablässiger Störfaktor in der von mir sehr gut geführten Dienststelle. Aber dieses Mal brauche ich Sie, und das leider nicht nur heute.«

»Sie … Sie … äh … Sie brauchen mich?«, stotterte ich. Nie hätte ich gedacht, dass solche Worte über KPDs Lippen kommen könnten.

»Ich wollte, es wäre anders«, meinte KPD. »Aber da Sie offensichtlich diesen Aufsichtsratsvorsitzenden persönlich kennen, muss ich über meinen Schatten springen.«

Jetzt wusste ich, was los war. Mein Chef dachte, dass ich Christian Deyerling kennen würde, weil er sich mit mir, aber nicht mit ihm unterhalten hatte. Ich beschloss, diesen Joker zunächst für mich zu behalten, auch wenn mir KPD deswegen bestimmt einen unangenehmen Job aufbürden würde. »Ich kenne viele prominente Bürger und bin fast überall beliebt«, sagte ich allgemein gehalten.

»Das verstehe, wer will«, brummte KPD mürrisch. »Jedenfalls werde ich Sie undercover im Pfalzmarkt einschleusen. Dann kann ich Sie nach Gutdünken lenken, und Sie berichten mir täglich, was passiert.«

»Das ist eine ganz schlechte Idee, Herr Diefenbach. Christian Deyerling kennt mich gut und weiß, dass ich ein erfolgreicher Kriminalhauptkommissar bin. Er wird sofort Lunte riechen.«

KPD lachte kurz auf. »Erfolgreich, da habe ich andere Vorstellungen. Der Chefclan des Pfalzmarkts kann gerne wissen, dass ich ihm auf der Spur bin. Irgendwann werden die sich verraten. Und Sie werden mir das dann brühwarm weiterleiten. Aber so weit sind wir noch nicht. Heute will ich mir zunächst ein Bild von dieser Landwirtin machen. Ich gehe davon aus, dass sie nicht nur eine Genossin des Pfalzmarkts ist. Es muss eine weitere Verflechtung zum Großmarkt geben.«

»Die Sache mit den Lastwagen?«

KPD winkte ab. »Das ist bestimmt nur eine falsche Spur, um von dem Attentatsversuch auf mich abzulenken. Können wir fahren, Palzki?«

KAPITEL 3
VEGETARIER LEBEN KÜRZER

Leider hatten wir keinen Chauffeur zur Verfügung. KPD verzichtete darauf, seinen Dienstwagen selbst zu fahren. »Ich muss mein rechtes Bein schonen, das heute früh etwas ramponiert wurde. Außerdem sieht es besser aus, wenn ich nicht selbst am Steuer sitze, wenn wir auf dem Hof ankommen. Kennen Sie den Weg?«

»Halbwegs«, antwortete ich korrekt. Äußerst gefühlsvoll fuhr ich den nagelneuen Dienstwagen meines Chefs im Schneckentempo vom Hof hinter der Dienststelle vor zur Straße. Auf dem Waldspitzweg angekommen, tippte ich das Gaspedal eine Nuance fester an. Das Resultat war, dass wir brutal in die Sitze gedrückt wurden und den Bruchteil einer Sekunde später am Verkehrskreisel der Salierstraße standen. Das allerdings nur, weil ich im Reflex die Bremse bis zum Anschlag durchgetreten hatte. Eine Autofahrerin, die an der Ausfahrt des *Lidl*-Supermarkts stand und in den Kreisel fahren wollte, fuhr panisch rückwärts auf den Parkplatz. Auf der anderen Seite des Kreisels waren zwei Radfahrer gerade noch rechtzeitig abgesprungen.

»Passen Sie doch auf«, motzte KPD aus dem Fond.

Ich tat mein Möglichstes. Auf der Rehhofstraße, keine 200 Meter vom Kreisel entfernt, gab es eine Warntafel. Unter 50 Stundenkilometern leuchtete ein grünes Smiley auf, darüber ein roter. Seit dieser Fahrt wusste ich, was das zweistellige Display bei dreistelligen Geschwindigkeiten anzeigte.

Erstaunlich schnell kamen wir bis Dannstadt. Da ich nach der Ortsdurchfahrt auf der rechten Seite den von Heidelinde Rustik erwähnten Parkplatz entdeckte, konnte ich direkt auf der gegenüberliegenden Seite in den Aussiedlerhof einfahren.

Das mächtige Haupthaus stand ein gutes Stück weiter hinten im Feld, ringsherum befanden sich diverse Scheunen und Nebengebäude. Der einzige Zufahrtsweg war durch einen Kleinbus blockiert. Er parkte in Straßennähe neben einem belebt wirkenden Containerdorf. Bestückte Wäscheleinen verbanden die Wohncontainer, überall sah ich Tische mit großen Töpfen und anderen Küchenutensilien. Rund ein Dutzend Personen stand beisammen und gestikulierte wild herum.

Ich hielt hinter dem Kleinbus an und stieg aus. Die Erntehelfer kümmerten sich nicht um mich. Sie diskutierten lautstark in einer mir unbekannten Sprache. Aufgrund der Situation und dem Aussehen der Leute vermutete ich eine osteuropäische.

»Hallo, Herr Palzki!«

Im ersten Moment erschrak ich, doch dann erkannte ich Heidelinde Rustik, die ich zuvor in dem Menschenpulk nicht gesehen hatte.

»Sie sind aber früh dran«, meinte sie. »Ich bin noch gar nicht so weit.«

»Kein Problem«, beruhigte ich sie. »KPD, äh, Herr Diefenbach wollte so früh fahren. Vielleicht dürfen wir uns ein wenig auf Ihrem Hof umsehen. Wir sind beide landwirtschaftlich sehr interessiert«, log ich.

»Na klar«, freute sich Frau Rustik. »Bei uns gibt es

keine Geheimnisse. Gehen Sie gerne in alle Gebäude rein. Nur bei Barbie müssen Sie ein wenig aufpassen.«

»Barbie? Ist das Ihre Tochter?«

Sie schüttelte sich vor Lachen. »Barbie ist unser verspielter Rottweiler. Solange man keine Angst zeigt, ist sie harmlos. Man muss ihr nur energisch entgegentreten, sonst schnappt sie zu, leider manchmal richtig heftig. Bedauernswerterweise weiß ich nicht, wo sie gerade rumrennt. Also passen Sie einfach ein bisschen auf.«

Ich glaubte, nicht recht zu hören. Auf dem Gelände, das zudem nicht eingezäunt war, rannte eine Mörderbestie herum. Das war ein weiteres Argument, KPD bei der Begehung den Vortritt zu überlassen.

»Wo ist übrigens Herr Diefenbach?«, fragte Rustik.

Diese Frage stellte ich mir auch. Saß er im Wagen und führte ein vertrauliches Telefonat? Ich ging zum Auto und öffnete schwungvoll die Tür zum Fond. »Wollen Sie nicht aussteigen, Herr Diefenbach?«

»Na endlich«, motzte KPD vorwurfsvoll. »Warum haben Sie mir nicht gleich die Tür geöffnet?« Er stieg aus und blinzelte gegen die Sonne.

»Der Wagen hat auch auf der Innenseite Türgriffe«, konterte ich.

»Wollen Sie mich gleich bei der Ankunft blamieren?«, pflaumte er mich aggressiv an. Dann winkte er mit einer debil aussehenden Armbewegung ab: »Über Etikette zu sprechen, hat bei Ihnen sowieso keinen Sinn.«

»Hallo, Herr Diefenbach.« Heidelinde Rustik war zu uns getreten. In der Hand trug sie eine Steige mit Gemüse, das ich zwar von der Form her kannte, mir namentlich aber unbekannt war. »Pablo hat gerade neue Erntehelfer aus Rumänien gebracht.«

»Mit dem Bus?«, fragte KPD, obwohl das auch für einen Außenstehenden offensichtlich war.

Rustik bestätigte. »Pablo Miro ist Spanier und arbeitet bei einer Vermittlungsagentur für Erntehelfer. Je nach Saison bringt er alle ein oder zwei Wochen neue Erntehelfer vorbei und nimmt andere wieder mit zurück. Im Moment beschäftigen wir vorrangig Rumänen, doch das wechselt immer mal wieder.« Sie schaute in Richtung der Erntehelfer und rief: »Pablo, fährst du bitte deinen Bus zur Seite? Du kannst gerne bei uns übernachten, wenn du erst morgen früh fahren willst.«

Der Angesprochene kam fröhlich pfeifend zu uns. »Hallo«, begrüßte er uns nahezu akzentfrei. »Ich muss heute Abend los, Heidi«, sagte er zur Landwirtin. »Die Leute wollen nur noch zu Abend essen und sich verabschieden. Du weißt ja, wegen der Touränderung bin ich bereits übermorgen wieder bei euch.« Fröhlich pfeifend stieg er in den Kleinbus und fuhr ihn neben dem Zufahrtsweg auf die Grasnarbe.

»Das müssen wir so machen«, erklärte Rustik. »Die Erntehelfer dürfen immer nur eine gewisse Zeit in Deutschland im gleichen Betrieb arbeiten. Das hat mit dem Arbeitsrecht, aber auch mit den diversen Sozialversicherungsbestimmungen zu tun. Jedes Jahr wird das komplizierter, zum Glück ist meine Steuerberaterin fit.«

»Kommen jedes Jahr die gleichen Helfer zu Ihnen?«, fragte ich neugierig.

»Zum Teil«, antwortete die Landwirtin. »Genau kann Ihnen das meine Tochter erklären, die kommt allerdings erst morgen von einem Messebesuch zurück.« Der Spanier winkte uns zu, der Weg war frei. »Sie können vor zum Haupthaus fahren. In einer guten Stunde ist das

Essen fertig. Wir erwarten übrigens einen Überraschungsgast.«

Da ich Überraschungen wie die Pest hasste, stieg ich wortlos und ohne groß nachzudenken in KPDs Dienstwagen und fuhr vorsichtig die letzten Meter bis zu einem Parkplatz neben der größten Scheune. Im Rückspiegel sah ich meinen Chef toben.

»Wo bleiben Sie denn?«, fragte ich höflich, als KPD zu Fuß bei mir ankam. Frau Rustik verschwand im Haus.

»Das wird Konsequenzen haben!«, motzte KPD. »Sie können doch nicht einfach Ihren guten Chef zu Fuß laufen lassen. Was hat das jetzt für einen Eindruck bei Frau Rustik gemacht!«

»Ich habe streng nach Ihren Anweisungen gehandelt, Herr Diefenbach.« Ich wartete einen Moment ab, währenddessen er mich anstierte, als käme ich vom Mond. »Sie selbst haben auf der Dienststelle gesagt, dass wir früher losfahren, damit wir uns diesen verdächtigen Hof genau anschauen können. Hoffentlich haben Sie auf dem Weg alles ganz genau untersucht? Ich bin nur vorgefahren, weil ich hinter der Scheune etwas Rätselhaftes entdeckt habe. Es hat sich leider nur als ausrangierter Traktor herausgestellt, völlig harmlos.«

KPD brummelte unzufrieden und unverständlich vor sich hin. Ich nutzte die Gelegenheit, meine Überlebenschance zu vergrößern. »Da Sie von uns beiden nachweislich über den wesentlich größeren Erfahrungsschatz verfügen, Herr Diefenbach, schlage ich vor, dass ich hier vor dem Haupthaus die Stellung halte und alles genau protokolliere, während Sie mit Ihren geübten Adleraugen die Umgebung absuchen. Ihnen bleibt bestimmt nicht die geringste Spur verborgen. Wenn es an diesem potenziell kriminellen Ort nicht mit rechten Dingen zugeht, dann sind Sie der Einzige, der in der Lage ist, dies herauszufinden. Ich bin ja so stolz darauf, meinen guten Chef dabei zu haben.« Ups, hoffentlich hatte ich mit dem letzten Satz nicht übertrieben. Solch einen überzogenen Schwachsinn zu erzählen, fiel mir alles andere als leicht. In KPDs Mimik erkannte ich, dass ich ins Schwarze getroffen hatte. Es hätte mich gewundert, wenn er gegen meine Lobhudelei aufbegehrt hätte.

»Genauso, wie ich es gerade vorschlagen wollte, Palzki«, bestätigte Naivling KPD. »Ich werde mich alleine umschauen. Die Container mit den Erntehelfern schauen wir uns nach dem Abendessen gemeinsam an, damit Sie von meinem Erfahrungsschatz auch mal profitieren können.«

Während KPD die Gegend unsicher machte und teilweise wie ein Indianer zwischen den landwirtschaftlichen Maschinen umherschlich, machte ich es mir im Schatten auf einem Holzstapel bequem. Ein kühles Weizenbier wäre jetzt okay. Ab und zu hörte ich ein energisches Hundegebell, das mir aufgrund der Entfernung keine Sorgen bereitete. Vielleicht kam es heute Abend zum Finale Barbie gegen KPD.

Ein etwa 60-jähriger Mann im Blaumann und mit auffällig wettergegerbtem Gesicht trat aus dem Haus heraus. »Sinn Sie Herr Palzki?«, fragte er. Nachdem ich nickte, drückte er mir einen voluminösen Karton in die Hand. »Dess soll ich Ihne vun meiner Fraa Heidelinde gewwe: Ä kleeni Zusammestellung vun unsere Produkte, die mer zurzeit im Agebot hawwen.«

Im Reflex nahm ich den oben offenen Karton. Was ich sah, schockte mich. »Das kann ich nicht annehmen, ich bin im Dienst.«

»Ach was«, wehrte Herr Rustik ab. »Des hot doch nix mit Bestechung zu due. Ihr Fra freet sich bestimmt iwwer des Gemise-Potpourri. Sie sinn doch verheirat, oder?«

Um dieses unschöne Thema zu beenden, bedankte ich mich artig und wuchtete den Karton in KPDs Kofferraum. Da ich nicht davon ausging, dass mein Chef dort jemals hineinschaute, würde er sich in ein paar Tagen über einen eigenwilligen Geruch freuen können.

Noch während ich damit beschäftigt war, den Karton zu verstauen, wurde ich durch ein lautes und aggressives Hundebellen in meiner nächsten Nähe überrascht. Intuitiv sprang ich in den Kofferraum, dabei schrammte eines meiner Schienbeine über die Ladekante. Aus meiner Deckung heraus beobachtete ich ein bizarres Schauspiel: Nicht der Hausherr bändigte den Rottweiler Barbie, sondern zwei niedlich wirkende schwarz-weiß gestreifte Katzen, die zeitgleich aus der Scheune gerannt kamen. Knurrend und mit hochgestellten Schwänzen bauten sie sich vor dem mörderischen Hund auf. Barbies Bellen wurde immer leiser, bis es komplett verstummte. Mit eingezogenem Schwanz trottete sie von dannen. Ich weiß nicht, ob mir meine Fantasie einen Streich spielte: Aus meinem Blickwinkel sah es so aus, als würden sich die beiden Siegertiere mit den Tatzen abklatschen.

»Nanu, was machen Sie denn im Kofferraum des Wagens?«, rief eine Stimme aus der anderen Richtung. Ich kannte diese Stimme leider nur zu gut. Mies gelaunt stieg ich aus dem Kofferraum und rieb mir das lädierte Schienbein.

»Sind Sie auch eingeladen?«, fragte ich, obwohl ich mir die Frage selbst beantworten konnte.

»Frau Rustik ist eine sehr gute Köchin«, erklärte Dietmar Becker. »Ich bin bereits zum dritten Mal zum Essen eingeladen. Immer wieder finde ich einen Weg, eingeladen zu werden. Als sie mir beiläufig erzählte, dass Sie und Herr Diefenbach kommen, war es klar, dass ich selbst ebenfalls dabei sein muss. Leider habe ich Sie bei der Eröffnungsfeier im Pfalzmarkt verpasst, Herr Palzki. Frau Rustik sagte mir, dass es einen kleinen Unfall gab.«

»Kein Unfall«, widersprach ich. »Ein Attentat auf KPD.«

Der Krimi schreibende Student schaute doof aus der Wäsche. »Ich verstehe nicht ganz. Was hat Herr Diefenbach damit zu tun?«

»Nichts«, erklärte ich. »Für KPD war es ein Mordversuch, für alle anderen ein Unfall. So wie es in der Vergangenheit schon öfter der Fall war.«

»Ich verstehe«, meinte Becker, sah aber dabei aus, als verstehe er rein gar nichts. »Ich bin auch nicht wegen des Unfalls hier, sondern weil ich einen Krimi über den Pfalzmarkt schreiben darf. Ist das nicht der Hammer, Herr Palzki?«

»Ja«, antwortete ich knapp. Jede Geschichte, die Becker schrieb, war der Hammer. Nur dass ich unter *Hammer* etwas anderes verstand als er.

»Mal schauen, ob ich den Unfall mit Ihnen und Frau Rustik in meinem neuen Krimi einbaue. Vielleicht bausche ich das tatsächlich als Mordversuch an Ihrem Chef auf. Damit hätte ich den Bogen zu den Protagonisten gespannt. So wird's noch glaubwürdiger.«

»Ob das Ihre Leser aushalten?«

»Da muss ich Ihnen recht geben, Herr Palzki. Für einige meiner Stammleser ist es schwierig, Realität und Fiktion auseinanderzuhalten. Wegen der vielen Realpersonen, die mittlerweile in meinen Romanen auftreten und der authentischen Handlungsorte wird es tatsächlich immer schwieriger, das eine von dem anderen zu unterscheiden.«

»Dann lassen Sie es doch einfach«, schlug ich vor. »Bevor Sie Ihre Fans noch mehr verwirren, lassen Sie einfach Ihre Hauptpersonen sterben. Wie wäre es mit einer bestialischen Ermordung von KPD? Zerfleischt von einer Bestie von Hund. Hier direkt auf dem Hof von Rustiks. Ein Riesenköter lebt hier ja.«

Becker lachte kurz auf. »Sie meinen Barbie, nicht wahr? Eine absolut harmlose Hündin. Das würde keiner meiner Leser glauben, wenn KPD durch Barbie zu Tode käme. Außerdem ist fest eingeplant, dass diese Krimireihe noch einige Jahre fortgesetzt wird. Ideen habe ich mehr als genug.«

Ich seufzte deprimiert. Ob mich Becker bis zu meiner Pension verfolgen würde?

»Herr Palzki, hat Ihnen Frau Rustik von den Lastwagen erzählt, die nachts heimlich umgeladen werden? Ich bin zweimal auf der Lauer gelegen, habe aber nichts Verdächtiges entdeckt. Mal schauen, ob ich aus dieser Geschichte den Nebenplot der Kriminalhandlung stricken kann. In der ersten Exposé-Version wollte ich Frau Rustik ermorden lassen, weil Sie diese Entdeckung machte und an die Polizei weitergab. Aber irgendwie erschien mir das bisher nicht logisch genug.«

»Seit wann haben Ihre kruden Geschichten etwas mit Logik zu tun?«, ärgerte ich ihn.

Becker wollte gerade antworten, doch noch vor der ersten Silbe brach er ab. »Hallo, Herr Diefenbach«, rief er über meine Schulter hinweg, »es freut mich, dass Sie ebenfalls eingeladen sind.«

KPD begrüßte Becker mit Handschlag. »Ich muss noch ein Hühnchen mit Ihnen rupfen«, begann er streng. »In Ihrem letzten Werk sind meine Vorzüge und positiven Charaktereigenschaften als guter Chef nicht richtig zur Geltung gekommen, obwohl ich Ihnen die wichtigsten Adjektive diktiert habe.«

»Da muss im Lektorat des Verlags etwas schiefgegangen sein«, entschuldigte sich Becker. »Ich werde das überprüfen, damit Sie in den Folgeauflagen korrekt beschrieben werden.«

»Das habe ich längst getan«, sagte KPD. »Nachdem ich mit meinen Anwälten gedroht habe, hat der Verlag eingelenkt. Ansonsten hätte ich eine einstweilige Verfügung erwirkt, und der Verlag hätte die komplette Auflage einstampfen müssen.«

»Ach, die paar Bücher«, mischte ich mich ein. »In China fällt jeden Tag ein Sack Reis um.« Beide warfen mir wütende Blicke zu.

Der Archäologiestudent nutzte die Gelegenheit, das Thema zu wechseln. »Riechen Sie auch schon das Essen von Frau Rustik? Vielleicht sollten wir langsam mal reingehen.«

Wir folgten Becker in das Haupthaus. Die Eingangstür stand weit offen und wurde von den beiden Katzen bewacht. Uns ließen sie ungehindert eintreten.

»Sie kommen gerade rechtzeitig«, rief Heidelinde Rustik aus dem Hintergrund. »Ist Herr Becker schon da?«

»Ja«, rief Becker, »ich bin vor ein paar Minuten gekommen. Kann ich Ihnen etwas helfen?«

»Passt alles«, kam die Antwort. »Mein Mann hat den Tisch gedeckt. Gehen Sie bitte durch ins Esszimmer.«

Das Esszimmer nahm die komplette vordere Hälfte des Erdgeschosses ein. Die großen Panoramascheiben wirkten untypisch für einen landwirtschaftlichen Hof, ließen dafür aber jede Menge Tageslicht herein. Am Tisch, an dem man locker zwei Dutzend Gäste unterbringen konnte, war für fünf Personen eingedeckt. Der Hausherr saß bereits an seinem Platz und trank ein Bier aus der Flasche. »Unsre Tochter Sonja un de Schwiechersohn kumme erscht morje zurick. Mei zwee Brieder und derre Fraue sinn in Urlaub. Sunscht däden die heit a do hocke zum Esse.« Er machte eine großzügige Geste. »Setzen eich. Will jemand ä Bier?«

Ich war der Einzige, der die Frage bejahte.

»Heidi, bringscht ämol ä Bier, hä?«

Kurz darauf brachte Heidelinde Rustik das gewünschte Bier nebst einem Glas. Wortlos stellte sie es auf den Tisch. Mit vorwurfsvollem Blick wandte sie sich an ihren Mann. »Kümmerst du dich bitte um den Wein?«

»Eijo«, erwiderte er. »Weißer oder Roter?«, fragte er in die Runde.

»Welche Qualitäten aus welchen Anbaugebieten haben Sie denn?«, fragte KPD vorsichtig.

»Kä Ahnung«, kam zur Antwort. »Mir sinn jo kä Woitrinker, mei Fraa unn ich. Am beschte hol ich mol alles, was mer in de Speiskammer stehe hawwen. Dort sammeln mer des Zeich, wu ma zum Geburtstag unn annere Gelecheheite gschenkt bekumme hawwen.«

Ich begann, mich innerlich zu amüsieren. Allein die Weinfrage würde meinen Abend retten.

KPDs Kinnlade fiel nach unten, als der Hausherr fünf verstaubte Flaschen auf den Tisch knallte. »Suchen Se sich was aus«, sagte er. »De Korkezieher liegt do vorne newer dem Flascheöffner. Gläser hab ich schunn uff de Disch gstellt.«

Während Becker und ich stumm die Szene beobachteten, holte KPD ein Taschentuch aus seinem Sakko und wischte halbherzig über eine der Flaschen. »Ich denke, ich lege einen alkoholfreien Tag ein und begnüge mich mit Mineralwasser.«

»Heidi, bringscht a noch ä Flasch sauer Wasser?«, brüllte Rustik in Richtung Küche.

Heidelinde Rustik brachte das Gewünschte. In ihrer zweiten Hand trug sie eine Pfanne, in der mehrere Koteletts lagen. Meine Magensaftproduktion legte einen Blitzstart hin. »Bitte entschuldigen Sie, dass ich das Essen heute ausnahmsweise etwas lieblos präsentiere. Leider bin ich alleine in der Küche.«

»Das ist doch kein Problem«, sagte Becker. »Ich rieche schon, wie gut es schmecken wird.«

Frau Rustik schenkte ihm ein Lächeln. »Ich hole die Beilagen, dann können wir loslegen.« Sie blickte ihren Mann an. »Soll ich dir noch ein Bier mitbringen?«

»Eijo«, kam zur Antwort.

Die diversen Beilagen, die Heidelinde Rustik auftischte, waren wenig geeignet, meine Stimmung zu heben. Manches kannte ich sogar namentlich.

»Mann, was sinn des fer Mordsapparate«, rief Herr Rustik. »Sinn die vun uns?«

Seine Frau antwortete nicht, stattdessen fragte sie KPD: »Möchten Sie auch von den Zucchini?«

KPD nickte. »Sehr gerne, aber bitte nicht so viel. Das sind wirklich große Portionen.«

Auch Dietmar Becker und ihr Mann wurden mit dem

Gemüsepotpourri versorgt. »Herr Palzki, was darf ich Ihnen auf den Teller legen?«

»Mir bitte nur ein Kotelett und zwei, drei kleine Kartöffelchen«, antwortete ich. »Ich habe leider diverse Allergien, da muss ich in der Auswahl der Lebensmittel sehr vorsichtig sein. Meine Frau weiß auch nie, was sie für mich kochen kann.«

Niemand am Tisch ging auf meine offensichtliche Lüge ein. Jeder war mit seinem Essen beschäftigt. KPD ebenfalls, aber anders als der Rest redete er hauptsächlich, statt zu essen. Ausschweifend klärte er uns über die verschiedenen Gemüsesorten auf, die vor uns auf den Tellern beziehungsweise in den Schüsseln lagen. Nur ab und zu wanderte eine Gabel mit Gemüse in seinen Mund, während er das Fleisch nicht anrührte. Frau Rustik rollte aufgrund der Diefenbachschen Aufklärung mit den Augen, während sie sich über ihr selbstgekochtes Gemüse hermachte. Ihr Mann hatte sein Kotelett bereits bis auf den Knochen abgenagt und begann, die diversen Beilagen zu verschlingen. Mein eigenes Kotelett hatte ich ebenso schnell wie der Hausherr gegessen. Heidelinde Rustik legte mir wortlos lächelnd ein zweites auf den Teller.

Dietmar Beckers Verhalten fand ich sonderbar. Trotz seines Lobes über Rustiks Kochkünste stocherte er mit der Gabel eher lustlos im Essen herum, während er wie hypnotisiert aus dem Fenster blickte.

»Ist es draußen interessanter als bei uns?«, fragte ich mit sarkastischem Unterton. »Hat Barbie jemanden gerissen?«

»Ach was«, winkte der Student ab. »Ich dachte, dass ich jemanden gesehen habe, den ich kenne.«

»Einer von den Erntehelfern?«, fragte Heidelinde Rustik.

»Nein«, antwortete Becker. »Kennen ist auch nicht der richtige Ausdruck, ich habe den Kerl dabei …« Er verstummte für einen Moment. »Das ist er ja tatsächlich.« Becker spritzte von seinem Platz auf und rannte aus dem Zimmer.

»Ihm hat's bestimmt nicht geschmeckt«, sagte ich in die Runde. »Herr Becker handelt manchmal wenig rational.«

»Was ist denn mit ihm los?«, fragte KPD. Da er die ganze Zeit in einer Art Selbstgespräch über das Gemüse referierte, hatte er nichts von dem Geschehen mitbekommen.

»Er hat einen Geist gesehen«, beruhigte ich ihn. »Sie müssen wegen ihm nicht ins Schwitzen kommen.« KPD standen mehrere Schweißperlen auf der Stirn.

»Ich habe wohl zu schnell gegessen«, meinte er entschuldigend. »Mir ist irgendwie komisch.«

In meinen Augen war mein Chef immer komisch. Mein Blick schweifte zu Heidelinde Rustik. Sie hatte sich auf ihrem Stuhl nach hinten gelehnt und atmete schwer. Auch ihre Stirn war feucht. »Geht es Ihnen nicht gut?«, fragte ich besorgt.

»Geht gleich wieder«, antwortete sie. Zu ihrem Mann meinte sie: »Holst du bitte mal den Schnaps?«

Schwerfällig versuchte dieser aufzustehen, doch es gelang ihm nicht. Er ließ sich wieder zurück auf den Stuhl plumpsen, der dabei laute Knirschgeräusche von sich gab.

Langsam erkannte ich die Lage: Gift, eine andere Möglichkeit schloss ich aus. Ich musste einen Notarzt verständigen, solange es mir selbst noch gut ging. »Wo steht das Telefon?«

»Im Flur«, krächzte Heidelinde Rustik.

Im Flur kam mir ein kreidebleicher Becker entgegen. »Ich habe mich zweimal übergeben«, berichtete er, während er mit wackligen Schritten auf mich zukam. Mit maximal möglichem Abstand führte ich ihn am Oberarm in das Esszimmer zu den anderen. »Setzen Sie sich, ich rufe Hilfe.«

Der Anruf bei dem Rettungsdienst war nur eine Formsache, schließlich wusste ich, wie man am Telefon möglichst effektiv und effizient die nötigen Informationen durchgab. »Ruhe bewahren« war dabei zwar nicht der einzige, aber der wichtigste Grundsatz.

Als ich zurück ins Zimmer kam, war Becker als Einziger ansprechbar. Die drei anderen Personen zog ich der Reihe nach von den Stühlen und legte sie in stabile Seitenlagen auf den Boden, was sie widerstandslos über sich ergehen ließen. Da ich nicht sicher wusste, ob es wirklich Gift war, und wenn ja, um welches es sich handelte, verzichtete ich darauf, ein Erbrechen auszulösen. Ich hoffte, dass es sich nicht um E 605 handelte. Dieses Parathion war besonders tückisch, da es als Kontaktgift über die Haut aufgenommen werden konnte.

Dietmar Becker war halbwegs bei Bewusstsein. Hatte er Glück, weil er das mutmaßlich vergiftete Essen erbrochen hatte? Aber warum merkte ich nichts davon? Am Bier konnte es nicht gelegen haben, denn Herr Rustik hatte ebenfalls Gerstensaft zu sich genommen.

»Herr Palzki?«, stöhnte Becker. Er konnte sich gerade noch so auf dem Stuhl halten.

»Soll ich Sie auf den Boden legen wie die anderen?«

»Es geht schon«, krächzte er weiter. »Ich habe ihn fast geschnappt.«

»Wen haben Sie fast geschnappt?« War Becker im Fieberwahn?

»Diesen Fotografen, der mir im Pfalzmarkt aufgefallen ist. Der ist überall herumgeschlichen und hat heimlich Aufnahmen gemacht. Dabei ist mir seine ungewöhnliche Kleidung aufgefallen, irgendwie keltisch.«

»Keltisch?« War dem Archäologiestudenten wieder einmal die Fantasie durchgegangen?

»Ich kann das nicht beschwören. Ich habe den Kerl nur kurz gesehen. Es war aber definitiv derselbe wie heute früh.«

Ich beließ es zunächst bei dieser Auskunft und kümmerte mich um die anderen. Bei allen konnte ich Puls und Atem feststellen, eine Mund-zu-Mund-Beatmung erübrigte sich daher. Es kam mir wie eine Ewigkeit vor, in Wirklichkeit dürften es kaum zehn Minuten gewesen sein, bis mehrere Rettungswagen mit lautem Signal vor dem Haus hielten.

»Was ist passiert, Reiner?« Kollege Gerhard Steinbeißer kam mit Jutta Wagner zur Tür hereingestürmt. »Wir wurden von der Rettungszentrale informiert, dass es mehrere Vergiftungsfälle gibt.« In dem Moment entdeckte er KPD, der von einem Notfallarzt und einem Rettungssanitäter versorgt wurde. »KPD auch?«

Ich nickte. »Alle außer mir.« Meine Kollegen hatten sich inzwischen im Raum orientiert und vier Patienten gezählt, die versorgt wurden. »Dietmar Becker gehört ebenfalls zu den Betroffenen.«

»Sie haben auch am Essen teilgenommen?«, mischte sich ein Sanitäter ein. Ohne meine Antwort abzuwarten, legte er mir eine Oberarmmanschette an. »Ich messe Ihren Blutdruck, danach mache ich ein EKG. Machen Sie bitte Ihren Oberkörper frei.«

»Mir geht es gut«, wehrte ich mich. »Ein EKG brauche ich nicht. Kümmern Sie sich besser um die anderen.«

»Wie Sie meinen«, sagte der Sanitäter. »Sobald Sie auch nur die geringsten Ausfallerscheinungen bemerken oder es Ihnen komisch wird, geben Sie sofort Bescheid. Vielleicht liegt es an irgendwelchen Medikamenten, die Sie einnehmen, die die Wirkung des Gifts verzögern.«

»Ich bin gesund, ich brauche keine Medikamente, außer gegen Sodbrennen«, polterte ich. Der Sanitäter zog beleidigt ab.

Jutta sah mir streng in die Augen. »Du solltest das nicht auf die leichte Schulter nehmen. Irgendwoher muss das Gift ja gekommen sein.«

»Ist überhaupt schon klar, dass es sich um Gift handelt?«

Jutta zog die Schultern hoch. »Zuerst sind die Ärzte dran. Danach Gerhard und ich.« Am anderen Ende des Speisezimmers unterhielt sich Gerhard mit einem Arzt.

Uns blieb nichts anderes übrig, als zu warten. Nach und nach wurden KPD, Herr Rustik und Dietmar Becker auf Tragen zu den Rettungswagen gebracht. Mehrere Personen kümmerten sich um die nach wie vor auf dem Boden liegende Heidelinde Rustik, die letzte Betroffene in diesem Raum.

»Keine Chance«, sagte irgendwann einer der Notärzte. »Da ist nichts mehr zu machen.« Er und seine Helfer standen auf.

»Tot?«, fragte Jutta überrascht. Der Notarzt nickte. »Sie hat eindeutige Vergiftungssymptome, genau wie die anderen. Festlegen werde ich mich nicht, das wäre reine Kaffeesatzleserei.« Er kam auf mich zu. »Der einzige Anhaltspunkt sind in dieser Phase Sie. Nur Sie zeigen keinerlei Symptome. In billigen Kriminalromanen wären Sie der Täter.«

Ich würde diesen Tipp an Dietmar Becker weitergeben, dachte ich. Falls er überleben wird, ergänzte ich gedanklich und seufzte.

»Was hast du denn gegessen und getrunken, Reiner?«, fragte Jutta. »Die Essensreste von euch werden wir beschlagnahmen und ins Labor schicken. War außer dir und den Opfern noch jemand im Haus? Eine Person, die sich in die Küche schleichen konnte?«

»Keine Ahnung, Jutta. Ich war die ganze Zeit im Esszimmer. Ob irgendwer bei Frau Rustik in der Küche war, kann ich beim besten Willen nicht sagen.«

»Und was hast du gegessen? Ich habe ja so eine Vermutung.«

»Zwei Koteletts. Und ein paar Kartoffeln. Kleine Kartoffeln. Und dazu ein Bier aus der Flasche. Herr Rustik hatte auch Bier getrunken.«

»Kein Gemüse?«, hakte Jutta nach. Ich sah sie mit großen Augen an und verzog meinen Mund. »Warum frage ich überhaupt«, sagte sie kopfschüttelnd.

Gerhard hatte sich weitere Notizen gemacht. »Fleisch und Kartoffeln können wir somit mit hoher Wahrscheinlichkeit ausschließen. Außer, du hast mit deiner ständigen Fastfood-Esserei einen dermaßen abgehärteten Magen und Verdauungstrakt, dass diesem kein Gift mehr etwas anhaben kann. Immun gegen alles sozusagen.«

»Haha«, lachte ich künstlich. »Kümmere du dich besser um das Gemüse. Kennst du alle Sorten, die es gab, beim Namen?«

Gerhard wollte gerade schallend lachen, doch er brach

sofort ab. Im Hintergrund zog ein Sanitäter ein Laken über die tote Landwirtin.

Jutta hatte ein anderes Problem. »Was machen wir mit KPD?«

»Den überlassen wir den Ärzten«, riet ich. Komisch, mein innerlicher Sarkasmus war verschwunden. Unter neutralen Umständen hätte ich sicherlich gesagt, dass mir KPDs Wohlergehen absolut egal war. Doch in dieser Situation kamen mir solche bösen Gedanken nicht einmal ansatzweise in den Sinn. Vier vergiftete Personen, eine davon war tot. Ob KPD überhaupt noch lebte? Was wäre, wenn unser ungeliebter Dienststellenleiter sterben würde? Würden wir wirklich eine Party feiern, wie ich mir in meiner blühenden Fantasie schon zigmal ausgemalt hatte? Auch wenn ich an meinem Chef nie ein gutes Haar ließ, der Gedanke an seinen Tod machte mich verrückt. Wie konnte das sein? Warum hatte ich plötzliche empathische Gefühle bei dem Gedanken an KPD?

Ausgerechnet in diesem Augenblick kamen zwei Männer mit einem Zinksarg ins Zimmer. Ich wandte mich von meinen Kollegen ab, damit sie meine Tränen nicht sehen konnten. »Ich muss raus an die frische Luft«, krächzte ich. Draußen wischte ich mir schnell mit dem Ärmel über das Gesicht. Jutta und Gerhard waren mir gefolgt und beobachteten mich mitfühlend.

»Dich nimmt der Tod von Frau Rustik ziemlich mit, nicht wahr?«

Ich nickte, auch wenn es nur die halbe Wahrheit war. »Ruft ihr im Krankenhaus an und fragt, was mit den anderen ist? Dietmar Becker schien mir von den Dreien am wenigsten betroffen. Er war der Einzige, der sich übergeben hatte.«

Gerhard machte sich eine weitere Notiz. »Wir bekommen automatisch vom Krankenhaus eine Info, sobald man dort was herausgefunden hat oder sich der Zustand einer der Patienten verschlechtert.«

Jutta war wissbegierig. »Seltsam, dass nur Becker sich übergeben hat.«

»Vermutlich, weil er gerannt ist«, erklärte ich. Den fragenden Gesichtern meiner Kollegen zufolge konnten sie mit dieser Information nichts anfangen. Um mich selbst von meinen trübseligen Gedanken abzulenken, klärte ich sie auf. »Wir hatten kaum mit dem Essen begonnen, da sah der Student draußen eine Gestalt herumschleichen. Seiner Meinung nach hatte er den Kerl, der angeblich wie auch immer geartete keltische Kleidung trug, heute früh bei der Eröffnungsfeier des Pfalzmarkts gesehen. Dort soll er heimlich Fotoaufnahmen gemacht haben.«

»Aha«, bemerkte Jutta. »Fotoaufnahmen. Ob es da einen Zusammenhang gibt?«

»Ich weiß nicht«, sagte ich. »Jedenfalls habe ich den Kerl heute früh ebenfalls gesehen. Mit einem Teleobjektiv hat er den Eingangsbereich der neuen Hallen fotografiert. Ich meine natürlich die Menschen, die da rein sind. Ob er keltische Kleidung trug, weiß ich nicht mehr, grundsätzlich könnte es aber derselbe sein. Außerdem behauptet Frau Rustik, dass er auf dem Hänger mit dem Gemüse war, das auf uns gestürzt ist.«

»Sonst weißt du nichts über ihn?«

»Überhaupt nichts. KPD wollte heim, daher konnte ich nicht nachschauen. Sonst hätte ich ihn mir vorgeknöpft. Ganz koscher kam mir die Aktion nicht vor.«

»Auf dem Hof von Rustiks hast du ihn aber nicht gesehen?«

»Fehlanzeige«, erklärte ich. »Als Becker ihn durch das Fenster sah, rannte er sofort nach draußen. Kurz darauf kam er erschöpft zurück, da hatte er sich bereits übergeben.«

Jutta verstand. »Und da ihr gerade erst mit dem Essen begonnen hattet, hat Becker wahrscheinlich nur wenig Gift aufgenommen. Das meiste hat er dann glücklicherweise erbrochen.«

»So könnte es gewesen sein.«

Jutta hatte einen weiteren Gedanken. »Vielleicht hat sich der Typ in die Küche geschlichen?«

»Das denke ich nicht«, gab ich ihr zu verstehen. »Ich glaube, dass das eine mit dem anderen nichts zu tun hat. Obwohl, vielleicht war der Fotograf nur bei der Eröffnungsfeier, um Frau Rustik zu fotografieren? Nein, das hätte er einfacher haben können.«

Wir mussten ein wenig zur Seite gehen, weil der Zinksarg mit der Landwirtin aus dem Haus getragen wurde.

»Ich habe die Spurensicherung angerufen«, sagte Gerhard. »Die kümmert sich um den Rest und sammelt die Essensreste ein. Vielleicht findet die noch eine Spur, die uns weiterhelfen kann.«

Jutta stimmte ihm bei. »Hier können wir nichts mehr tun. Reiner, sollen wir dich nach Schifferstadt mitnehmen?«

Im ersten Moment zögerte ich und überlegte. Dann zog ich den Schlüssel von KPDs Dienstwagen aus meiner Tasche. »Ich bringe den Wagen unseres Chefs zurück. Hier steht er nur im Weg herum.«

»Was ist da vorne los?« Jutta deutete in Richtung Landstraße.

»Dort wohnen die Erntehelfer«, klärte ich sie auf. »Ein Spanier, der gerade mit dem Kleinbus wegfahren will, hat neue Arbeiter gebracht. Andere bringt er zurück in ihre Heimat, Rumänien glaube ich oder Bulgarien.«

»Den müssen wir unbedingt befragen«, rief Gerhard und rannte los. Weit kam er nicht, da aus einem Nebengebäude die Kampfmaschine Barbie mit furchteinflößendem Gebell auf ihn zu rannte. Gerhard erstarrte mitten im Lauf, während Jutta anders reagierte, indem sie ihre Waffe zog.

»Halt«, schrie ich sie an und rannte die wenigen Schritte zu meinem Kollegen. Barbie war nur noch rund fünf Meter von uns entfernt und setzte zum Sprung an. »Stopp!«, schrie ich, so laut ich konnte. »Barbie, Platz!« Obwohl ich zitterte wie Espenlaub, stellte ich mich breitbeinig vor das Biest und schaute ihm in die Augen. Der Rottweiler gehorchte und blieb ebenfalls stehen. »Hau ab!«, fauchte ich den Hund an und wunderte mich, dass er auf mein Kommando hörte. Langsam trottete er zurück in seine Hütte.

»Was war das denn eben?«, fragte ein sichtlich erblasster Gerhard. »Seit wann bist du so mutig, Reiner? Der Rottweiler hätte uns in Stücke reißen können.«

»Ach was, der Hund ist vollkommen harmlos.«

Jutta mischte sich ein. »Hast du eben das Tier Barbie genannt, oder habe ich mich verhört?«

»Noch ein Beweis, dass es sich um ein harmloses Schoßhündchen handelt«, behauptete ich. »Wir sollten uns beeilen, sonst ist der Bus weg.«

Gerhard nahm seinen ursprünglichen Plan wieder auf und rannte den Weg nach vorne zum Lager der Erntehelfer. Jutta und ich ließen es geruhsamer angehen.

Als wir bei ihm ankamen, hatte sich Gerhard bereits vorgestellt. Der spanische Vermittler war aus dem abfahrbereiten Bus wieder ausgestiegen.

»Herr Miro, wissen Sie, was heute Abend passiert ist?«

»Ich habe mich vorhin mit einem der Sanitäter unterhalten«, erklärte der Spanier. »Rustiks und ihre Gäste sind während des Abendessens vergiftet worden. Genaueres konnte er mir nicht sagen.«

»Waren Sie heute im Haupthaus?«

Pablo Miro wurde misstrauisch. »Warum fragen Sie mich das? Ich habe damit nichts zu tun. Ich bringe Heidelinde regelmäßig neue Helfer und nehme andere wieder mit zurück in ihre Heimat. Zum Essen war ich nicht eingeladen.« Dann entdeckte er mich. »Sie haben mich doch vor gut zwei Stunden gesehen«, sagte er zu mir. »Sie wissen doch, warum ich hier bin. Kann ich endlich fahren? Sonst schaffe ich die Tour nicht und kriege Ärger mit meinem Chef.«

»Immer mit der Ruhe, Herr Miro«, besänftigte ich ihn. »Niemand will Ihnen etwas Böses. Mein Kollege muss allen Anwesenden Fragen stellen, denn es geht wahrscheinlich um eine Mordermittlung.«

»Mord?« Miro wurde blass. »Wieso Mord? War es kein Unfall? Ich habe niemanden umgebracht und von den Leuten hier auch keiner. Wir waren den ganzen Abend zusammen und haben gegessen und viel geredet. Wer wurde denn überhaupt ermordet?«

»Frau Rustik«, sagte ich. »Jedenfalls sieht es danach aus.«

»Heidelinde? Oh, mein Gott!« Der Spanier lehnte sich an die Motorhaube und vergrub sein Gesicht in beide Hände. »Wer tut so etwas? Heidi ist, äh, war so eine tolle Frau. Ihr grober Mann passte so gar nicht zu ihr. Wie ist das passiert?« Mit Tränen in den Augen blickte er mich an.

»Wir wissen noch nicht viel«, sagte Jutta. »Leider müssen wir von Ihnen und Ihren Passagieren die Namen,

Adressen und Telefonnummern registrieren, sonst dürfen wir Sie nicht fahren lassen.«

Miro nickte und sog mehrfach tief Luft ein. Dann rief er ein paar Sätze in einer fremden Sprache in den Bus, worauf drei Männer und vier Frauen ausstiegen. Der Spanier erklärte ihnen die Lage. Dann wandte er sich wieder Jutta zu. »Von dem Mord habe ich den Helfern nichts gesagt. Das werde ich unterwegs erklären. Ich habe ihnen erzählt, dass Sie vom Finanzamt sind. Entschuldigen Sie bitte meine kleine Notlüge, aber ich bin noch ganz durcheinander.«

Unsere Arbeitsteilung funktionierte gut. Gerhard nahm die Personalien auf, während Jutta und ich Pablo Miro weiter befragten.

»Um auf eine Frage von vorhin zurückzukommen: Waren Sie heute im Haupthaus?«

Der Spanier bejahte. »Heute Mittag, als ich ankam. Ich habe mit Heidi den Papierkram geregelt. Im Obergeschoss hat sie ein kleines Büro, dort werden Sie bestimmt die Unterlagen finden. Das ist natürlich alles ordnungsgemäß beim Finanzamt und den Sozialversicherungsträgern angemeldet.«

»Und danach waren Sie die ganze Zeit bei den Containern?«

»Ausschließlich«, betätigte er. »Bei jeder Ankunft gibt es ein großes Hallo, weil sich die meisten untereinander kennen. Und wenn es die Zeit zulässt, so wie heute, wird ausgiebig gemeinsam gekocht und auch ein klein wenig gefeiert. Ich habe selbstverständlich keinen Alkohol getrunken, ich will ja meinen Job nicht verlieren.«

»Das glauben wir Ihnen, keine Sorge. Ist Ihnen sonst etwas aufgefallen? Sie sind schließlich öfter auf dem Hof der Rustiks. War heute etwas anders als normalerweise? Haben Sie fremde Personen gesehen?«

Miro schüttelte langsam den Kopf. Dann sah er mich an. »Nur Sie und den anderen Mann. Aber Sie wurden ja von Heidi begrüßt. Nein, oder doch: So ein komischer Typ mit einer profimäßigen Fotoausrüstung ist herumgeschlichen.«

Wir wurden hellhörig. »Haben Sie gesehen, was er gemacht hat?«

»Niemand hat auf den so richtig geachtet. Der ist überall herumgelaufen, mal vorne an der Straße, dann wieder auf dem Acker von den Nachbarn. Überall scheint er wie wild fotografiert zu haben. Bei den Containern haben wir es ihm verboten. Die Erntehelfer haben auch so schon viel zu wenig Privatsphäre.«

Gerhard wirkte aufgeregt. »Sie haben mit ihm gesprochen?«

»Natürlich«, antwortete Miro. »Das war vielleicht ein seltsamer Typ. Er sah aus, als käme er von einem dieser Mittelalterfeste, die es inzwischen in fast jeder Kleinstadt gibt. Die Kleider, die er trug, waren ziemlich, ja, wie soll ich sagen, also, wie wenn jemand ohne Näherfahrung Stoffe zusammenschustert. Irgendwie so Kraut und Rüben. Seine Kamera hingegen, die muss das neueste Modell gewesen sein. An seinem Oberkörper baumelten mehrere Köcher mit Objektiven. Und auf einer Tasche war das Foto einer Burg drauf. Es erinnerte mich irgendwie an Schottland, ich weiß auch nicht, warum.«

Gerhard schrieb eifrig mit. »Und was wollte er?«

»Fotografieren«, antwortete Miro. »Er behauptete, dass er eine Erlaubnis des Besitzers habe. Heidi konnte ich nicht fragen, weil die Gäste schon da waren. Als ich ihm gesagt habe, dass er im Bereich der Container nicht fotografieren darf, hat er das sofort akzeptiert. Er verabschiedete sich und ging.«

»Und das war alles?«

»Ja, äh, das heißt nein. Er wollte von mir wissen, ob auf dem Parkplatz auf der anderen Seite der Landstraße öfter Lastwagen über Nacht parken würden. Da ich nur selten über Nacht hier bin, konnte ich dazu nichts sagen. Mir kam die Frage nicht verdächtig vor, doch jetzt, nach Heidis Tod …?«

»Wir werden der Sache nachgehen. Haben Sie gesehen, ob der geheimnisvolle Fotograf irgendwo ein Auto geparkt hatte?«

»Tut mir leid, ich habe keine Ahnung.«

»Würden Sie bitte Ihre Arbeiter fragen?«

Der Spanier wechselte die Sprache und redete eine Weile mit den Erntehelfern. »Niemand weiß was«, sagte er schließlich auf Deutsch. »Den meisten ist nicht mal der Typ aufgefallen. Können wir jetzt fahren? Übermorgen bin ich wieder hier, wenn Sie weitere Fragen haben. Ich gehe mal davon aus, dass Heidis Mann den Hof weiterführen wird gemeinsam mit seiner Tochter.«

Nachdem ich mich mit Gerhard und Jutta beratschlagt hatte, ließen wir den Kleinbus fahren. Gerhard forderte von der Dienststelle ein paar Beamte an, damit diese die verbliebenen Erntehelfer befragen konnten. Noch war nicht klar, ob es wirklich um Mord ging, oder ob es sich um einen schlimmen Unfall handelte.

KAPITEL 4
DER INTERIMS-CHEF

Obwohl ich den schnelleren Wagen zur Verfügung hatte, kam ich erst einige Minuten nach meinen Kollegen auf dem Parkplatz der Dienststelle an. Das lag aber nicht daran, dass ich einen Zwischenstopp bei einer Imbissbude einlegte, sondern ausschließlich an meinen Grübelgedanken, die mich in meiner Konzentration behinderten. Ich stutzte, als vor mir ein Baumarkt-Lkw inklusive Hänger mit offener Ladefläche auf den Hof der Kriminalinspektion einbog. Wer hatte dem Fahrer das Rolltor geöffnet? Außerdem war es inzwischen nach 21 Uhr, eine absolut unübliche Zeit für eine Baumarktlieferung.

Mehr als neugierig stellte ich KPDs Dienstwagen mittig auf seinem reservierten Dreierparkplatz ab und ging zu dem Gefährt, dessen Fahrer sich unschlüssig umsah.

»Wo kann ich des Zeich ablade?«, fragte er mich von oben herab aus dem Führerhaus.

»Kommt darauf an, was Sie für Zeug haben. Büromaterial wird's wohl nicht sein, oder?«

Der Fahrer brüllte, als hätte ich den Witz des Jahres gemacht. Mit einer knappen Geste deutete er auf seine Ladefläche. »Die Stää do, die soll ich all do irchendwu ablade.«

»Die Steine?«, wiederholte ich erschrocken. Natürlich hatte ich die roten Sandsteinblöcke gesehen, mit denen der Lkw und sein Hänger bis zum Maximum oder darüber hinaus beladen waren. »Was sollen wir mit diesen Felsbrocken?«

»Des weeß ich doch net!«, rief er entrüstet. »Des iss ä Lieferung fer ähn gewisse Diefebach. Der schafft doch do, oder? Ich hab gsagt kriegt, dass ich erscht ab de Neune kumme derf, damit des net all mitkriche, die do schaffe.«

»Jaja«, antwortete ich, obwohl von *Schaffen* im Zusammenhang mit KPD nicht die Rede sein konnte. Weder im Moment noch zu einem früheren Zeitpunkt. Mir kamen die Umbaupläne von KPD in den Sinn: Schloss Neuschwanstein. War diese Lieferung das Fundament für sein größenwahnsinniges Vorhaben? Aber warum diese Geheimniskrämerei? Ich besah mir kurz die Sandsteine. Es handelte sich um akkurat verarbeitete Blöcke, die ich auch bei mir zu Hause gut gebrauchen könnte, zumal unser Vorgarten noch nicht eingefriedet war. Würde es auffallen, wenn ich diese Steine, oder zumindest einen Teil davon, an eine alternative Adresse liefern lassen würde? Gerade noch rechtzeitig fiel mir ein, dass sich eine Mauer bei mir zu Hause nicht von alleine bauen würde. Da mir im Moment auch nicht der Sinn danach stand, meinen Chef zu ärgern, gab ich dem Fahrer Order, die Steine in der hintersten Ecke unseres Hofes abzuladen. In anderen Zeiten hätte ich ihn gebeten, die Sandsteine gleichmäßig um KPDs Dienstwagen zu verteilen.

»Wo bleibst du denn?«, fragten Jutta und Gerhard unisono, als ich im Büro ankam. Die Kaffeemaschine knatterte auf dem Sideboard vor sich hin.

»Ich musste ein gewichtiges Problem lösen«, sagte ich, ohne näher darauf einzugehen. »KPDs Wagen ist in

Sicherheit, wie sieht's um ihn selbst aus? Habt ihr Nachricht aus dem Krankenhaus?«

»KPD und Herr Rustik liegen auf der Intensiv«, sagte Jutta. »Genaueres ist im Moment nicht in Erfahrung zu bringen.«

»Und Becker?«

»Dem geht's gut. Er muss mindestens bis morgen zur Beobachtung in der Klinik bleiben. Die Ergebnisse der diversen Analysen liegen ebenfalls erst frühestens morgen vor. Wir haben nach wie vor keinen konkreten Verdacht, wo das Gift herkam.«

»Aus dem Gemüse«, sagte ich vorschnell.

»So schlau sind wir auch«, entgegnete Gerhard.

»Das heißt, wir können heute nichts mehr tun?«

Meine Kollegen schüttelten den Kopf. »Wir trinken noch den Kaffee aus, dann gehen wir nach Hause. Das solltest du am besten auch tun.« Sie sah mich streng an. »Und falls es dir heute Nacht plötzlich schlecht werden sollte, rufe bitte in deinem eigenen Interesse sofort den Notarzt an.«

»Alles klar«, versprach ich und setzte mich zu Gerhard an den Besprechungstisch. Gemeinsam tranken wir den Kaffee, und ich vertilgte zusätzlich eine stramme halbe Dose Besucherkekse, die Jutta stets für besondere Gäste in ihrem Schreibtisch versteckte.

Es war spät, als ich nach Hause kam, aber nicht zu spät. Paul und Melanie waren noch auf. »Papa, du musst mir helfen«, schrie meine 13-jährige Tochter quer durchs Haus, als ich die erste Sekunde im Hausflur stand. Aus dem Keller kam mir der drei Jahre jüngere Paul entgegen, der einen geknickten Eindruck machte. »Guten Abend, mein lieber Papa«, begrüßte er mich. Sofort schrillten aufgrund der ungewohnten Begrüßung sämtliche Alarmglocken. Ich überlegte: Hatte ich die Jahresrechnung der Privathaftpflichtversicherung überwiesen? Irgendetwas Dramatisches und vor allem Teures musste vorgefallen sein, sonst hätte Paul nicht diesen rhetorischen Aufwand betrieben.

»Hallo, mein Großer«, sagte ich vorsichtig. Die Aufarbeitung eines vermutlich kriminellen Handelns meines Sohnes hatte mir heute Abend gerade noch gefehlt. »Alles klar bei dir? Warum bist du noch nicht im Bett?«

»Um die Uhrzeit?«, entgegnete er. »Ich bin doch kein kleines Kind mehr.«

Ich schaute mit einer übertriebenen Armbewegung auf meine Uhr. »Aber jetzt wird's trotzdem Zeit. Ist soweit alles in Ordnung? Steht die Schule noch? Oder gibt's irgendwelche Zerstörungen?«

Paul ließ sich mit der Antwort mehrere Sekunden Zeit. Sekunden, in denen mir literweise der Schweiß den Rücken hinunterlief.

»Es ist alles in bester Ordnung, Papa«, säuselte er absolut unglaubwürdig. »Du musst dir keine Gedanken machen, lieber Papa.«

Ich konnte mich nicht mehr beherrschen. »Los, sag schon, was ist passiert?«, pflaumte ich ihn hart an.

Mein Sohn zog den Kopf ein. »Nichts, Papa«, murmelte er und war dabei den Tränen nahe. »Es ist alles in bester Ordnung«, schniefte er. »Gute Nacht.« Er rannte die Treppe hoch zum Kinderzimmer.

Mit einem Kloß im Hals ging ich ins Wohnzimmer. Von meiner Frau war nichts zu sehen. Melanie saß mitten auf dem Boden, umlagert von Dutzenden Heften und Büchern.

»Wo ist Mama?«, fragte ich sie, dann entschied ich mich, nach meiner Frau zu rufen. »Stefanie? Wo bist du?«

Melanie sah auf. »Die ist drüben bei den Zwillingen. Sei leise, damit du sie nicht weckst. Setz dich lieber zu mir und hilf mir mit den Hausaufgaben, sonst drehe ich noch durch.«

»Hausaufgaben? Weißt du, wie viel Uhr es ist?«

»Da kann ich doch nichts dafür, wenn Mama mir nicht helfen will.«

»Wie wäre es, wenn du deine Aufgaben nachmittags machst?«

»Da war ich mit meiner Clique unterwegs«, antwortete sie frech. »Mein Tag hat auch nur 24 Stunden. Und dann musste ich für Mama zur Apotheke radeln, weil Lars und Lisa Durchfall hatten und alles vollgeschissen haben.«

»Die Zwillinge sind krank?« Ich wurde immer hektischer und aufgewühlter.

Melanie gelang es, mich zumindest bezüglich Lisa und Lars zu beruhigen. »Denen geht's längst wieder gut. Aber Mama hat die Betten abziehen und waschen müssen. Und noch ein paar andere Sachen. Das hat echt übel gestunken. Und als dann Paul noch mit dem – ach nichts.« Melanie schaute mich zum ersten Mal an. »Hilfst du mir jetzt bitte? Auch ich muss irgendwann mal ins Bett.«

Ich setzte mich auf die Couch. »Ist das komplette Zeug für deine Hausaufgaben? Das kenne ich gar nicht von dir, dass du solch einen Aufwand betreibst.«

»Das ist alles für das dumme Referat, das ich morgen halten muss«, sagte sie trotzig. »Ich brauche noch über fünf Seiten.«

Das, was Melanie mir sagte, passte nicht zusammen. »Du willst doch nicht behaupten, dass du heute in der

Schule als Hausaufgabe ein mehrseitiges Referat für morgen aufgekriegt hast.«

»Ne«, antwortete sie naiv, aber ehrlich. »Das war vor drei oder vier Wochen. Ich dachte, dass ich noch einen Tag länger Zeit hätte, als ich heute zufällig in mein Hausaufgabenheft geschaut habe.«

»Zufällig?« Ich schnappte nach Luft.

»Nicht aufregen, Paps.« Melanie reagierte gelassen. »Wir dürfen pro Halbjahr viermal die Hausaufgaben vergessen. Erst ab dem fünften Mal gibt's Abzüge in der Epo-Note. Und warum sollte ich das nicht ausreizen? Du hast mir doch selbst irgendwann mal das Minimalprinzip erklärt.«

»Das gilt aber nicht für die Hausaufgaben!« Insgeheim musste ich der Bauernschläue meiner Tochter Respekt zollen. Ich selbst hatte in meiner Schulzeit und auch danach das Minimalprinzip sehr häufig mit Erfolg genutzt. Nach diesem Lehrsatz sollte man ein vorgegebenes Ziel mit dem geringstmöglichen Einsatz erreichen, um Energie und Aufwand zu sparen. Lehrer würden einwenden, dass dies etwas für faule und bequeme Menschen sei, aber letztendlich zählte nur der Erfolg. »Wie oft hattest du in diesem Halbjahr bereits die Hausaufgaben vergessen?« Das letzte Wort betonte ich deutlich.

»Erst zweimal«, antwortete sie. »Das Referat zählt aber doppelt, so ein Mist.« Sie blinzelte mich an. »Soll ich dir verraten, wie oft Paul keine Hausaufgaben hat?«

»Nein«, konterte ich. Zum einen wollte ich im Moment nicht an meinen Sohn erinnert werden, zum anderen reichten mir die ständigen Lehrer-Eltern-Gespräche.

»Um welches Thema geht es denn?« Ich versuchte abzulenken.

»Ich muss den Gemüsegarten Vorderpfalz vorstellen«, erklärte mir Melanie, indem sie mir ein paar Seiten Computerausdrucke vor die Nase hielt. »Das habe ich am Computer geschrieben und ausgedruckt. Die allgemeinen Daten habe ich, auch eine Aufzählung des Gemüses. Wusstest du, wie viele Gemüsesorten bei uns angebaut werden?« Melanie suchte in ihrem Dokument die passende Stelle. »Blumenkohl, Chinakohl, Erbsen, Feldsalat, Gurken …«

»Halt«, unterbrach ich sie. »Das reicht. Bei dem Thema kann ich dir nicht helfen. Frag Mama.«

»Die will nicht!« Melanie stand kurz vor einem Tobsuchtsanfall.

Mir kam eine Deeskalationsstrategie in den Sinn, die aus meiner unrühmlichen Schulzeit stammte. »Was ist mit Bildern? Hast du Bilder in deinem Referat?«

Melanie legte die Stirn in Falten. »Was soll ich mit Fotos, die kann ich nicht vorlesen. Ich muss das Ding morgen in der Klasse vortragen.«

»Zeig mir mal die konkrete Aufgabenstellung.« Sie reichte mir ihr Hausaufgabenheft. Ein kurzer Blick und ich konnte aufatmen. »Ist doch alles paletti. Hier steht, dass das Referat zehn Seiten umfassen muss, eine Mindesttextmenge wird nicht erwähnt. Und außerdem gehören Bilder zu jedem guten Referat dazu. Sie verdeutlichen den Text. Schau doch mal in deine Schulbücher rein, wie viele Fotos sind denn da drin?«

Melanies Augen begannen zu glänzen. »Du hast vollkommen recht, Paps. Das ist die Lösung. Ich kopiere aus dem Internet schnell ein paar Fotos von dem Gemüse rein, dann habe ich ratzfatz die Seiten voll. Paps, du bist der Beste.«

»Weiß ich doch«, sagte ich gütig. »Jetzt schnapp deine Sachen und ab in dein Zimmer. Das Referat dürftest du ja in ein paar Minuten fertig haben.«

Melanie sammelte ihre Sachen ein. »Das mache ich morgen früh. Gute Nacht, Paps.«

»Halt, einen Moment bitte.«

Sie drehte sich zu mir um. »Ja?«

»Was hat Paul heute angestellt?«

Melanie überlegte einen Moment, dann antwortete sie: »Das sage ich nicht.« Bevor ich reagieren konnte, war sie verschwunden.

Ich widmete mich der nächsten Baustelle und schlich ins Kinderzimmer.

»Bist du schon lange da?«, flüsterte Stefanie.

Ich warf einen wohlwollenden Blick in die Kinderbettchen. »Ich habe Melanie mit ihrem Referat geholfen.«

»Du?« Die beste Ehefrau von allen schaute ungläubig. »Wie denn das? Bei dem Thema kennst du dich überhaupt nicht aus.«

Ich konterte: »Das Zeug muss ich fast jeden Tag essen, warum sollte ich mich da nicht auskennen? Außerdem ging es hauptsächlich um die technische Umsetzung. Du musst dir da jetzt keine unnötigen Gedanken machen. Melanie wird morgen ihr Referat halten und fertig. Was ist mit Lisa und Lars?«

Die Ablenkung funktionierte. »Seit einer guten Stunde schlafen die beiden endlich. Es war ein sehr stressiger Tag für mich. Ich gehe davon aus, dass irgendetwas mit ihrem Essen nicht in Ordnung war, weil Lisa und Lars fast zeitgleich Durchfall bekamen und sich übergeben haben. Du warst heute Mittag kaum weg, da ging es los. Es hat zum Glück genauso schnell wieder aufgehört, wie es begonnen hatte, sonst hätte ich den Notarzt gerufen.« Sie schnaufte tief durch. »Mit Saubermachen war ich den Rest des Tages beschäftigt. Melanie und Paul waren dabei absolut keine Hilfe.«

Über Lisa und Lars war ich nun informiert. Auch wenn ich gerne darauf verzichtet hätte, musste ich mich dem Hauptproblem Paul stellen. »Und was hat unser Zehnjähriger heute alles so angestellt?«

Stefanie reagierte nahezu gelassen, was mich sehr wunderte. »Ich weiß es nicht und will es im Moment auch nicht wissen. Irgendwann kam er mit unserem Nachbarn nach Hause. Herr Ackermann meinte nur, dass niemand ernsthaft zu Schaden gekommen sei. Dann ist er wieder gegangen, und Paul hat sich in sein Zimmer verkrümelt. Da ich mit Lisa und Lars beschäftigt war, konnte ich mich darum nicht auch noch kümmern.«

»Ach, so ist das also«, sagte ich wertungsfrei. Mir war es auch lieber, wenn ich von dieser Sache erst morgen erfahren würde. Ich nahm meine Frau in den Arm und führte sie ins Wohnzimmer auf die Couch.

»Soll ich dir etwas zu essen machen?«, fragte sie, weil mein Magen wie ein Hochseedampfer knurrte.

»Ich habe keinen Hunger«, sagte ich. Das stimmte sogar. Juttas Kekse lagen mir im Magen mit brennenden Auswirkungen auf die Speiseröhre. Überdies war ich nicht in der Stimmung zu essen, was bei mir freilich nur selten vorkam.

»Was würdest du sagen, wenn KPD nicht mehr Dienststellenleiter bei uns in Schifferstadt wäre?«, begann ich vorsichtig.

Ihrem Gesichtsausdruck nach hatte Stefanie mit dieser Frage nicht gerechnet. »Wird Herr Diefenbach an eine andere Dienststelle versetzt?« Eine Sekunde später ergänzte sie: »Wirst *du* dann …«

»Keine Ahnung«, begann ich mit der Eröffnung des traurigen Teils der Nachricht. »Es kann sein, dass mein Chef nicht mehr lebt.«

Stefanie riss die Augen auf. »Diefenbach tot? Wie das? Warum sagst du, dass es sein könnte? Was ist passiert?« Sie musterte mich genau. »Ist mit dir alles in Ordnung?«

»Mir geht's prima«, beteuerte ich. »Es gab ein Problem mit dem Essen bei der Landwirtin, bei der KPD und ich eingeladen waren. Im schlimmsten Fall hat jemand das Essen vergiftet.«

»Vergiftet?« Stefanie wurde hellhörig. »Erzähl, ich hatte bei unseren Zwillingen nämlich den gleichen Verdacht.«

»Ach was, das kann nur Zufall sein. Lisa und Lars haben was völlig anderes gegessen. Da kann es keine Zusammenhänge geben. Es könnte sein, auch wenn ich es für abwegig halte, dass irgendjemand einen der Gäste vergiften wollte und die anderen als Kollateralschaden in Kauf nahm.«

»Welche anderen Gäste?« Meine Frau klang sehr erregt.

Ich versuchte, es ihr schonend beizubringen. »KPD und der Mann von Frau Rustik wurden mit schweren Vergiftungserscheinungen ins Krankenhaus gebracht. Beide liegen auf der Intensivstation. Dietmar Becker war ebenfalls eingeladen. Da er sich erbrochen hat, scheint er noch mal Glück gehabt zu haben. Das hatte Frau Rustik leider nicht: Sie ist noch im Esszimmer verstorben.«

»Oh, mein Gott!« Stefanie zitterte am ganzen Leib. »Ich fahre mit Lisa und Lars sofort ins Krankenhaus. Die beiden haben sich erbrochen, und Durchfall hatten sie auch. Das kann doch nur bedeu…«

Ich nahm meine Frau noch fester in den Arm. »Nichts hat das zu bedeuten. Oder haben die Zwillinge Koteletts genagt? Und das Gemüse, das hat Frau Rustik frisch gekocht. Wie sollen Lisa und Lars davon gegessen haben?«

Langsam beruhigte sie sich. »Wer war sonst noch beim Essen dabei?«, fragte sie unsicher. Dann fiel ihr ein, dass ich selbst dort war. »Und du?«, rief sie panisch. »Was ist mit dir? Hat man dir den Magen ausgepumpt oder hast du dich auch erbrochen?«

»Mir ist nichts passiert, Stefanie.« Ich streichelte ihr über die Haare, um sie zu beruhigen. »Wir vermuten, dass das Gift in einer Gemüsesorte war, die ich zufälligerweise nicht probiert habe. Ich habe als Einziger keinerlei Symptome.«

Sie verstand. »Du hast als Einziger nur Fleisch gegessen«, stellte sie fest.

»Stimmt überhaupt nicht«, erwiderte ich eingeschnappt. »Kartoffeln habe ich auch gegessen und äh …«

»Werden Herr Diefenbach und der Mann überleben?« Stefanie stellte die Frage sehr leise.

»Ich weiß es nicht«, antwortete ich in gleicher Lautstärke. »Wir können im Moment nur abwarten. Morgen werde ich mir mit Jutta und Gerhard alles im Detail anschauen. Falls KPD nicht ansprechbar ist, gehe ich davon aus, dass das Präsidium in Ludwigshafen die Ermittlungen übernimmt, da wir Schifferstadter betroffen sind. Rein theoretisch könnte es ein Mordanschlag auf KPD oder mich gewesen sein.« Schlagartig kam mir der Vorfall von heute früh in den Sinn. War es doch kein

Zufall, dass die Gemüsepaletten auf Frau Rustik, KPD und mich gestürzt waren? Wollte jemand auf einen von uns ein Attentat ausüben? Falls der Name des Opfers Heidelinde Rustik lautete, hatte der Täter im zweiten Anlauf Erfolg gehabt. Das würde allerdings bedeuten, dass sich ein Fremder in Rustiks Haus eingeschlichen hatte.

»Ist dir etwas eingefallen?«, fragte Stefanie, weil ich geistig so lange abwesend wirkte.

»Ich glaube nicht, dass es ein Verbrechen war«, besänftigte ich sie. »Am ehesten dürfte es ein Unfall gewesen sein, unglückliche Umstände oder so was in die Richtung. Das werden wir morgen herausfinden, ganz bestimmt. Lass uns jetzt ins Bett gehen.«

Es wurde eine sehr unruhige Nacht. Erst nach einer ausgiebigen Dusche und einem starken Kaffee kam ich zu mir. Ungewöhnlich früh machte ich mich auf den Weg zur Dienststelle. Auch Stefanie war dies aufgefallen. »Gibst du mir Bescheid, sobald du Näheres über Herrn Diefenbach weißt?«

Ich nickte und gab ihr zum Abschied einen Kuss.

Vor der Haustür nahm das Schicksal seinen Lauf: Frau Ackermann, die schrecklichste Nachbarin, die man sich vorstellen kann, kehrte die Garageneinfahrt. Mein Versuch, unentdeckt in meinen Wagen zu steigen und loszufahren, misslang aufgrund der räumlichen Nähe. Ein Hörsturz war das Mindeste, was ich von dieser Begegnung davontragen würde. Frau Ackermann war nämlich so etwas wie eine Meisterin des Wortes. Wobei es bei ihr nicht um ein bestimmtes Wort ging, sondern um viele Wörter. Eigentlich alle. Ihr überflüssiges und lebensgefährliches Talent bestand darin, mehr oder weniger sinnvolle Bandwurmsätze zu bilden und diese mit einer außergewöhnlich hohen Geschwindigkeit auszusprechen. Von Sprechen konnte eigentlich kaum die Rede sein, ihre Stimme war eine rhetorische Wasserstoffbombe. Einmal in Gang gesetzt, war sie nicht zu stoppen und agierte bis zum bitteren Ende. Für mich war Frau Ackermann die Frau, die schneller sprach als ihr Schatten.

»Hallo, Herr Palzki«, begann sie, als sie mich erkannte. Ich war verloren, da ich einige Meter von meinem Wagen entfernt war. Sie sog ihre Lungen mit Sauerstoff voll.

»Sie sind ja schon früh auf heute Morgen, normalerweise gehen Sie immer eine Stunde später ins Büro. Ich sehe Sie ja jeden Tag durch mein Küchenfenster. Heute ist ein besonderer Tag, Herr Palzki. Sie wissen ja, wie trostlos mein Leben ist, seit mein Mann Frührentner ist. Der liegt tagsüber nur auf der Couch und glotzt Videos. Nur manchmal steht er auf, dann ist er mit Ihrem Sohn Paul auf Achse, so wie gestern, da haben die beiden … ach, das haben die Ihnen bestimmt schon erzählt. Mit meinem Mann ist kein Blumentopf zu gewinnen. Der ist einfach nur faul. Wenn ich nicht auf seine Rente angewiesen wäre, hätte ich ihn längst vergiftet, irgendwas hätte ich ihm unters Essen gemischt. Frauen morden ja meist mit Gift, Herr Palzki, das wissen Sie aber bestimmt. Ich habe das in den Krimis gelesen, die ich mir immer in der Bücherei ausleihe. Apropos Gift, Herr Palzki, Sie haben sich bestimmt gefragt, warum ich unter der Woche den Platz vor der Garage kehre. Nachher kommen bei uns die Handwerker. Die habe ich selbst bestellt. Es ist heutzutage echt nicht leicht, einen Handwerker zu bekommen. Ich habe ein paar kommen lassen, damit die mir ein Angebot machen. Aber alle sind nach höchstens fünf

Minuten, ohne sich zu verabschieden, wieder weggefahren. Mit dem, der heute kommt, war das anders. Der gute Mann ist leider extrem schwerhörig, aber er weiß, was ich will. Ich will nämlich unsere Wiese in einen Gemüsegarten umgestalten lassen. Mein Mann hat sowieso nie den Rasen gemäht. Jetzt will ich dort gesundes Gemüse anbauen. Ihre Frau ist von der Idee übrigens auch sehr begeistert. Wenn ich mal zu viel geerntet habe, bringe ich Ihnen und Ihrer Frau was rüber, einverstanden? Oh, Herr Palzki, ich bin so aufgeregt. Wir bekommen ja so selten Besuch.«

Mir gelang es, mit letzter Kraft in das Auto zu kriechen. Meine Ohren brannten, als würden sie in einem Schmelzofen liegen, und der Kopf pochte, als wenn ihn jemand mit einem Vorschlaghammer bearbeiten würde. Nach einigen Metern hielt ich am Straßenrand an und holte mir die N3-Packung Ibuprofen aus dem Handschuhfach, die ich dort für solche und ähnliche, aber harmlosere Fälle lagerte.

Ich wusste, dass es keinen Sinn ergab, doch ich tat es trotzdem: KPDs Büro stand offen, aber es war leer. Vielleicht hatte sich die Geschichte noch nicht überall herumgesprochen. Ich beschloss, nicht in KPDs Unterlagen herumzuwühlen, wobei es mich schon interessiert hätte, womit er sich zurzeit neben seinem Schlossbau beschäftigte.

»Guten Morgen, Reiner«, begrüßten mich Jutta und Gerhard. »Wir haben damit gerechnet, dass du heute zur normalen Zeit ins Büro kommst.«

Ich ignorierte die Stichelei und goss mir einen Kaffee ein. »Was gibt's Neues? Die schlechten Nachrichten bitte zuerst.«

»KPD liegt im künstlichen Koma«, sagte Jutta. »Wenn es keine Rückschläge gibt, wird er wohl durchkommen. Ob er danach noch der Alte sein wird, wissen die Ärzte nicht. Es gab wohl eine Zeit lang Probleme mit der Sauerstoffversorgung seines Gehirns. Herr Rustik ist bei Bewusstsein, aber bis auf Weiteres nicht vernehmungsfähig.«

»Ich glaube kaum, dass uns eine Vernehmung weiterbringen wird«, sagte ich. »Wie gehen wir weiter vor? Sind die Ergebnisse der Analysen gekommen?«

»So schnell ist kein Labor der Welt«, entgegnete Jutta. »Eine erste vorläufige Stellungnahme wird in diesen Minuten ans Polizeipräsidium Ludwigshafen geschickt.«

»Und warum nicht zu uns?«

Gerhard ahnte die Gründe. »Weil vermutlich die Ludwigshafener die Ermittlungen übernehmen werden. Du kannst dich schon mal auf den Weg machen.«

»Auf den Weg wohin?«

Gerhard rollte mit den Augen. »Nach Ludwigshafen, zur Zeugenvernehmung. Was hast du gedacht?«

»Muss das sein?«, motzte ich. »Warum können die uns nicht unsere Arbeit machen lassen, so wie immer?«

»Weil es ohne unseren Chef nach den offiziellen Regeln geht. Hast du alles mal gelernt, Reiner.«

»Ich fahr' ja schon.« Verärgert stand ich von der Besprechungsecke wieder auf, nachdem ich mich kurz zuvor hingesetzt hatte. »Bis nachher, Kollegen.«

»Bis nachher«, riefen sie mir nach. Die gedrückte Stimmung war deutlich zu spüren.

Die Fahrt nach Ludwigshafen zum Polizeipräsidium in der Wittelsbachstraße dauerte keine Viertelstunde. Im Gegensatz zu uns in Schifferstadt waren dort Parkplätze ein knappes Gut. Das Präsidium war alt und für die Anzahl der Beamten inzwischen viel zu klein. Ein neues Gebäude war in der Innenstadt geplant, doch zuvor mussten andere Baustellen wie der Neubau der Hochstraße Süd gestemmt werden.

»Herr Palzki, hallo.« Die Dame an der Zentrale begrüßte mich freudig. »Sie waren schon lange nicht mehr bei uns zu Besuch. Wie geht es Ihnen?« Offensichtlich war ihr der Grund meines Besuchs unbekannt.

»Es geht so«, antwortete ich einsilbig. »Ich soll mich wegen einer Zeugenbefragung melden.«

»Ich weiß, das steht auf meiner Liste. Gehen Sie gleich hoch zu Polizeidirektor Henrik Baumann, er wartet auf Sie.«

»Zum Chef? Warum das denn?«

»Keine Ahnung, so steht's hier.«

Den Polizeipräsidenten Henrik Baumann hatte ich bisher nur gemeinsam mit KPD gesehen. Ich wusste, dass sich die beiden alles andere als wohlgesonnen waren. Vor ein paar Jahren arbeitete KPD im Ludwigshafener Präsidium und legte zunächst eine steile Karriere hin. Doch irgendwann war damit Schluss. Ich hatte bis heute nicht herausfinden können, warum KPD eines Tages aufs Land nach Schifferstadt strafversetzt worden war. Zu diesem Zeitpunkt endete der unbeschwerte Teil meines Lebens.

Ich kam in ein ganz normales Büro. Es war nicht größer als die anderen, und die Ausstattung hatte schon bessere Zeiten gesehen. Welch ein Unterschied zu dem Palast unseres Chefs.

»Guten Morgen, Herr Palzki.« Baumann stand auf und reichte mir die Hand. »Haben Sie gleich hergefunden?« Ein Lächeln begleitete seinen Witz. »Geht es Ihnen gut? Mir wurde berichtet, dass Sie bei dem Essen dabei waren, aber als Einziger keine Symptome einer Vergiftung zeigten.«

»Vermutlich lag es an dem Gemüse, das ich nicht gegessen habe.«

»Das kann gut sein. Kommen wir zum Grund, warum ich Sie hergebeten habe.«

»Wegen der Befragung über die Umstände des Essens, nehme ich an.«

Der Polizeipräsident war für einen Moment verwirrt. »Das ist längst alles geklärt, Herr Palzki. Wir in Ludwigshafen arbeiten schnell und effizient.«

Ich sah ihn fragend an.

»Sie wissen, wie es um Herrn Diefenbach steht?«

Ich nickte. »Künstliches Koma, wurde mir vorhin gesagt.«

»Das entspricht auch meinem Informationsstand. Selbst wenn Herr Diefenbach wieder bei Bewusstsein ist, wird er längere Zeit dienstunfähig sein. Es kann durchaus sein, dass er überhaupt nicht mehr dienstfähig wird. Das sind die Fakten, Herr Palzki.«

»Ich würde zu gerne wissen, um welches Gift es sich handelte und wie es ins Essen kam«, sagte ich mit flauem Gefühl im Magen. KPDs gesundheitliche Situation ging immer noch nicht spurlos an mir vorbei.

»Das Zucchini-Gemüse war dafür verantwortlich«, erklärte Henrik Baumann. »So viel wissen wir inzwischen.«

»Zucchini – sind das die grünen Dinger, die aussehen wie Gurken?«, fragte ich, ohne vorher zu überlegen.

Der Polizeichef grinste. »So kann man es auch beschreiben.« Er nahm ein kartonstarkes DIN-A4-Blatt von seinem Schreibtisch. »Hier ist Ihre Ernennung, Herr Palzki.«

»Ernennung? Was meinen Sie damit?« Ein Blick auf das Blatt genügte als Erklärung. »Ich soll … äh … meinen Sie das im Ernst?«

»Sehen Sie vielleicht in meinem Büro eine versteckte Kamera? Ihre Ernennung zum vorläufigen Dienststellenleiter ist absolut ernst gemeint. Sie sind ab sofort Interims-Chef in Schifferstadt. Na, was sagen Sie dazu?«

»Ich bin sprachlos.«

»Bei uns in Ludwigshafen ist längst bekannt, dass Sie von Herrn Diefenbach in Ihrer Arbeit permanent behindert werden und Ihr Chef die Lorbeeren einstreicht, die eigentlich Ihnen gebühren. Machen Sie weiterhin einen guten Job, Herr Palzki. Es kann gut sein, dass ich demnächst den Vorläufigkeitsvermerk Ihrer Ernennung streiche.«

Ich verzichtete darauf, den Namen Diefenbach zu erwähnen, zumal ich wusste, dass ihm der Polizeichef keine allzu große Träne nachweinen würde.

Zunächst musste ich meine Gedanken sammeln. »Das heißt, wir in Schifferstadt kümmern uns um die Ermittlungen?«

»Ich bitte darum«, bestätigte Baumann. »Mit Ihrer Erfahrung schaffen Sie das bestimmt. Fahren Sie zunächst zum Pfalzmarkt nach Mutterstadt. Die beiden Vorstände haben sich telefonisch gemeldet. Vielleicht wissen die zwei irgendetwas zum Thema Zucchini? Es dürfte mehr als wahrscheinlich sein, dass Rustiks den Pfalzmarkt mit Zucchini beliefern.«

»Das ist ein guter Hinweis«, sagte ich zum Polizeichef. »Dann werde ich mich gleich in die Arbeit stürzen. Der Laden in Schifferstadt läuft soweit rund, bei der Organisation helfen mir bestimmt Frau Wagner und Herr Steinbeißer.«

»Genauso dachte ich es mir«, sagte Baumann. »Ich wünsche Ihnen viel Erfolg. Halten Sie mich bitte gelegentlich auf dem Laufenden, Herr Palzki.«

Was für ein Unterschied zu KPD dachte ich, als ich mit einem gewissen Glücksgefühl das Gebäude verließ. Ich war Chef der Schifferstadter Kriminalinspektion, auch wenn es zunächst nur temporär war.

KAPITEL 5
ORGANISATION IST ALLES

Meine neugewonnene Freiheit musste belohnt werden. Auf der Rückfahrt hielt ich bei einem Bäcker an und kaufte reichlich ein. Mit mehreren XXL-Papiertüten bewaffnet fuhr ich zurück zu meiner Dienststelle nach Schifferstadt. Vor dem Besuch beim Pfalzmarkt musste ich zwei wichtige Dinge erledigen.

»Hallo, ihr beiden«, rief ich in lockerem Ton, als ich das Büro von Jutta betrat.

»Schon zurück?«, staunte Jutta, dann sah sie die Tüten. »Was hast du vor?«

»Das ist für euch, also ich meine für uns.« Ich legte den Einkauf auf den Besprechungstisch und riss die Tüten auf. Es war wirklich sehr reichlich für drei Personen.

»Wir haben seit heute einen neuen Interims-Chef«, frohlockte ich. »KPD wird längere Zeit ausfallen.« Seinen potenziell möglichen Tod ließ ich unerwähnt, um die Stimmung nicht zu drücken.

Die beiden wurden neugierig. »Ist es jemand aus Ludwigshafen? Kennst du ihn oder sie? Natürlich, sonst würdest du uns nicht zu einer Fressorgie einladen.«

Ich grinste übers ganze Gesicht und legte zusätzlich eine spannungssteigernde Pause ein. »Ladies and Gentlemen, der neue, sehr gute Chef, der Kriminalinspektion Schifferstadt heißt …«

Jutta drängelte. »Jetzt sag schon, Reiner.«

»Genau«, sagte ich.

»Was genau?«

»Na ich.«

Gerhard und Jutta warfen sich unsichere Blicke zu. »Du?«, fragte Jutta schließlich.

»Ein bisschen mehr Euphorie hätte ich schon erwartet. Glaubt ihr mir nicht?«

»Doch«, kam die zaghafte Antwort.

Die Überbringung der Botschaft hatte ich mir anders vorgestellt. Um meine Kollegen restlos zu überzeugen, warf ich die Urkunde auf den Tisch. Grummelnd setzte ich mich hin und futterte eine Mohnschnecke und danach eine zweite und eine dritte.

»Gratulation«, sagte Gerhard, nachdem er die Ernennungsurkunde gelesen und auf eine mögliche Fälschung hin untersucht hatte. »Damit haben wir nicht gerechnet. Wir dachten, dass KPD für solche Zwecke einen Erben eingesetzt hat.«

»Das dürfte dem Polizeipräsidenten in Ludwigshafen ziemlich egal sein. Herr Baumann weiß meine Erfolge jedenfalls zu würdigen, das hat er mir persönlich gesagt. Und wenn ihr brav seid, habe ich eine weitere gute Nachricht.«

»Jetzt mach es nicht so spannend, Reiner!«

»Ihr dürft mir helfen.«

Fragezeichen standen in den Gesichtern von Jutta und Gerhard. Ich präzisierte: »Ich habe vom Polizeipräsidenten den Auftrag bekommen, die Ermittlungen in dem Vergiftungsfall zu führen und mich außerdem um die Belange dieser Dienststelle zu kümmern. Und da ich das nicht alles gleichzeitig kann, habe ich Herrn Baumann vorgeschlagen, die Organisation und die Führung an euch zu delegieren, solange ich außer Haus bin. Na, ist das nichts? Zum ersten Mal, seit KPD in Schifferstadt aufgetaucht ist, können wir so agieren, wie wir möchten. Niemand kann uns in unsere Arbeit reinreden, so wie KPD es ständig tut. Wir sind Herren über uns selbst.«

Jutta zog ihre Stirn in Falten. »Das klingt zu schön, um wahr zu sein. Bestimmt werden uns die Ludwigshafener lückenlos kontrollieren wollen. Die nutzen bestimmt die Chance, sich die aufmüpfigste Dienststelle von ganz Rheinland-Pfalz untertan zu machen.«

»Nicht, wenn wir einen guten Job machen. Henrik Baumann hat explizit gesagt, dass es ihm reicht, wenn ich ihm ab und zu eine Info zukommen lasse. Versteht ihr jetzt? Ich habe das vollste Vertrauen von Baumann, niemand aus den niedrigeren Rängen wird hier auftauchen und uns stören. Es muss nur alles schön rund laufen. Falls die Geschichte in Dannstadt kein Unfall war, müssen wir den Mörder fassen. Außerdem darf es an dieser Dienststelle keine Patzer geben, dabei müsst ihr mir helfen. Und das Beste wisst ihr noch gar nicht: Falls KPD, was wir natürlich nicht hoffen, nicht mehr als Dienststellenleiter zurückkommen kann, wird der Polizeipräsident mich endgültig zum Dienststellenleiter befördern.«

»Geil«, entfuhr es Gerhard. »Jutta und ich werden unser Büro in KPDs Thronsaal aufschlagen. Da haben wir mehr Platz und Zugriff auf alle dienstlichen Belange. Die Kollegen werden staunen, wenn jetzt andere Zeiten anbrechen.«

»Nicht nur andere, sondern hoffentlich auch bessere«, sagte ich und blieb dabei ungewohnt ernst. »Ich als Dienststellenleiter muss jetzt äußerst vorsichtig agieren, damit mein Ruf in Ludwigshafen nicht infrage gestellt wird.«

»Mensch, Reiner, du redest schon wie KPD.«

»Und ihr wollt nur wegen der Kaffeemaschine in sein Büro.«

An ihren Blicken erkannte ich, dass ich recht hatte. KPD hatte sich eine luxuriöse Gewerbemaschine angeschafft mit fest installiertem Wasseranschluss, die Dutzende Kaffeesorten zubereiten konnte. Die edlen Kaffeebohnen, die er aus den unterschiedlichsten Ländern importierte, waren für uns schlichtweg unbezahlbar. Selbstverständlich gaben die Kollegen das nicht zu.

»Während ihr euch in unserer neuen Zentrale häuslich einrichtet, fahre ich nach Mutterstadt. Ich werde den beiden Vorständen des Pfalzmarkts auf den Zahn fühlen, falls es eine Verbindung mit dem Vorfall bei Rustiks gibt.«

Ich ließ vorsichtshalber meine Ernennungsurkunde bei Jutta liegen, falls es bei dem einen oder anderen Beamten der Dienststelle Erklärungsbedarf gab. Ich pflegte zwar mit den allermeisten Kollegen ein sehr gutes Verhältnis, aber eben nicht mit allen. Auf unserer Dienststelle war es wie in jeder anderen Menschengruppe auch, sei es Verein, Unternehmen oder privater Freundeskreis: Bei den meisten Beziehungen stimmte die Chemie, aber manchmal war ein Stinkstiefel dabei, den man im besten Fall ignorieren konnte. In meiner jetzigen Position musste ich mich auch mit Stinkstiefeln arrangieren können. Ignorieren war schlecht möglich, da es der Wichtigkeit und vor allem dem Anforderungsprofil an eine Führungsrolle widersprach. Nach einer kurzen Verabschiedung machte ich mich auf den Weg in den Hof. Ich überlegte, ob ich die gelieferten Sandsteine nicht doch irgendwie verwerten konnte, verschob das Projekt aber auf einen späteren Zeitpunkt. Den ersten Grund, warum ich auf dem Weg von Ludwigshafen nach Mutterstadt über Schifferstadt gefahren war, hatte ich erledigt: Gerhard und Jutta waren eingeweiht. Nun war der zweite Grund an der Reihe: Als Interims-Chef stand mir ein entsprechendes Fahrzeug zu. Zufälligerweise besaß ich die Schlüssel von KPDs Dienstwagen, daher beschloss ich, diesen übergangsweise als Chefauto zu nutzen. Es war zwar nur ein drei Monate alter Gebrauchtwagen, kostete dafür aber das Zigfache meines Wagens. Da ich inzwischen über etwas Fahrpraxis mit diesem Wagentyp verfügte, waren die Geschwindigkeitsübertretungen auf dem Weg zum Pfalzmarkt kaum der Rede wert. Selbst gegenüber den Kommunen mit ihren hinterhältigen und unangekündigten Radarfallen konnte ich nun den Chef-Joker ausspielen. Ein Chef war schließlich immer im Einsatz für Recht und Ordnung und genoss daher Immunität.

Auf dem riesigen Gelände des Pfalzmarkts fragte ich mich nach Hans-Jörg Friedrich und Reinhard Oerther durch, da sie nicht im Verwaltungstrakt auffindbar waren. Nach einer Odyssee quer durch die neuen Hallen fand ich die beiden Vorstände mit einer weiteren Person diskutierend in einem gut gefüllten Kühlhaus.

Friedrich und Oerther waren bereits von dem Polizeipräsidenten Henrik Baumann informiert worden, sodass ich mir langwierige Erklärungen ersparen konnte. Nach einer kurzen Begrüßung wurde mir die unbekannte Person vorgestellt.

»Das ist Dieter Kruk, unser Fieldmanager. Er ist der Schwiegersohn der verstorbenen Heidelinde Rustik«, erklärte Friedrich. »Es war für uns ein ziemlicher Schock, als wir heute früh von ihrem Tod erfahren haben.«

»Vor allem, wenn man bedenkt, dass es bei uns gestern zu diesem mysteriösen Unfall kam«, ergänzte sein Kollege Oerther. »Wobei ich ausschließen kann, dass es einen Zusammenhang gibt. Wir haben den Vorfall überprüfen lassen und festgestellt, dass es zu einem Zusammenwirken diverser unglücklicher Umstände kam. Ich möchte den Unfall nicht beschönigen, doch es war alles nur reiner Zufall.«

»Wir sind gestern Abend spät nach Hause gekommen«, erzählte Kruk. »Ursprünglich wollten wir erst heute zurückfahren, aber im Hotel war es uns wegen einer Straßenbaustelle vor unserem Zimmer zu laut, sodass wir nach dem Messebesuch beschlossen haben, direkt nach Hause zu fahren. Wir waren mehr als überrascht, als wir das Haus versiegelt vorfanden. Ein Vorarbeiter hat uns dann die Gründe genannt. Meine Frau versuchte, ihren Vater zu erreichen, doch der war nicht bei Bewusstsein. Geschlafen haben wir bei Sonjas Tante in Haßloch, die uns ihr Gästezimmer zur Verfügung stellte.«

Wie immer, wenn mir Zeugen ungefragt ein Alibi präsentierten, wurde ich besonders hellhörig. Waren die beiden vielleicht noch früher heimgekommen? Hatte sich einer der beiden in die Küche geschlichen und in einem passenden Moment das Gift in das Essen gemischt? Auf jeden Fall musste ich diese Option überprüfen.

Längst hatte selbst ich als Anti-Vegetarier erkannt, welches Gemüse massenhaft in dem Kühllager stand, in dem wir uns gerade befanden. »Hat Ihnen der Polizeipräsident berichtet, welcher Teil des Essens vermutlich vergiftet war?«

Oerther nickte. »Die Zucchini, deswegen sind wir ja hier.«

Dieter Kruk übernahm das Wort: »Meine Schwiegereltern sind mitten, äh, Verzeihung, waren mitten in der Zucchiniernte. Wir sind gerade dabei, die Lieferungen der letzten beiden Tage zu separieren.«

»Es ist noch keine Ware in den Handel gekommen«, beschwichtigte Oerther. »Bei Rustiks begann die Zucchiniernte erst vorgestern.«

»Das kann ich bestätigen«, sagte Dieter Kruk. »Ich bin beim Pfalzmarkt als Fieldmanager angestellt. Ich muss stets den Überblick haben, bei welchem Erzeuger welche Sorten wachsen und ob und wann sie erntereif sind. Geerntet wird erst, wenn die Ware verkauft ist. Dann beauftrage ich ein externes Labor mit einer Rückstandsanalytik. Diese Analyse ist so fein, dass sie sogar bei Hundekot anschlägt. Die vielen Hunde, die in den Feldern rennen gelassen werden, sind ein Riesenproblem der Landwirte. Manche Erzeuger lassen inzwischen neben den Wegen die ersten Reihen Gemüse stehen, weil sie regelmäßig mit Kot verseucht sind. Wenn das in die Gesamternte kommt und bei der Rückstandsanalytik auffällt, ist die gesamte Ernte nicht mehr verkaufsfähig. Nur die wenigsten Hundehalter nehmen die Hinterlassenschaften ihrer Vierbeiner mit nach Hause.«

Kruk begann nun, über die Analyseverfahren zu sprechen. Da mich das Fachchinesisch wenig interessierte, schaltete ich ab. Schließlich kam er wieder auf das eigentliche Thema zurück.

»Der komplette Ablauf ist bei uns automatisiert und bis ins kleinste Detail lückenlos nachvollziehbar. Gehen Sie mit mir in einen beliebigen Supermarkt, den wir beliefern. Anhand der Produktdaten kann ich Ihnen nicht nur sagen, von welchem Erzeugerbetrieb das Gemüse stammt, sondern auch an welchem Tag es geerntet wurde, von welchem Feld es stammte und die Ergebnisse der Rückstandsanalytik vorlegen.«

Da ich ohne Kollegen hier war, blieb mir nichts anderes übrig, als die Fakten selbst aufzuschreiben. Mein Kurzzeitgedächtnis funktionierte zwar herausragend, doch solche möglicherweise wichtigen und entscheidenden Details sollten protokolliert werden. »Das heißt, Sie wissen, welche Zucchini in dieser riesigen Halle vom Hof Ihrer Schwiegereltern stammen? Hier stapeln sich doch Hunderte, wenn nicht sogar Tausende von diesen Behältern mit furchtbaren, äh, mit Zucchini.« Nach wie vor irritierte mich der Anblick von so viel Gemüse. Sollte dies wirklich alles dem menschlichen Verzehr dienen?

»Das ist längst geschehen«, sagte Friedrich. »Alle Kisten mit dieser Identnummer«, er bückte sich und zeigte auf ein Etikett, das an einer Steige befestigt war, »stammen von Rustiks.«

Sein Kollege Oerther wedelte mit ein paar bedruckten Blättern. »Das ist die Analyse des Labors. Unsere eigene Analyse finden Sie gleich anschließend.«

Er drückte mir die Papiere in die Hand. Ich sah nur Zahlen, Abkürzungen und Begriffe, mit denen ich nichts anfangen konnte. »Aha«, sagte ich. »Und was sagen die Zahlen aus?«

»Dass mit den Zucchini alles in Ordnung ist. Es geht nicht die geringste Gefahr von diesem Gemüse aus. Selbstverständlich werden wir die Ware von Rustiks dennoch nicht in Verkehr bringen. Wir werden Sie in einem getrennten Raum aufbewahren, falls Sie von der

Polizei die Ware beschlagnahmen oder selbst analysieren wollen.«

Ich bedankte mich artig, wohlwissend, auf die Aussagen der Herren vertrauen zu müssen. Auf der anderen Seite konnte ich mir nicht vorstellen, dass der Vorstand seinen guten Ruf riskierte und nicht einwandfreies Gemüse in den Verkauf brachte. »Wie lange wird das Gemüse eigentlich bei Ihnen gelagert?«, fragte ich, um ein Gefühl für die Lieferkette zu bekommen.

»Das ist recht unterschiedlich«, erklärte Friedrich. »In den meisten Fällen läuft der Warenumschlag sehr rasant ab. Früher wurde die Ware an die Einzelhändler versteigert. Drüben im Verwaltungstrakt können Sie den ehemaligen Versteigerungsraum besichtigen. Heute geht das viel schneller. Die Händler rufen abends an und fragen, ob wir morgen früh 10.000 Stück Kopfsalat zu einem bestimmten Preis liefern können. Wir haben dann nur wenig Zeit, die Bestellung anzunehmen oder abzulehnen. Es kommt sogar vor, dass ein Händler morgens anruft und sofort eine größere Lieferung haben möchte. Flexibilität und Zuverlässigkeit sind für unsere Kunden sehr wichtig.«

»Wir können meist innerhalb von wenigen Minuten reagieren«, erklärte Oerther weiter. »Alle unsere Genossen, die Erzeugerbetriebe, melden ständig ihre potenziellen Erntemengen nach Sorte und Entwicklungsstand direkt in unsere Datenbank. Dort können wir sehen, ob die vom Händler gewünschten Mengen überhaupt vorhanden sind. Sie sehen, Herr Palzki, ein gezielter Anbau ist nicht so einfach. Das meiste wird heutzutage nach Erfahrungswerten produziert. Wenn sich in diesem System auch nur eine Kleinigkeit ändert, werden wir die Ware nicht mehr los. Da reicht es schon, wenn irgendwelche Fake-News behaupten, irgendeine Gemüsesorte habe sich als krebserregend herausgestellt. Alles schon passiert, dann können wir tonnenweise Gemüse einackern lassen, eine Katastrophe.«

Mir schwirrte der Kopf, doch die Drei hatten sich verbal hochgeschaukelt.

»Wenn der angeforderte Salat zur Verfügung steht, gebe ich mein Okay, und die Bestellung wird aktiviert. Dann ist der Erzeugerbetrieb dran: Er muss seine Erntehelfer so organisieren, dass die Ware innerhalb von wenigen Stunden bei uns angeliefert wird. Den Rest übernehmen dann wir vom Pfalzmarkt.«

»Danke für die reichhaltigen Informationen«, unterbrach ich den Redefluss. »Sie haben mich ein großes Stück weitergebracht. Das war es auch schon«, beendete ich das Gespräch. »Vielen Dank auch, dass Sie die Zucchini separat lagern. Ich werde Ihnen bald sagen können, ob wir die Ware für eine genauere Untersuchung benötigen. Zunächst werde ich zu Ihrer Frau fahren, Herr Kruk. Ist sie zu Hause?«

»Leider erst gegen Abend. Im Moment versucht sie, zu ihrem Vater auf die Intensivstation zu kommen, und um 15 Uhr geht sie zu ihrem wöchentlichen Zumba-Kurs. Ich weiß, das ist jetzt etwas seltsam, wenn man bedenkt, dass Sonjas Mutter vor ein paar Stunden gestorben ist und ihr Vater vielleicht ebenfalls stirbt, doch sie braucht im Moment die Ablenkung. Auf dem Hof haben wir hervorragende Vorarbeiter. Ich selbst habe ab Mittag frei und werde nach dem Rechten sehen.«

Ich gab mir nicht die Blöße, keinerlei Ahnung zu haben, was ein Zumba-Kurs war. »Wo findet dieser Kurs statt?«, fragte ich neutral.

»In Schifferstadt«, antwortete Dieter Kruk. »Irgendwo neben der Waldfesthalle im Vereinsheim der Stadtkapelle. Genauer weiß ich es nicht, ich war noch nie dort.«

»Ah ja«, sagte ich, obwohl ich nur eine ungefähre Ahnung hatte. Neben der Waldfesthalle begann entlang der Bahnlinie in Richtung Südbahnhof eine Sackgasse, an der vor einigen Jahren mehrere Vereinsheime entstanden waren.

Kruk schaute auf seine Uhr, dann wandte er sich an die beiden Vorstände. »Wir haben soweit alles geklärt. Herr Friedrich gibt die Anweisung an die Abteilung weiter, dass die Ernte meiner Schwiegereltern rüber in Kühlhaus F kommt. Ich selbst habe jetzt einen Termin mit Herrn Becker.«

Während Oerther und Friedrich zustimmend nickten, zuckte ich zusammen. Was hatte ich da eben gehört? »Meinen Sie zufällig Dietmar Becker?«, fragte ich.

»Den Schriftsteller Becker, genau«, bestätigte Kruk. »Ich hatte vergangene Woche mit ihm eine Vorbesprechung. Leider war ich wegen des nicht verschiebbaren Messebesuchs gestern nicht bei der Eröffnungsfeier, aber die Herren Friedrich und Oerther haben ihm eine Führung durch den Pfalzmarkt vermittelt. Nun steht noch ein Außentermin an, den ich übernehme.«

»Und weswegen?«, fragte ich, obwohl ich den Grund wusste. »Wird er wieder einen seiner unrealistischen Krimis schreiben?«

»Wieso unrealistisch?« Friedrich sah mich erstaunt an. »Die bisher erschienenen Bände strotzen nur so vor Realität. Uns hat besonders gut gefallen, dass Herr Becker regelmäßig Realpersonen in seinen Romanen auftreten lässt. Wir haben ihm unser Einverständnis gegeben, dass er auch uns mitspielen lassen darf.«

»Aber nur unter einer Bedingung«, mischte sich sein Kollege ein. »Der Schriftsteller hat uns versprechen müssen, dass er uns beide weder als Verdächtige noch als Mörder aufbaut. Es soll ja immer wieder Menschen geben, die gelesene Geschichten für bare Münze nehmen. Geschäftsschädigend darf der Pfalzmarkt-Krimi nämlich nicht werden.«

»Pfalzmarkt-Krimi?«, wiederholte ich entgeistert.

»Ja«, sagten alle drei gleichzeitig und klangen begeistert. »Der Krimi soll etwas mit dem Pfalzmarkt zu tun haben, irgendeine kriminelle Geschichte«, begeisterte sich Kruk.

»Aber nicht zu kriminell«, widersprach Friedrich. »Leider kommt es in Herrn Beckers Romanen hin und wieder vor, dass sich am Schluss ein Geschäftsführer oder sonst eine Person des Managements als Täter herausstellt. Das darf bei uns natürlich nicht passieren. Wir müssen jederzeit über jeden Verdacht erhaben bleiben. Herr Becker hat das zähneknirschend akzeptiert.«

Wenn ihr wüsstet, dachte ich gehässig. Als ob Becker bisher auch nur ein einziges Mal seine Versprechen gehalten hätte. »Ich hoffe, dass dieser noch zu schreibende Krimi nichts mit vergifteten Zucchini zu tun haben wird.«

»Um Himmels willen!«, rief Oerther. »Bloß das nicht! Das wäre dramatisch! Herr Becker ist zurzeit noch in der Exposé-Phase, wie er uns erklärte. Eventuell will er den Unfall in der Halle in sein Werk einbauen. Das wäre für uns in Ordnung, zumal es erklärbar ist.«

Ich stellte eine letzte Frage. »Und wo treffen Sie sich mit Herrn Becker?«

»Bei uns auf dem Hof«, sagte Dieter Kruk. »Dort kenne ich mich gut aus und kann ihm zeigen, was ein Fieldmanager so tut.«

Nun hatte ich gleich mehrere Gründe, den Besuch auf dem Hof von Rustiks auf den Nachmittag zu verschieben. Ich verabschiedete mich und fuhr zurück nach Schifferstadt.

KAPITEL 6
ES LEBE DER SPORT

Die Stimmung auf der Dienststelle war sehr gelöst. Die normalerweise vorhandene Grundanspannung, die jeder spürte, sobald man das Gebäude betrat, fehlte völlig.

»Hallo, Reiner«, begrüßte mich gleich am Eingang eine Beamtin, die ich seit Jahren kannte, deren Name mir aber erst nach kurzem Nachdenken einfiel. »Meinen Glückwunsch zur Beförderung. Vielen Dank auch für die schnelle Genehmigung.«

Bevor ich fragen konnte, um welche Genehmigung es ging, war sie in einem Büro verschwunden. Weitere Kollegen kamen mir entgegen und begrüßten mich verdächtig freundlich. Irgendetwas war da im Busch, und einen Verdacht hatte ich auch.

»Was erteilt ihr für Genehmigungen?«, rief ich in KPDs ehemaliges Riesenbüro. Gerhard und Jutta saßen allerdings nicht wie vermutet kaffeetrinkend an einem der Besprechungstische, sondern brüteten über einem großen Faltplan, auf dem sie mit einem Filzstift Striche und Pfeile zogen.

»Was meinst du mit Genehmigungen?«, fragte Jutta. »Willst du einen Kaffee? Wir haben noch nicht alle verschiedenen Sorten probieren können, aber der Cappuccino ist ein Traum.«

»Normaler Kaffee mit Milch reicht. Was habt ihr Claudia versprochen?«

Gerhard und Jutta waren sich keiner Schuld bewusst. »Wir haben nur ihren Urlaub genehmigt. Ist das so schlimm? Wir dachten, wir entlasten dich mit dem Verwaltungskram, damit du dich auf die Ermittlungen konzentrieren kannst.«

»Die Kollegen, die mir entgegenkamen, waren alle miteinander so gelöst und tiefenentspannt. Seid ihr sicher, dass ihr es nicht übertreibt mit den Genehmigungen?«

»Aber hör mal, Reiner«, entrüstete sich Jutta, »wir tun nur das, was ein guter und empathischer Vorgesetzter tun sollte. Bei KPD musste man jedes Mal betteln, wenn man Urlaub oder eine Schicht mit dem Kollegen tauschen wollte. Wir haben die Regelungen ein wenig mitarbeiterfreundlicher gestaltet, bleiben aber einigermaßen im gesetzlichen Rahmen. KPD hatte bisher selbst bei Kleinigkeiten die Fäden in der Hand gehalten, bis hin zu Bestellungen für Kugelschreiber und Toilettenpapier.«

»Klopapier? Ich hoffe, ihr habt kein Klopapier bestellt. Die Menge, die KPD im Frühjahr 2020 versehentlich aufgrund eines Kommafehlers geordert hat, sorgte damals für einen kurzfristigen Versorgungsengpass in der Bevölkerung. Unser kompletter Keller ist bis zur Decke vollgestopft damit. Der Vorrat reicht für Jahrzehnte, mindestens. Zum Glück hat damals niemand den wahren Grund für den Engpass herausgefunden.«

Gerhard winkte ab. »Das war von Jutta nur als Beispiel genannt, außerdem verkauft Kollege Jürgen das Klopapier seit Monaten palettenweise bei Ebay und füllt damit unsere Kaffeekasse auf.« Er machte eine kurze Pause. »Wir haben bei manchen Prozessen eine

Art Selbstverwaltung eingeführt. Die einzelnen Abteilungen und Gruppen sollen Dinge wie Urlaub und Arbeitsaufteilung selbst organisieren. Das ist ein erster Schritt in Richtung agiles Arbeiten, das habe ich mal auf einem Seminar gelernt.«

»Wir sind immer noch eine Behörde«, erklärte ich den beiden. »Ich hoffe, dass das agile Arbeiten funktioniert und die in Ludwigshafen das zu würdigen wissen. Ihr wisst, was passiert, wenn dieses Experiment schiefgeht.«

Gerhard reichte mir eine Tasse. »Beruhige dich. Trink erst mal einen Kaffee.«

Der Kaffee war wirklich verdammt gut und beruhigte in der Tat. Ich ließ mich auf einer superbequemen Couch nieder. Sofort kam Jutta und stellte einen verschnörkelten goldfarbenen Metallständer, der feinstes Gebäck enthielt, neben mich auf den Tisch. »Das ist eigentlich Perlen vor die Säue geworfen«, meinte sie schelmisch. »Jedes einzelne Teil kostet so viel wie eine der kompletten Packungen, die in meinem Büro stehen. Und du wirst sie hinunterschlingen, ohne den geringsten Unterschied zu bemerken.«

Jutta hatte recht, da ich Hunger hatte. Kekse waren Kekse.

Da die organisatorischen Fragen für meinen Begriff im Moment geklärt waren, leitete ich zu den wichtigen Punkten über.

»KPD hat euch gestern einen Arbeitsauftrag gegeben. Ist der inzwischen erledigt?«

»Welcher Auftrag?«, fragten beide.

Ich seufzte. »Kaum ist der Chef weg, bricht der Laden zusammen. Ich glaube, ich muss meine Untergebenen intensiver kontrollieren«, versuchte ich mich in einem Tonfall, den normalerweise KPD draufhatte.

Die beiden sahen überrascht auf. Bevor sie auf einen falschen Gedanken kamen, klärte ich sie auf. »Das war eben nur Spaß. Trotzdem wüsste ich gerne, ob ihr inzwischen die Verwandtschaft von Heidelinde Rustik recherchiert habt. Außerdem solltet ihr den Vorstand des Pfalzmarkts auf Auffälligkeiten durchleuchten.«

»Ach, das meinst du«, wiegelte Gerhard ab. »Hat das nicht Zeit, bis KPD zurück ist?«

»Nein, hat es nicht«, entgegnete ich, dieses Mal ohne Ansatz von Humor. »Ich benötige die Informationen für meine Ermittlungen. Jürgen ist leider auf Lehrgang, sonst würde der das übernehmen.«

»Okay, Reiner.« Jutta hatte verstanden. »Wir werden uns darum kümmern. Bis heute Abend hast du alle Infos.«

»Vielen Dank. Ich weiß inzwischen, dass Heidelinde Rustik eine Schwester hat, die in Haßloch wohnt. Ihre Tochter Sonja Kruk will dort vergangene Nacht mit ihrem Mann übernachtet haben. Das muss ich unbedingt überprüfen. Ihr Mann, also Heidelindes Mann, soll zwei Brüder haben, die mit ihren Frauen in Urlaub sind. Das könntet ihr verifizieren.«

Ich packte ein paar der Luxuskekse in eine Tüte, die ich in KPDs Schreibtisch fand, und verabschiedete mich: »Ich fahre jetzt zu Sonja Kruk, die laut Aussage ihres Mannes in so einem komischen Kurs ist, der in einem der Vereinsheime neben der Waldfesthalle stattfindet. Danach komme ich zurück und hole mir bei euch die Adresse von ihrer Tante in Haßloch. Ich werde sie das nicht direkt fragen, damit sie nicht hellhörig wird und ihre Tante vorwarnt.« Den Namen des Kurses verschwieg ich, zumal ich bisher selbst nicht wusste, um was es dabei ging.

»Warum so umständlich?«, fragte Jutta. »Wir schicken dir eine Nachricht mit der Adresse auf dein Handy.«

Ich verzog das Gesicht. »Du meinst eine SMS oder so?« Bisher hatte ich mit dem Diensthandy ausschließlich telefoniert, und das selten genug.

Die beiden lachten. »SMS ist so was von Steinzeit wie Faxe verschicken, Reiner. Wir nutzen nur noch WhatsApp. Das ist zwar für polizeiinterne Zwecke wegen Bedenken in den Datenschutzrichtlinien verboten, aber trotzdem äußerst bequem und effizient. Und es geht ja nur um die Übermittlung einer simplen Adresse.« Jutta ließ sich von mir mein Handy geben. »Hier, schau genau zu. Zuerst musst du es natürlich einschalten und deine PIN eingeben. Wie lautet die?«

»Viermal die Null«, nuschelte ich. »Das war von Anfang an so.«

»Aha«, antwortete sie ohne weiteren Kommentar. Jutta gab die PIN ein. »Siehst du? Jetzt kommst du auf eine Übersichtsseite mit deinen installierten Apps.« Das Gerät gab gleichzeitig mehrere verschiedene Töne von sich, brummte und vibrierte. Beinahe ließ Jutta das Handy auf den Boden fallen. »Meine Güte«, rief sie erschrocken, »so viele Meldungen und Updates auf einen Haufen, das habe ich noch nie erlebt.« Während sie auf dem Gerät herumdrückte, schüttelte sie den Kopf. »Das dauert eine Weile, bis alle Updates durch sind. Nehmen wir Plan B.« Jutta ging zum Schreibtisch und gab mir ihr Handy. »Pass auf, das ist eingeschaltet. Wenn du mit deinem Termin an der Waldfesthalle fertig bist, rufst du mit der Telefonfunktion ganz normal bei uns an. Wir geben dir dann die Adresse telefonisch durch. Schaffst du das?«

Mit einem nicht deutbaren Knurren verließ ich die beiden.

Der Weg zur Waldfesthalle im Schifferstadter Süden war nicht weit. Schnell merkte ich, dass das vorgeschriebene Tempo 30 der Herzog-Otto-Straße nicht kompatibel mit meinem neuen Dienstwagen war. Solch geringe Geschwindigkeiten waren mit dem Gaspedal einfach nicht darstellbar. Der rote Blitz zwischen Waldfriedhof und Schwanenweiher verstärkte meinen Frust, den ich noch während der Fahrt mit mehreren Keksen zu vertreiben versuchte. Eine wichtige Erkenntnis lernte ich daraus sofort: Egal, wie teuer Kekse sind, Sodbrennen bekommt man trotzdem. Warum hatte ich nichts zu trinken mitgenommen?

Ich parkte gegenüber dem Schützenhaus und begann meine Suche nach dem richtigen Vereinsheim. Ohne Probleme fand ich das Domizil der Stadtkapelle. Fetzige Musik mit schnellem Rhythmus drang bis auf die Straße. Nach einer Kapelle im traditionellen Sinn klang das nicht. Da ich in meinem Leben schon den schrecklichsten Gefahren getrotzt hatte, ging ich unbeirrbar auf den Eingang zu. Durch ein an die Tür geklebtes Werbeplakat wurde ich aufgeklärt. Nachdem ich den Slogan »Alter egal – Zumba total« gelesen und die dazugehörenden Bilder gesehen hatte, wollte ich mir den Rest ersparen und die Vernehmung von Frau Kruk auf einen späteren Zeitpunkt verschieben.

»Gehen Sie ruhig rein«, sprach mich in dem Moment von hinten eine rüstige Rentnerin an, »Sie sind hier richtig. Ich bin heute etwas spät dran, weil ich mit dem Fahrrad aus Speyer gekommen bin. Normalerweise fahre ich mit der S-Bahn zum Training.«

Ich blockierte nach wie vor die Tür.

»Sind Sie neu?«, fragte mich die Dame neugierig. »Muss wohl so sein, sonst würde ich Sie kennen. Es machen zurzeit leider nur drei oder vier Männer mit.«

»Mitmachen? Bei was?«

»Zumba. Deswegen sind wir doch hier, oder? Spaß haben, tanzen und gleichzeitig was für die Fitness tun. Ich komme regelmäßig zum Training. Diese einmalige Art, lateinamerikanische Tanzstile in einem Fitnessprogramm zu kombinieren, ist für mich der reinste Jungbrunnen. Kommen Sie mit rein, nur keine Scheu.«

Die Seniorin packte mich am Arm, Widerstand wäre nur mit roher Gewalt möglich gewesen. Ich nahm mir vor, mich sofort als Polizeibeamter vorzustellen, der auf der Suche nach Sonja Kruk war. In weniger als einer Minute könnte ich mit ihr im Freien stehen und sie befragen.

Nachdem wir einen Flur durchschritten hatten, wurde die Musik lauter. Die Dame öffnete eine doppelflügelige Tür, und ich konnte die Bescherung sehen: Rund 20 erwachsene Personen tanzten rhythmisch mit mir unbekannten Bewegungen auf der Stelle herum und wirkten auf mich wie Marionetten, die mit unsichtbaren Schnüren hin und her gezogen wurden. Zu meinem großen Glück tanzten, oder vielmehr bewegten sie sich mit dem Rücken zu mir. Irgendwie kamen mir Erinnerungen an die Aerobicwelle mit Jane Fonda in den 80er-Jahren des letzten Jahrhunderts in den Sinn.

Die ältere Dame ging in eine Ecke und begann, Pullover und Hose auszuziehen. Sekunden später hatte sie sich in die Riege der Herumtanzenden eingereiht. Die Gruppe der Sporttreibenden war gut durchmischt, bei einigen wirkten die Bewegungen harmonisch und fließend, bei anderen eher eckig und steif. So würde das wohl bei mir aussehen, dachte ich, falls mich jemand von hinten beobachten würde. Ich war hin- und hergerissen. Mein Fluchtinstinkt riet mir, so schnell wie möglich diesen unheilvollen Ort zu verlassen. Dazu gegensätzlich wirkte meine berufliche Neugier. Ich schaute zwischen den Tanzenden nach vorne: Eine sportliche blonde Frau stand als Trainerin vor der Gruppe auf der Bühne am Ende des Saals und machte die Tänze vor. An ihrem überraschten Blick sah ich, dass sie mich bemerkt hatte. Unbeirrt tanzte sie weiter. Des Weiteren hatte ich entdeckt, dass die Musik aus einer Anlage neben ihr auf der Bühne kam. Um dorthin zu kommen, musste ich um die Gruppe herumlaufen, sodass mich alle sehen würden, wenn ich die Musik abstellte. Da ich das Lied *La Cintura* von Alvaro Soler gut kannte, wusste ich, dass es in weniger als einer Minute zu Ende sein würde. Abwarten war in diesem Fall die beste Option.

Das Leben konnte hart sein. Manchmal auch richtig schlimm. Oder tragisch, so wie jetzt: Das Lied verstummte, die schnaufenden Zumba-Goldies kamen zur Ruhe. Ich bahnte mir meinen Weg nach vorne zur Trainerin.

»Reiner? Was machst du hier?«

Ich blickte zur Seite und direkt in die Augen meiner Frau. Meine Kinnlade fiel schlagartig nach unten. Mit dieser Situation war ich klar überfordert.

»Na sag schon, was machst du hier?« Stefanie stand in einem verschwitzten rot-schwarz glänzenden Gymnastikanzug vor mir. Nicht, dass er ihr schlecht stand, ganz im Gegenteil, es war nur die Situation, die mich überforderte. Stefanie hatte mir gegenüber nie auch nur mit einem einzigen Ton erwähnt, dass sie Zumba oder überhaupt einen Sport in irgendeinem Verein macht.

»Spionierst du mir nach? Bist du eifersüchtig?«

Meine Frau reagierte, wie jede Frau reagieren würde. »Nein, äh, nein«, stotterte ich hilflos herum. Bevor ich meine Sprache wieder im Griff hatte, kam die Trainerin auf uns zu.

»Ist das dein Mann, Stefanie?«, fragte sie. Nach dem Nicken meiner Frau gab sie mir die Hand. »Ich bin die Silke, Silke Koch. Nett, dass du bei uns vorbeischaust. Deine Frau hat nach der letzten Trainingsstunde erwähnt, dass sie den Rest der Familie zum Probetraining mitbringen will. Meine Programme *Zumba Kids* und *Zumba Kids junior* sind hervorragend für eure Kinder geeignet. Wir haben viel Spaß, und nebenbei werden Balance, Koordination, Konzentration, Kreativität, aber auch Disziplin, Teamwork und Selbstwertgefühl gefördert.«

Ich sah zwischen meiner Frau und dieser Silke hin und her. Die Duzerei störte mich nicht, das war in vielen Vereinen und wohl auch Tanzschulen gang und gäbe.

Stefanie war immer noch auf der falschen Fährte. »Spionierst du mir nach? Hast du daheim in meinem Schreibtisch gewühlt?« Silke trat erschrocken einen Schritt zurück, und Stefanie erklärte ihr: »Ich habe meinem Mann und den Kindern noch nichts von meinen Trainingsstunden verraten. Es gab bisher keine günstige Gelegenheit.«

»Jetzt weiß er es«, sagte die Trainerin. »Er kann gleich bei unserem *Zumba Gold-Kurs* mitmachen.« Sie musterte mich. »Ich biete die *Zumba Gold-Kurse* speziell für Männer wie für Frauen ab 13 Jahren an. Sie sind gut für Anfänger, Schwangere und ältere Erwachsene geeignet, da hier jeder in seinem eigenen Tempo tanzen und aktiv bleiben kann. *Zumba Gold* ist ohne Sprünge und schnelle Drehungen, also gelenkschonend.«

»Ich glaube nicht, dass mein Mann da mitmachen will«, mischte sich meine Frau ein. Nach wie vor war ihr Blick eher feindselig. Es wurde Zeit, den Grund meines Besuchs offenzulegen.

»Ich bin dienstlich hier«, erklärte ich. »Dass du heimlich einen Rumhüpfkurs …«

»Zumba«, unterbrachen mich Stefanie und Silke gleichzeitig.

Ich unternahm einen weiteren Anlauf, dieses Mal auf direktem Weg. »Wo finde ich Sonja Kruk? Ich habe ein paar Fragen an sie.«

Die Zumba-Trainerin fragte sofort nach: »Das ist ja seltsam, hat sie was angestellt?«

»Das darf ich Ihnen, äh, dir nicht verraten. Wieso kommt es dir seltsam vor, dass ich Frau Kruk sprechen will?«

»Weil sie heute nicht da ist. Also, sie war da, aber jetzt nicht mehr.«

»Wie jetzt?«

Silke Koch merkte, dass sie deutlicher werden musste. »Sie kam pünktlich zum Kursbeginn. Während sie sich umzog, klingelte ihr Handy, und sie führte ein sehr emotionales Telefonat. Danach ist sie, ohne sich zu verabschieden, gegangen.«

»Wissen Sie, äh, weißt du, wohin?«

Silke zog die Achseln hoch. »Ich habe was mit Haßloch und Fliegengitter verstanden, mehr leider nicht. Ich musste mich ja um meine Gruppe kümmern.«

Ich wandte mich an meine Frau. »Kennst du diese Sonja Kruk?«

»Ich habe bisher beim Training nur den Vornamen der Frau gehört, Reiner. Ich weiß, wie sie aussieht, sonst aber nichts.«

»Danke«, sagte ich. »Wenn eure Pause fertig ist, könnt ihr mit eurem Dings, äh, Zumba weitermachen. Ich lasse euch jetzt wieder allein, einer muss ja schließlich etwas arbeiten.«

Silke steckte mir geschäftstüchtig ein paar Flyer zu. »Hier, falls du es dir anders überlegst. Probiere es ruhig mal bei einem unverbindlichen Probetraining aus. Du wirst sehen, wie schnell deine Lebensqualität steigt, wenn du dich smarter bewegen kannst.«

Stefanie grinste und nahm mir die Prospekte ab. »Ich nehme sie für die Kinder mit. Vielleicht kann ich Paul und Melanie überzeugen.«

»Viel Spaß dabei«, sagte ich und verließ das Vereinsheim endgültig. Ich setzte mich in den Wagen und schnaufte eine Zeit lang durch. Nachdem ich mich geistig wiederhergestellt hatte, schnappte ich mir Juttas Handy und wählte die Nummer der Dienststelle.

»Das ging aber schnell«, meinte Jutta, »du bist vor kaum einer halben Stunde bei uns losgefahren.«

»Ich arbeite eben effizient«, behauptete ich. »Ich habe alles erfahren, was ich wissen wollte. Hast du die Adresse von Heidelinde Rustiks Schwester?« Erfahren hatte ich zwar so gut wie nichts, aber ich wollte mich nicht in Einzelheiten verlieren.

»Na klar doch, Reiner. In der Kürze der Zeit allerdings nur die reinen Meldedaten. Die Frau heißt Tanja Hauck und ist Geschäftsführerin eines Unternehmens in Haßloch.«

»Zumba?«, fragte ich, weil mein Mund mal wieder schneller war als mein Gehirn.

»Wie bitte?«, hakte Jutta nach. »Wie kommst du auf Zumba?«

»Hab mich nur versprochen«, wiegelte ich ab. »Also, um welches Unternehmen geht es?«

»*Fliegengitter Hauck*. Der Firmensitz, an dem auch die Geschäftsführerin wohnt, liegt im Haßlocher Südwesten im Gewerbegebiet. Hast du was zum Schreiben?«

Ich notierte mir die Adresse in einem ledernen Notizbuch, auf dem die goldenen Initialen von KPD prangten. Es lag unbenutzt im Handschuhfach, das so groß war wie eine Kommode. Wenn das mit dem Fliegengitter mal kein Zufall war. Vielleicht hatte ich Glück und traf Sonja Kruk dort an.

»Und die produzieren wirklich Fliegengitter?«

»Nein, der Name ist nur Tarnung, die Firma produziert Gießkannen.« Jutta wartete ein paar Sekunden ab, bevor sie loslachte. »Sorry, mir ist spontan nichts Blöderes eingefallen. Natürlich produzieren die Fliegengitter und ähnliche Produkte. Die passen ihre Artikel individuell an die örtlichen Begebenheiten beim Kunden an. Gerhard und ich haben zu Hause Fliegengitter dieser Firma. Seitdem haben wir im Sommer Ruhe im Wohnzimmer und in der Küche mit dem ganzen Mückenzeug. Und vor allem nachts im Schlafzimmer.«

»Danke für die Adresse, Jutta. Ich fahre nun nach Haßloch. Entweder melde ich mich gleich anschließend, oder ich komme zurück zur Dienststelle. Wenn ihr schon zu Hause seid, sehen wir uns morgen früh.«

»Kann sein, dass wir Überstunden machen müssen, Reiner.«

»Überstunden? Warum denn das? Ihr müsst heute nicht alle Kaffeesorten durchprobieren, morgen ist auch noch ein Tag.«

Jutta gab ein künstliches Lachen von sich. »Haha, sei froh, dass wir dich mit der Organisation entlasten. Die meisten Prozesse müssen wir komplett neu aufsetzen, weil alles bisher wie eine Einbahnstraße lief. Jeder Informationsfluss ging direkt zu KPD. Wir wissen immer noch nicht, was er mit den vielen Informationen angefangen hat. Das muss ihn völlig überlastet haben, zumal wir ihn ja nie richtig haben arbeiten sehen.«

»Mich würde nicht wundern, wenn sich in den nächsten Tagen externe Berater bei uns melden, die von KPD einen Dauerauftrag haben. In der Politik läuft es genauso: Die meisten Minister beispielsweise werden nicht nach Fähigkeit und Erfahrung für das jeweilige Amt ernannt, sondern nach Parteibuch, Verwandtschaftsgrad und rhetorischen Fähigkeiten. Ein guter Politiker braucht nichts zu können, außer gut zu reden. Dass da oft genug nur heiße Luft rauskommt, merken die wenigsten Bürger.«

»Du redest dich gerade wieder in Rage, Reiner«, unterbrach Jutta. »Hab' keine Sorge, wir kriegen das in den Griff. Schifferstadt wird in kürzester Zeit eine Musterdienststelle sein.«

»Das behauptet KPD auch immer«, sagte ich zum Schluss und beendete das Telefonat.

KAPITEL 7
FLUCHT DURCHS FLIEGENGITTER

Für die Strecke nach Haßloch gab es potenziell zwei Möglichkeiten, die in etwa die gleiche Fahrtzeit beanspruchten: Die Strecke über die A61 und A65 war ein gutes Stück länger, dafür konnte man, natürlich im Rahmen des gesetzlich Erlaubten, mal so richtig das Gaspedal durchdrücken. Die Variante durch Iggelheim führte über Landstraßen und sorgte insbesondere für Verdruss bei den Einwohnern, da eine Umgehungsstraße zwar seit vielen Jahren geplant, aber noch nicht gebaut war. Dass auch die Durchfahrt durch Iggelheim inzwischen auf Tempo 30 reduziert war, daran dachte ich nicht, als ich diese Variante wählte. Am Schnellfahren beziehungsweise Rasen lag mir nichts, außerdem konnte damit mein ökologisches Gewissen ein paar Bonuspunkte einheimsen.

KPDs Navi war intuitiv zu bedienen und funktionierte auf Anhieb mit Spracheingabe. Was mich irritierte war alleine der Umstand, dass das Gerät mit KPDs Stimme programmiert war. Bei der ersten Anweisung kam ich vor Schreck fast von der Fahrbahn ab. Nach jedem gefahrenen Kilometer wurde meine Fahrweise sicherer, und ich begann, das Innenleben des Wagens zu erforschen. Dutzende Schalter, Griffe und Ablagefächer warteten darauf, von mir inspiziert zu werden. Mehr durch Zufall entdeckte ich neben dem Fahrersitz die Minibar, die gar nicht so mini war. Den Champagner ließ ich unberührt, aber die edlen Säfte probierte ich der Reihe nach. In Verbindung mit dem Restbestand der Kekse ging es mir bei der Ankunft in Haßloch so richtig dreckig. Zu meiner Rettung fand ich in den Tiefen der Bar eine Flasche Mineralwasser, die einen Teil der Magensäure neutralisierte. Das Etikett und der optische Eindruck der Flasche ließen mich vermuten, dass ich solch ein wertvolles Wässerchen in meinem Leben bisher noch nie getrunken hatte. Ich nahm mir vor, falls ich endgültig zum Dienststellenleiter ernannt werden würde, die Minibar zukünftig nur noch mit Getränken einer vernünftigen Preiskategorie auffüllen zu lassen, da mir diese Protzerei zuwider war.

Ich parkte auf der anderen Straßenseite, die teilweise unbebaut war. Dass ich am Ziel war, sah ich am Firmenschild und den diversen Werbeaufbauten vor dem Gebäude. Nichtsahnend ging ich über die Straße und lief Steffen Boiselle in die Arme.

»Nanu, Herr Palzki«, sagte dieser überrascht. »Dietmar hat mir gar nicht gesagt, dass Sie auch kommen.«

Ich versuchte, systematisch vorzugehen. »Meinen Sie mit Dietmar Ihren komischen Freund, den Krimischreiber? Was tun Sie hier? Was soll das bedeuten? Haben Sie mit der Sache zu tun? Kennen Sie Heidelinde Rustik oder Sonja Kruk?«

»Langsam, langsam, Herr Palzki.« Boiselle lachte. »Lassen Sie uns systematisch vorgehen, ich erkläre Ihnen gerne alles. Ich habe keine Geheimnisse. Jedenfalls keine Geheimnisse, die für Sie von Belang wären.«

Steffen Boiselle war ein in der Kurpfalz sehr bekannter Künstler. Als Inhaber eines Verlags für Regionalkultur war er ein beliebter Karikaturist. In der *RHEINPFALZ am Sonntag* erschienen seit vielen Jahren regelmäßig seine Cartoons mit dem 100% PÄLZER. Als zusätzliches Standbein konnte man Boiselle als Hochzeitszeichner oder für andere Gelegenheiten buchen. In atemberaubender Geschwindigkeit zeichnete er von den Anwesenden Karikaturen. Das alles gönnte ich Steffen Boiselle von Herzen, zumal ich ihn als äußerst angenehmen und charakterstarken Menschen kannte. Sein meiner Meinung nach einziger negativer Charakterzug war, dass er sich mit dem Krimischreiber Dietmar Becker angefreundet hatte. Gemeinsam störten sie mich in den letzten Jahren als selbsternannte Hobbydetektive mehrfach bei meinen Ermittlungen. Dass ich ihn ausgerechnet hier antraf, konnte nichts Gutes bedeuten.

»Warum sind Sie hier?« Die zweite Frage nach Becker verkniff ich mir, zumal es sowieso miteinander zu tun hatte.

»Immer schön neugierig bleiben, Herr Palzki. Ganz der Kriminalbeamte. Ich hatte gerade einen Termin mit Tanja Hauck, der Geschäftsführerin. Wir arbeiten seit Längerem zusammen.« Der Zeichner zog ein kleines Heftchen aus der Tasche, auf der Werbung in Form eines Cartoons für das Unternehmen *Fliegengitter Hauck* aufgedruckt war. »Nehmen Sie gerne ein Exemplar mit, damit Sie auch mal was zu lachen haben.« Bevor ich aufbrausend reagieren konnte, sprach er weiter: »Das war nur ein Witz, Herr Palzki. Ich habe Dietmar nur zufällig getroffen. Ich wusste nicht, dass er hier ist. Allerdings muss ich sagen, dass er sich etwas komisch benommen hat. Er ist äußerst auffällig durch die Ausstellung geschlichen, wollte aber wohl eher das Gegenteil erreichen. Vielleicht hat man ihn doch zu früh aus dem Krankenhaus entlassen.«

»Aha, Sie wissen also Bescheid über das, was passiert ist.«

»Nur darüber, was Dietmar mir in aller Kürze berichtet hat. Ziemlich verworren das alles. Mehrere Personen wurden auf einem Bauernhof während des Abendessens vergiftet.« Boiselle besann sich. »Waren Sie und Herr Diefenbach nicht auch dort? Ich meine, dass Dietmar das erwähnt hat. Aber wie gesagt, er hat ziemlich bruchstückhaft und teilweise wirr gesprochen.«

Ich erzählte ihm keine Einzelheiten. »Ist Becker immer noch in dem Betrieb?«

Boiselle nickte. »Tanja Hauck meinte, dass sie ihn in Ruhe lässt, solange er nichts kaputt macht oder es gefährlich wird. Das macht sie aber nur, weil ich Dietmar gut kenne, sonst hätte sie längst die Polizei gerufen.«

»Jetzt ist die Polizei ja da«, warf ich ein. »Kommen Sie bitte noch mal kurz mit rein. Vielleicht benötige ich Ihre Unterstützung.«

»Voll gerne«, sagte der Zeichner und schaute suchend die Straße in beide Richtungen entlang. »Ich wollte mich hier noch mit einem Freund treffen, doch der scheint nicht mehr zu kommen. Lassen Sie uns reingehen, dann stelle ich Ihnen die Geschäftsführerin vor.«

Direkt an ein zweistöckiges Haus mit Pultdach war das Betriebsgebäude angebaut. Der Haupteingang war nicht auf den ersten Blick zu erkennen, da die verwinkelte Vorderfront mit mehreren Türen und Fenstern in gleicher Größe, aber unterschiedlicher Bauart bestückt war, was alles andere als einheitlich wirkte. Das lag daran, dass an der Vorderfront ein Teil der Produktpalette mit praktischen Beispielen demonstriert wurde. Da ich Boiselle folgte, konnte mir das alles egal sein. Nachdem wir einen kurzen Flur durchquert hatten, blieb er stehen.

»Geradeaus geht's zur Produktion, rechts zur Ausstellung. Ich denke, wir werden Tanja Hauck im Büro finden.«

Er wollte gerade weitergehen, als Becker zwischen zwei Regalen auftauchte. »Herr Palzki, gut, dass Sie da sind«, hechelte er aufgeregt. »Ich habe den Fall aufgeklärt.«

Der Krimiautor sah ziemlich ungesund aus. Seine Sprache war verwaschen. Unverantwortlich, ihn in diesem Zustand aus dem Krankenhaus zu entlassen. »Beruhigen Sie sich, Herr Becker, alles wird gut. Schließlich bin ich ja jetzt hier.«

»Das ist ein großes Glück, Herr Palzki«, sagte Becker zittrig, während er eifrig nickte. »Ich wusste nicht mehr, was ich machen soll. Beinahe hätte ich die Polizei gerufen. Aber Haßloch gehört nicht mehr zum Zuständigkeitsgebiet von Schifferstadt. Das wäre ziemlich verwirrend geworden, wahrscheinlich hätte mir niemand geglaubt, dass ich weiß, wer der Mörder ist.«

»Hauptsache, wir glauben das«, beruhigte ich ihn weiter. »Sie fahren jetzt unverzüglich heim, und in den nächsten Tagen nehmen wir Ihre Aussage zu Protokoll. Viel lieber wäre mir, wenn ich Ihnen einen Krankenwagen rufen dürfte.«

»Krankenwagen? Warum?« Beckers Blutdruck stieg sichtlich. »Ich bin gesund, ich habe mich heute früh aus dem Krankenhaus selbst entlassen. Abgesehen von ein paar Schwindelanfällen ab und zu geht es mir hervorragend. Hätte ich sonst so schnell die Person identifizieren können, die das Essen vergiftet hat? Sobald Sie den Täter verhaftet haben, werde ich das Exposé meines geplanten Pfalzmarkt-Krimis aktualisieren. Den Hergang und das Motiv werde ich eins zu eins in meinem Krimi kopieren, natürlich mit fiktiven Personen.«

»Ich verhafte niemanden«, erklärte ich Becker. »Lernen Sie das denn nie? Maximal werde ich eine Person vorläufig festnehmen. Aber auch dies ist mehr als ungewiss. Es sei denn, dass Sie eindeutige Beweise haben. Aber keine abenteuerlichen Geschichten wie in Ihren Krimimärchen, die Sie ständig schreiben.«

»Allemal habe ich erdrückende Beweise«, ereiferte sich Becker und holte zu einer Erklärung aus: »Nachdem ich heute früh in der Klinik ausgecheckt hatte, wollte ich auf der Intensivstation Herrn Rustik besuchen. Da ich kein Verwandter bin, durfte ich nicht zu ihm rein. Als ich gehen wollte, kam mir Rustiks Tochter Sonja Kruk entgegen.«

»Das ist alles?«, fragte ich enttäuscht. »Ein Mordmotiv sieht anders aus. Falls Sie es noch nicht herausgefunden haben: Sonja Kruk und ihr Mann sind gestern Abend spät von einem Messebesuch zurückgekommen. Sie hinken mit Ihren Recherchen hoffnungslos hinterher.«

»Aber das ist doch falsch«, schrie Becker und sah dabei aus wie Klaus Kinski kurz vor einem Mord frei nach Edgar Wallace. »Die beiden sind schon viel früher zurückgekommen.«

Ich wurde verhalten neugierig. »Und woher wollen Sie das wissen? Sie waren gestern den ganzen Abend mit mir bei diesem Essen. Haben Sie das vergessen?«

Beckers Blick blieb flackernd. »Wollen Sie denn nicht verstehen, Herr Palzki? Ich bin doch nach draußen gegangen, weil ich diesen Typen verfolgen wollte, der herumschlich und Fotos schoss. Direkt vor dem Eingang des Wohnhauses stand Sonja Kruk und erschrak mächtig, als ich an ihr vorbeirannte. Gestern hatte ich mir nichts dabei gedacht, aber heute Morgen hat sie sich mir vor der Intensivstation mit Namen vorgestellt. Bei meinen früheren Besuchen bei Heidelinde Rustik war sie nie anwesend. Die Sache ist eindeutig, Herr Palzki. Sonja Kruk hat sich in einem unbemerkten Augenblick in die Küche geschlichen und die Zucchini vergiftet.«

Dietmar Becker war es durchaus gelungen, mich zu verblüffen. Hatte er damit den Beweis der Täterschaft von Heidelinde Rustiks Tochter in der Hand?

Boiselle stand nach wie vor neben uns. »So langsam verstehe ich, worauf Dietmar hinauswill.«

»Gar nichts verstehen Sie«, pflaumte ich ihn unabsichtlich hart an. Dann wandte ich mich wieder an Becker. »Und wieso treffe ich Sie in Haßloch? Sie verheimlichen mir doch etwas?«

Der Student wehrte sich. »Sie müssen mich nur ausreden lassen, dann erfahren Sie alles. Ich kenne, vielmehr ich kannte Heidelinde Rustik schon eine Weile. Daher wusste ich von ihrer Schwester aus Haßloch. Nachdem ich heute früh das Krankenhaus verlassen hatte, überlegte ich meine weiteren Schritte, damit ich keinen Fehler mache. Kruks Mann erreichte ich telefonisch über den Pfalzmarkt, da er dort arbeitet.«

»Weiß ich längst. Weiter«, spornte ich Becker an.

»Ich sagte, dass ich von der Verwaltung des Krankenhauses sei und ein paar Informationen zu seinem Schwiegervater benötigen würde. Er nannte mir sofort die Handynummer von seiner Frau, meinte aber, dass ich sie erst später erreichen könnte, da sie in ihrem Zumba-Kurs sei. Daraufhin habe ich die Gelegenheit genutzt, zu ihrer Tante nach Haßloch zu fahren. Doch das ging irgendwie schief.«

Er machte eine entschuldigende Geste.

»Dabei habe ich mich sehr vorsichtig angestellt«, erzählte Becker weiter. »Es ist mir unverständlich, wie und warum Tanja Hauck Lunte gerochen hat. Ich habe ihr nur ein paar unverfängliche Fragen gestellt, doch sie mauerte sofort. Daraufhin habe ich mich etwas zurückgezogen, um meine taktische Vorgehensweise zu überdenken.«

»Du hast dich zurückgezogen?«, mischte sich Steffen Boiselle ein.

»Na ja«, sprach der Student weiter und schaute dabei Boiselle an, »ich habe mich unauffällig in der Produktion und der Ausstellung herumgetrieben, so als wäre ich ein potenzieller Kunde. Dann kamst auf einmal du, Steffen. Wie ich von dir erfahren habe, war das aber bloß Zufall, da du einen Termin mit der Geschäftsführerin hattest. Und wie ich so mit dir plauderte, standen zu meiner Überraschung auf einmal Tanja Hauck und ihre Nichte vor mir. Keine Ahnung, wo Sonja Kruk auf einmal herkam.«

In diesem Punkt hatte ich einen Informationsvorsprung. Ich wusste von dem Anruf, den Kruk vor Beginn ihres Zumba-Kurses erhielt. Es konnte nur ihre Tante gewesen sein. Noch immer war mir unklar, wie ich dieses Vorkommnis bewerten sollte. »Die beiden haben natürlich alles abgestritten«, spekulierte ich. »Und das nur, weil Sie Polizei spielen mussten, Herr Becker. Hätten Sie die Ermittlungen den Profis überlassen, wären wir jetzt einen Schritt oder mehrere Schritte weiter.« Ich wollte den Möchtegerndetektiv noch intensiver attackieren, doch in diesem Moment trat eine Frau auf uns zu.

»Herr Boiselle, wollten Sie nicht längst weg sein?« Sie wechselte abrupt den Ansprechpartner: »Und warum sind Sie noch da?« Sie blickte Becker scharf an. »Meine Nichte und ich haben Ihnen gesagt, dass Ihre unverschämten Behauptungen jeder Grundlage entbehren. Wir sprechen nur noch mit der Polizei.«

»Nun, die Polizei ist jetzt hier«, mischte ich mich ein und reichte ihr die Hand. »Palzki, Reiner Palzki«, stellte ich mich vor. »Ich bin der momentane Dienststellenleiter der Kriminalinspektion in Schifferstadt.«

»Oha, der Chef persönlich«, erwiderte die Geschäftsführerin, ohne sichtlich beeindruckt zu sein. »Ich bin Tanja Hauck, die Chefin von diesem Laden. Wie kann ich Ihnen helfen?«

Steffen Boiselle unterbrach unsere Vorstellungsrunde. »Entschuldigt mich bitte, ich muss leider dringend zum nächsten Termin.« Er gab uns reihum die Hand und verschwand.

Tanja Hauck nahm das Gespräch wieder auf. »Ich weiß immer noch nicht, womit ich Ihnen helfen kann, Herr Palzki.«

»Wir ermitteln wegen Ihrer Schwester«, begann ich. »Dass sie nicht mehr lebt, wissen Sie, oder?«

»Das hat mir meine Nichte mitgeteilt«, seufzte Hauck. »Vergiftet, sagte sie. Wer tut denn so etwas? Heidelinde hatte keine Feinde. Sie war das friedlichste Geschöpf auf Erden und vor allem so gutmütig.« Sie seufzte ein zweites Mal. »Solange das Wohnhaus versiegelt ist, können meine Nichte und ihr Mann bei uns schlafen. Selbstverständlich kümmern wir uns auch gemeinsam um meinen Schwager und die Beerdigung von Heidelinde.« Sie schaute mir fest in die Augen. »Aber wie kann ich Ihnen helfen? Ich hatte meine Schwester schon seit Wochen nicht mehr gesehen.« Ihr kam eine Idee. »Hat Herr Becker Sie gerufen?« Sie warf einen kurzen Seitenblick zu dem Studenten. »Es ist eine Frechheit, was er behauptet. Ich hätte gute Lust, ihn wegen Verleumdung anzuzeigen.«

»Aber ich habe doch gar nicht …«, sagte Becker schnell.

»Doch, Sie haben«, fuhr ihm die Geschäftsführerin über den Mund. »Ihre Unterstellung ist völlig absurd.« Sie drehte sich um und rief in Richtung der Büros: »Sonja, kommst du bitte mal? Herr Palzki von der Polizei ist da.«

Sonja Kruk sah man die Trauer deutlich an. »Ja?«, hauchte sie.

Ich stellte mich ein zweites Mal vor. »Bei dem Essen gestern Abend waren ich und Herr Becker ebenfalls anwesend. Daher leite ich nicht nur die Ermittlungen, sondern bin auch persönlich betroffen. Nur durch einen Zufall habe ich nichts von den vergifteten Zucchini gegessen.«

»Mein Mann hat mir erzählt, dass es die Zucchini waren.«

»Vorhin habe ich versucht, Sie im Zumba-Kurs zu erreichen. Diese Information habe ich von Ihrem Mann bekommen.«

»Ja, mein Mann«, sagte sie und verzog ihr Gesicht. »Ich sage ihm immer wieder, dass er keine privaten Daten herausgeben soll. Was geht einen Fremden an, welche Kurse ich besuche?«

»Ich bin von der Polizei, da darf man ruhig mal etwas mehr erzählen, wenn man unschuldig sein will.«

»Selbstverständlich habe ich damit nichts zu tun. Oder

glauben Sie den Märchen von diesem Mann?« Sie zeigte verächtlich auf Becker. »Jeder trauert auf seine eigene Art. Mir war nach Ablenkung, deshalb bin ich nach Schifferstadt zum Tanzen gefahren.«

»Mitgemacht haben Sie aber dennoch nicht.«

»Mir kam kurzfristig was dazwischen«, behauptete sie kurz angebunden.

Da ich den Grund kannte, kam ich zum nächsten, dem entscheidenden Punkt.

»Herr Becker behauptet, dass er Sie gestern Abend während des Essens, etwa zu dem Zeitpunkt, als Ihre Mutter starb, vor dem Haus stehen sah. Ihr Mann sagte dagegen aus, dass sie beide erst spät am Abend zurückkamen und von dem versiegelten Haus überrascht wurden.«

»Genauso war es«, sagte Kruk standhaft. »Als wir ankamen, waren weder Polizei noch Rettungsdienst vor Ort. Herr Becker muss sich geirrt haben.«

»Niemals«, warf dieser ein. »Mein Personengedächtnis ist phänomenal.« Plötzlich stieß Becker einen hellen Schrei aus.

»Was ist los?«, fragte ich, doch Becker reagierte nicht auf meine Frage.

»Da, da …«, stammelte er und zeigte in Richtung Werkstatt.

»Ich glaube, ich rufe jetzt doch einen Krankenwagen«, sagte ich.

»Nein!«, schrie er. »Der komische Kerl von gestern.«

Ich verstand immer noch nicht, was der Krimischreiber uns damit sagen wollte.

»Der Typ ist hier«, stammelte Becker. »Ich habe ihn gesehen.« Er rannte in Richtung Produktion. Tanja Hauck und Sonja Kruk schauten sich fassungslos an.

»Ist mit Herrn Becker alles in Ordnung?«, fragte die Geschäftsführerin. »Oder muss ich mir Sorgen machen?«

»Ich weiß nicht«, antwortete ich. In den ersten Sekunden hatte ich gezögert, doch nun folgte ich Becker. Entweder hatte er Halluzinationen, was durchaus der Realität entsprechen konnte, oder der Kerl in den keltischen Klamotten war wirklich hier. Aber warum? Das konnte ich nur erfahren, wenn ich Becker nachlief.

Der vordere Bereich der Werkstatt war relativ übersichtlich gestaltet. Große Tische, auf denen Metallteile herumlagen, sowie vollgestopfte Regale an so ziemlich allen Wänden. Es sah nach geordnetem Chaos aus. Mehrere Arbeiter schauten neugierig nach hinten in die Richtung, in die Becker verschwunden war. Einer lachte und meinte: »Der hat's wohl eilig, um aufs Klo zu kommen.«

Die Produktionshalle war schlauchartig angelegt. Dadurch sah ich erst jetzt, wie weitläufig der Werkstattbereich war. Nun wurde es enger und auch gefährlicher. Ich verringerte meine Geschwindigkeit. Für jemanden, der sich hier auskannte, war es sicherlich kein Problem, zwischen den Stellagen und Vorrichtungen aller Art seinen Weg zu finden. Da ich als Laie nicht die geringste Ahnung hatte, welchen Zweck die diversen Maschinen hatten, machte ich jeweils einen großen Bogen um sie, sofern es der Platz zuließ. Bereits in der Ausstellung vor den Büros hatte ich mit geübtem Blick feststellen können, wie vielfältig die Produktpalette war. Da ich bisher nur mit einer Fliegenklatsche oder alternativ einer Zeitung zu Hause für Mückenfreiheit sorgte, überraschten mich die Möglichkeiten und zugleich der technische Aufwand in diesem Unternehmen.

»He, Vorsicht!«, schrie mich einer der Arbeiter an, der gerade einen langen Metallstab freihändig in der Luft umdrehen wollte. Ohne seinen Ruf hätte die Aktion böse ausgehen können. Inzwischen hatte ich zu Becker aufgeholt, der sich nach einem Stolpern gerade wieder aufraffte. »Er ist nach hinten gerannt«, rief er und hielt einen runden Behälter in die Luft. »Das hat er verloren.«

Am Ende der Produktionshalle musste es weitere Räume geben, worauf ein Flur hindeutete. Ich blieb Becker auf den Fersen. Nach einer Vollbremsung seinerseits klebte ich ihm unsanft am Rücken.

»Und wo ist er hin, Ihr Unbekannter?«, schnauzte ich ihn atemlos an. Gesehen hatte ich von dem vermeintlichen Kerl nicht eine Spur.

»Eben war er noch da«, antwortete Becker, ebenfalls stark schnaufend. »Vielleicht in einer der Toiletten?«

»Dann schauen Sie mal nach, ich warte im Flur, damit er nicht türmen kann.«

Während der Student die Toiletten durchsuchte, verließ ich den Flur. Falls der Unbekannte wider Erwarten auftauchen sollte, kam er ohne Gewaltanwendung nicht an mir vorbei. Ich hatte nun Zeit, mir den hinteren Teil des Produktionsbereichs näher anzusehen. Zwei Arbeiter standen an einer Säge, vielleicht handelte es sich auch um eine große Fräsmaschine. Die andere Raumhälfte war mit riesigen Teileregalen bestückt. Dazwischen standen Rollen auf dem Boden, die eine Ähnlichkeit mit Maschendraht hatten. Genau in dem Moment, als ich über die dicken Rollen staunte, sprang der Kerl hinter seinem Versteck hervor. Ihm war es gelungen, sich hinter den Fliegengitterrollen vor Becker zu verstecken. Wie gut, dass ich den Überblick behalten hatte. Nun ging die Verfolgungsjagd zurück in Richtung Ausstellung, dieses Mal ohne Becker, der von der neuen Situation nichts mitbekommen hatte.

»Hänn ihr des Klo net gfunne?«, schrie uns einer der Arbeiter an.

Behände sprang ich über einen Karton, den der Verfolgte von einem Gestell gerissen und mir vor die Füße geworfen hatte. Kurz vor der Ausstellung rannte der Kerl nach rechts in eine Art Garage, in der offensichtlich die fertigen Produkte lagerten. Er hastete weiter durch ein offenes Tor nach draußen. Mir pochte inzwischen das Herz bis zu den Ohren, doch ich gab nicht auf.

In der breiten Einfahrt waren mehrere mannshohe Fensterrahmen aufgebaut, die mit einem Fliegengitter bespannt waren. Niemals würde es der Kerl wagen, durch die Fensterscheiben zu springen. Er tat es trotzdem. Auf das Klirren des Glases horchte ich allerdings vergeblich, bis ich registrierte, dass es sich um leere Fensterrahmen handelte, die wohl nur aus Demonstrationsgründen mit einem Fliegengitter bespannt waren. Die Bespannung war kaputt, der Kerl rannte weiter vor zur Straße. Ich machte es ihm nach und sprang ebenfalls durch den Rahmen. Dabei verhedderte sich mein linker Fuß in dem bereits zerrissenen Gitter, und ich knallte frontal auf das Pflaster.

»Herr Palzki, können Sie mich hören?«

Der erste Blick war neblig und trüb. Erst langsam klarte sich mein Blick auf. Über mich bückte sich Tanja Hauck. »Meine Männer haben Sie reingetragen, nachdem Sie gestolpert sind und ohnmächtig in der Einfahrt lagen.«

Ich konnte mich erinnern, das war schon mal positiv. Mein Schädel pochte, als würde eine Dampfwalze rhythmisch darüber rollen. Mit gerunzelter Stirn schaute ich mich um: Ich lag auf einer Pritsche in einem Büro.

»Haben Sie Schmerzen? Wollen Sie eine Tablette?«, fragte die Geschäftsführerin.

Ich bejahte, auch wenn ich nicht so der wehleidige Typ war. Erst jetzt registrierte ich Dietmar Becker, der an meiner Stirn herumdrückte.

»Aua, was machen Sie da?«

»Ich korrigiere den Sitz Ihres Verbands, Herr Palzki«, sagte Becker. »Sie können von Glück sagen, dass ich erst kürzlich meinen Erste-Hilfe-Kurs aufgefrischt habe. Es ist nur eine oberflächliche Platzwunde, die aber ziemlich stark geblutet hat. Sie sollten das vorsichtshalber in einem Krankenhaus röntgen lassen.«

»Ich bin okay«, sagte ich und setzte mich trotz eines mittleren Drehschwindelanfalls auf. »Ist der Gauner entkommen?«

Die Geschäftsführerin nickte. »Bis wir registriert hatten, was los ist, war es zu spät. Ich schickte zwar zwei meiner Mitarbeiter nach, doch der Mann war nicht mehr zu finden.«

»Vielen Dank«, sagte ich. Hinter der Geschäftsführerin stand ihre Nichte. »Kannten Sie den Mann? Er sieht ja sehr außergewöhnlich aus, insbesondere seine Kleidung.«

»Ich habe ihn noch nie zuvor gesehen«, sagte Tanja Hauck. Sonja Kruk nickte kaum merklich. »Wer war das überhaupt?«, wollte sie wissen.

»Das würden wir auch gerne wissen«, sagte ich. »Er schlich sich gestern Abend vor dem Haus Ihrer Schwester herum.« Dass er auch auf dem Gelände des Pfalzmarkts gesehen wurde, verschwieg er. Ich sah Sonja Kruk an. »Sie haben ihn gestern Abend wirklich nicht gesehen?«

Sie tappte nicht in die Falle. Stattdessen antwortete sie ärgerlich: »Ich kann nur wiederholen, dass ich mit Dieter erst spät am Abend zu Hause angekommen bin.«

»Mich haben die beiden gegen 23 Uhr angerufen«, bestätigte Tanja Hauck. »Das lässt sich bestimmt überprüfen.«

Becker zeigte mir den Köcher, den der Kerl verloren hatte. »Ein sehr lichtstarkes Zoomobjektiv, 80 – 200 mm, sauteuer«, meinte er. »Ich habe keinen Hinweis auf den Besitzer gefunden. Wäre auch zu schön gewesen.« Ich nahm ihm das Beweisstück ab. »Vielleicht können wir ein paar brauchbare Fingerabdrücke sichern, falls Sie das Objektiv nicht überall angefasst haben.« Dass ich das Teil selbst ungeschützt in der Hand hielt, war mir keine Erwähnung wert.

»Wer kommt eigentlich für den Schaden auf?«, fragte Tanja Hauck. »Dieser mysteriöse Unbekannte hat einen Teil unseres Messeaufbaus zerstört. Der Schaden ist zwar nicht sehr hoch, aber haben Sie dafür eine Versicherung?«

»Leider nicht«, musste ich gestehen. »Da müssen Sie sich direkt an den Täter wenden. Falls wir ihn zu fassen kriegen, sorge ich dafür, dass Sie seine Adresse bekommen.«

Ich stand auf, was mir überraschend gut gelang. »Es kann sein, dass ich in den nächsten Tagen noch mal vorbeikommen muss. Frau Kruk, Ihre Aussage müssen wir auf jeden Fall protokollieren. Es wäre gut, wenn Sie sich morgen in Schifferstadt bei meiner Kollegin Jutta Wagner melden, die wird dann die Details mit Ihnen besprechen.«

Zum Abschied drückte mir Tanja Hauck geschäftstüchtig ein Bündel Prospekte in die Hand. Selbstständige nutzten jede Gelegenheit zur Werbung, was ich heute bereits bei der Zumba-Trainerin festgestellt hatte.

KAPITEL 8
DEM GIFT AUF DER SPUR

Ein Blick auf die Uhr zeigte mir, dass Gerhard und Jutta nicht mehr im Dienst waren, selbst wenn sie ein paar Überstunden geleistet hätten. Der Tag war mir wie feiner Sand durch die Finger geronnen. Ein befriedigendes Ergebnis hatte ich nicht erreicht. Wenigstens die Schmerztablette wirkte.

Ich hatte ein paar diffuse Ermittlungsansätze, doch aussichtsreich erschien mir keiner. Selbst wenn Kruks gestern früher von dem Messebesuch zurückgekommen waren, fehlte immer noch ein Motiv. Ich beschloss, mir das Wohnhaus der Rustiks und die Umgebung näher anzuschauen, bevor ich heimfuhr.

Den Weg über Iggelheim, Böhl und Dannstadt fand ich ohne Navi, das mich nur unnötigerweise an KPD erinnert hätte. Auf dem Anwesen der Rustiks hatte ich ein Déjà-vu. Der Kleinbus des Spaniers Pablo Miro blockierte an der gleichen Stelle wie gestern den Zufahrtsweg. Ich parkte direkt dahinter und ging zu den Containern, in denen die Erntehelfer wohnten. Auf einem mit Holzplatten ausgelegten Platz war knapp ein Dutzend Bierzeltgarnituren aufgebaut. Im ersten Moment dachte ich an eine Feier, doch die Rumänen waren beim Abendessen. Die Tische waren beladen mit gefüllten, beziehungsweise überfüllten Pfannen, Töpfen, Tellern und Flaschen. Hunger oder Durst musste hier sichtlich niemand leiden. Die rund 50 Personen machten auf mich einen zufriedenen Eindruck, das gestrige Unglück schien keinen Einfluss auf ihren Tagesablauf zu haben. Mit Erstaunen sah ich, dass zwar Fleisch- und Wurstwaren auf den Tischen standen, der weitaus größte Teil der Speisen aber aus unterschiedlichstem Gemüse bestand. Wenn ich den ganzen Tag dieses Zeug ernten müsste, würde ich es bestimmt nicht mehr beim Essen ertragen können. Mir kam Stefanie in den Sinn und was sie möglicherweise heute kochen würde, was meine Stimmung ein paar weitere Punkte senkte.

»Herr Palzki!«, rief der Spanier. Mitten aus dem Getümmel stieg Pablo Miro auf und kam auf mich zu. »Haben Sie Neuigkeiten?« Er entdeckte meinen Kopfverband. »Um Himmels willen, was ist mit Ihnen passiert?«

»Nur ein kleiner Kratzer«, entgegnete ich und winkte mit einer lässigen Handbewegung ab.

»Handelte es sich bei dem Tod von Heidi um einen Unfall, oder war es tatsächlich Mord, wie Sie gestern spekuliert haben? Viele der Helfer sind ziemlich durch den Wind. Einige haben Angst und wollen zu einem anderen Betrieb gebracht werden.«

»Ich habe überhaupt nicht spekuliert«, entgegnete ich. »Es ist immer noch unklar, was genau passiert ist. Wieso sind Sie wieder da? Wollten Sie nicht erst morgen kommen?«

Miro nickte. »Die Umstände haben sich geändert, Herr Palzki. Mein Chef hat mich zurück auf den Hof der Rustiks beordert. Wie ich gesagt habe, manche von den Helfern wollen weg. Wir können schließlich keinen Zwang ausüben und sie festhalten, auch wenn sie hier dringend benötigt werden. Bei einigen Sorten beginnt gerade die Haupternte.«

»Wie wird das jetzt organisiert?«, fragte ich neugierig. »Heidelinde Rustik ist tot, und ihr Mann liegt im Koma.«

»Schwierige Sache«, sagte Miro. »Dieter, also der Mann von Sonja, war hier und hat mit den Vorarbeitern einen vorläufigen Plan ausgetüftelt. Dieter versucht, so gut es geht, den Laden am Laufen zu halten. Ab morgen will Sonja die Organisation übernehmen. Ob das funktioniert, weiß kein Mensch. Das Know-how und die jahrzehntelange Erfahrung von Heidelinde kann man nicht eben mal so auf die Schnelle übernehmen.« Miro schaute über meine Schultern hinweg in Richtung Straße. »Da fährt gerade der Dieter rein, der kann Ihnen bestimmt mehr sagen.«

Dieter Kruk kam und gab uns die Hand. Dann schaute er auf meinen Verband. »Stammt das von Ihrem Unfall in Haßloch, Herr Palzki? Ich hoffe, es ist nichts Schlimmes.«

»Nur ein Kratzer«, sagte ich lapidar, ohne weiter darauf einzugehen.

»Wir sind einen großen Schritt weiter, Herr Palzki.« Er sah mich ernst an. »Zunächst möchte ich Sie aber bitten, in Zukunft meine Frau nicht weiter zu belästigen. Sie hat mich vorhin angerufen und von Ihren Anschuldigungen berichtet. Es gibt nämlich keinen Grund, meine Frau ins Kreuzverhör zu nehmen, wenn Sie gehört haben, was ich Ihnen jetzt sage.«

»Dann bin ich mal gespannt«, sagte ich abwartend.

Dieter Kruk holte tief Luft. »Zuerst das Wichtigste: Es gibt keinen Mörder. Niemand hat Gift bewusst in das Essen eingebracht, und schon gar nicht in die Zucchini.«

»Und warum nicht?«

»Weil es schon drin war!«

Kruk sah mir die Verblüffung an. Pablo Miro schien ihn verstanden zu haben. »Tatsächlich?«, fragte er verblüfft, während er sichtbar erblasste. »Wie kann so etwas passieren? Das ist doch unmöglich!«

Der Fieldmanager zog die Schultern hoch. »Das ist ein ungelöstes Rätsel. Die gestrige Tagesernte, die im Pfalzmarkt lagert, ist völlig unbedenklich. Alles, was ich hier auf diesem Hof an Zucchini eingesammelt habe, ist ebenfalls nicht verunreinigt. Ausschließlich die Zucchini, die gestern Abend im Haus meiner Schwiegereltern auf dem Tisch standen, enthielten eine tödliche Menge an Cucurbitacin.«

Mit diesem Ergebnis hatte ich nicht gerechnet. Vor Jahren hatte ich zu Beginn meiner Polizeikarriere aus persönlichem Interesse einige Giftseminare besucht, daher kannte ich den Bitterstoff, der hauptsächlich in der Familie der Kürbisgewächse sowie in Gurken vorkam. Spontan erinnerte ich mich daran, dass dieser Stoff hitzebeständig und schwer wasserlöslich war und das Gift daher selbst beim Kochen erhalten blieb. Doch so sehr ich weiter grübelte: Mein Gedächtnis ließ mich im Stich. »Dass es nachträglich beigemischt wurde, ist ausgeschlossen?«

»Mit 100-prozentiger Sicherheit, Herr Palzki. Die Reste der sichergestellten Zucchini entstammen einer unkontrollierten Rückkreuzung, die es auf diesem Hof unmöglich geben kann.«

»Und warum nicht?«

»Weil bei uns alles bis ins Kleinste kontrolliert wird. Zucchini und Gurken werden ständig penibel getestet. In den kultivierten Kürbissen und Zucchini ist eine ungewollte Rückmutation schlichtweg nicht möglich. In privaten Gärten kann das in seltenen Fällen passieren, aber nicht bei uns.«

Der Spanier mischte sich ein. »Wir hatten das Problem vor ein paar Jahren mal in meiner Heimat. Ein privater Kleinhändler hatte Wildkürbisse in seinem Garten gepflanzt und auf einem Wochenmarkt verkauft. Durch unbemerkte Rückkreuzungen reicherten sich Cucurbitacine an, die ein paar schwere Lebensmittelvergiftungen auslösten. Todesfälle gab es damals aber nicht, soweit ich mich erinnere.«

»Ja«, bestätigte Kruk, »bei Hobbygärtnern gibt es immer mal wieder Vergiftungsunfälle mit Zucchini und Kürbissen, weil unkultivierte Sorten gesetzt und gekocht werden. Das ist bei der Pfalzmarktware aber ausgeschlossen. Meist bemerken die Leute zwar am bitteren Geschmack, dass etwas nicht stimmt, aber halt nicht immer.« Er machte eine kurze Pause. »Im Labor wurden exorbitant hohe Dosen des Bitterstoffs gemessen. Das müssten meine Schwiegereltern eigentlich bemerkt haben.«

»Ich kann Ihnen dazu nichts sagen«, erklärte ich. »Die Zucchini habe ich nicht probiert.«

»Was Ihr Glück war«, sagte Kruk. »Ich habe heute die restliche bereits geerntete Ware aus dem Verkehr genommen. Das Feld mit dem noch nicht geernteten Teil wurde abgesperrt. Vermutlich werden wir es umpflügen müssen.«

»Aber das Labor hat doch festgestellt, dass die Zucchini unbelastet sind?«, fragte ich.

»Trotzdem«, meinte Dieter Kruk. »Ein Anfangsverdacht genügt, auch wenn er noch so abwegig ist. Kein

Kunde wird uns diese Ware abnehmen, selbst wenn die Ängste ausschließlich psychologisch bedingt sind.«

Ich hatte keine Idee, wie ich die neue Situation einzuordnen hatte. Es war mir unverständlich, warum Heidelinde Rustik Gemüse gekocht haben sollte, das nicht von ihrem eigenen Hof stammte. Dass es jemand von den Gästen mitgebracht hatte, konnte ich ausschließen. Becker kam erst spät hinzu, und KPD hatte definitiv nicht einmal Blumen für die Gastgeberin dabei. Gab es dennoch einen Mörder, der meinte, besonders schlau zu sein, indem er das Gemüse austauschte? Das könnte theoretisch schon lange vor dem Essen passiert sein. Hatte sich nicht Heidelinde Rustiks Mann über die Größe der Zucchini gewundert? Aber warum hatte niemand den Bitterstoff bemerkt? Bei der Menge an Cucurbitacin, die laut dem Fieldmanager enthalten war, musste ein geübter Gemüseesser doch geschmeckt haben, dass etwas nicht stimmte.

»Vielen Dank für die Informationen«, bedankte ich mich bei Dieter Kruk. »Bitte schicken Sie Kopien der Analysen zur Dienststelle nach Schifferstadt. Ich werde mir jetzt das Wohnhaus anschauen. Vielleicht haben wir gestern was übersehen.«

»Das hat keine Eile«, sagte Kruk schnell. »Mit dem Haus, meine ich. Wir können die nächsten Tage bei der Tante meiner Frau wohnen. Wir müssen nicht unbedingt sofort in unsere Wohnung zurück. Die wichtigsten Unterlagen habe ich sowieso immer online auf meinem Tablet verfügbar.«

»Es geht mir nicht um Ihre Wohnung im Obergeschoss«, erklärte ich ihm. »Ich will mir Rustiks Stockwerk anschauen, insbesondere die Küche und das

Büro. Letzteres ist allerdings oben in Ihrem Bereich, stimmt's?«

»Ja«, gab Kruk zu. »Heidelindes Büro befindet sich aus Platzgründen neben meinem. Aber wie gesagt, das hat alles keine Eile. Die Analyse des Essens ist schließlich eindeutig.«

Dieter Kruk versuchte dermaßen vehement, mich von einem Betreten des Wohnhauses abzubringen, dass ich nun unter dem inneren Zwang stand, mich dort mal genauer umzuschauen. »Eile habe ich keine, Herr Kruk, aber zufällig viel Zeit. Bleiben Sie bei Herrn Miro und den Erntehelfern. Ich berichte Ihnen nachher, wenn ich zurückkomme.«

Er gab sich geschlagen. »Selbstverständlich begleite ich Sie. Bestimmt kann ich Ihnen helfen. Ich merke es schließlich zuerst, wenn im Haus irgendetwas auffällig sein sollte.«

Da Miros Kleinbus die Einfahrt blockierte, gingen wir den kurzen Weg zu Fuß. Verwundert stellte ich fest, dass das Siegel verletzt war. »Da war jemand drin«, meinte Kruk und riss die Augen auf. Sogleich beteuerte er seine Unschuld: »Ich war es nicht, Herr Palzki. Auch meine Frau war es garantiert nicht.« Er überlegte. »War vielleicht die Spurensicherung noch einmal hier?«

»Das kläre ich ab«, sagte ich unverbindlich und überlegte, welche Überraschung ich gleich entdecken würde.

Wider Erwarten konnte ich nicht den kleinsten Hinweis einer unautorisierten Durchsuchung entdecken. Selbst wenn ein Einbrecher noch so vorsichtig vorging, um ja keine Spuren zu hinterlassen, konnte ein geübter Polizeibeamter wie ich dennoch mit einer hohen Trefferwahrscheinlichkeit eine Durchsuchung erkennen.

Wohn- und Esszimmer sahen unverändert aus. Sämtliche Lebensmittel und Getränke hatte die Spurensicherung mitgenommen. Ereignisse in der nahen Vergangenheit hatten gezeigt, dass besonders heimtückische Giftmörder mit modernen Zweikomponentengiften aus dem Labor arbeiteten. Jeder der beiden Stoffe war einzeln betrachtet harmlos und unauffällig, in Kombination mit einem anderen dagegen besonders heimtückisch. Im Magen oder Darm, je nach Wirkungsweise, entfalteten sie ihre todbringende Macht. Solch eine brutale Vorgehensweise passte zwar eher zu einem Agententhriller und nicht in unsere heimelige Vorderpfalz, aber sicher sein konnte man nie.

In der Küche konnte ich ebenso keine Veränderungen feststellen. Zur Sicherheit überprüfte ich die Spülmaschine und öffnete sie. Die Spurensicherung hatte auch diesen Ort nicht übersehen.

»Hallo, Herr Palzki«, rief ein mir sehr bekannter Student aus Richtung Flur. »Ich habe mir gedacht, dass ich Sie im Haus der Rustiks finde. Was sagen Sie zu der Verfolgungsjagd, die wir uns vorhin geliefert haben?«

»Sie meinen die Verfolgungsjagd bei Hauck in Haßloch?«, mischte sich Dieter Kruk irritiert ein. Anscheinend hatte ihn seine Frau ausführlich informiert.

Becker schaute mir auf den Verband und grinste. »Da war ein richtiger Experte am Werk«, meinte er süffisant.

»Was wollen Sie?«, fragte ich unbeeindruckt und ohne auf seine blöde Bemerkung einzugehen. »Außer mich von den Ermittlungen abhalten?«

»Ihnen helfen«, antwortete der naive Student. »Eigentlich wollte ich mir nur den Parkplatz an der Landstraße anschauen, doch dann habe ich den Dienstwagen von

Diefenbach entdeckt und bin neugierig geworden. Wissen Sie, wie es Ihrem Chef geht?«

Kruk stand daneben und zeigte eine Mischung aus geistiger Überforderung und Erschrecken. »Wieso den Parkplatz?«, fragte er eine Spur zu neugierig.

»Wegen der Lastwagen, die dort ständig umgeladen werden«, erzählte Becker freimütig. »Das hat Ihre Schwiegermutter behauptet.«

»Ach so, jetzt weiß ich, was Sie meinen«, wiegelte Kruk ab. Er holte ein Stofftuch aus der Hosentasche und wischte sich seine feuchte Stirn ab. »Ich kann mir nicht vorstellen, dass diese Vorgänge irgendeine Bedeutung haben. Weder für die Polizei noch für dieses Unglück mit den Zucchini.«

»Da haben Sie sicher recht«, bestätigte ich ihm, um das Thema abzubrechen. In meinem Hinterkopf sah es dagegen anders aus, weil mir zu viele Zufälle im Spiel waren. Das Geheimnis der Lkws stand auf meiner Agenda, sonst wären die Ermittlungen unvollständig gewesen. Bei dieser noch ausstehenden Operation konnte ich aber keine Mitwisser wie Becker oder Kruk gebrauchen. »Kümmern wir uns zunächst um dieses Gebäude.«

Der Fieldmanager hatte eine weitere Informationslücke zu schließen. »Wen meinten Sie mit KPD, Herr Becker? Der Dienstwagen, der in der Einfahrt steht, ist doch der von Herrn Palzki?« Er sah mich an. »Als ich Ihren Wagen das erste Mal sah, wunderte ich mich, dass der rheinland-pfälzischen Polizei solche protzigen und sauteuren Autos zur Verfügung gestellt werden. Kein Wunder, dass immer mehr Bürger gegen den Staat aufbegehren.«

»Das ist nur ein Leihwagen«, sagte ich, was eigentlich auch korrekt war. »Normalerweise fahre ich solche Protzkarren nicht. Der Wagen symbolisiert also kein realistisches Abbild der Polizei, Herr Kruk. Ach, und die Abkürzung KPD, die Herr Becker versehentlich ausgeplaudert hat, ist ein internes Kürzel, streng geheim, aber völlig bedeutungslos.«

Mit dieser Diskussion war mir mein Chef wieder in den Sinn gekommen, den ich in der zweiten Tageshälfte fast erfolgreich verdrängt hatte. Ich durfte nicht vergessen, morgen früh meine Kollegen nach dem aktuellen Stand zu fragen.

»Gehen wir nach oben«, sagte ich. Wir standen immer noch im Flur. »Wo führt diese Tür hin?«, fragte ich Kruk.

»Nur in den Keller«, sagte er nebenbei. »Da liegt lediglich altes Gerümpel herum. Ich war schon lange nicht mehr unten.« Unvermittelt begann er, die Treppe nach oben zu nehmen, was ihn sofort verriet.

Seine psychologischen Tricks nutzten ihm nichts. Ich besah mir die vermeintliche Kellertür, die mit zwei kräftigen Schlössern versehen war. »Fort Knox für Gerümpel«, murmelte ich vor mich hin.

»Kommen Sie?«, rief Kruk von oben.

»Nein«, rief ich zurück. »Haben Sie im Schuppen Werkzeug? Ich brauche ein Stemmeisen und einen Bello.«

»Bello?«, kam es von oben.

»Na, ein großer Hammer eben«, schrie ich nach oben. »Einen Vorschlaghammer oder so.«

Ich war kaum mit dem Satz fertig, da stand Kruk schweißgebadet neben mir. »Was, äh, was wollen Sie damit?«

»Die Tür aufstemmen«, beharrte ich unbeirrt. »Ich bin ein Fan von altem Gerümpel und besuche regelmäßig Flohmärkte.«

Der Fieldmanager konnte mit meinem, im Moment zugegebenermaßen schrägen Humor nichts anfangen. »Das hat doch aber nichts mit Ihren Ermittlungen zu tun, Herr Palzki. Sollten Sie sich nicht lieber auf das Büro meiner Schwiegermutter konzentrieren?« Hilfesuchend wechselte er seinen Blick zu Becker. »Das meinen Sie doch auch, Herr Becker, stimmt's?«

Der Student war hin- und hergerissen. Klar, dass er liebend gerne in den Unterlagen von Heidelinde Rustik stöbern wollte. Doch auf der anderen Seite kannte er mich inzwischen gut genug. Meinen Humor verstand er zwar ebenfalls nicht, doch er hatte erkannt, dass mich nicht der Sperrmüll, sondern der Keller als solcher interessierte. Den offenen Hinweis mit den Schlössern hatte er bestimmt nicht registriert.

»Wenn es denn sein muss.« Kruk gab sich mit einem lauten Seufzer geschlagen. Er zog einen Schlüsselbund aus der Tasche und schloss die knarzende Kellertür aus Vollholz auf. »Passen Sie auf, die Stufen sind sehr schmal und ungleichmäßig hoch.« Er schaltete das Licht an und ließ uns den Vortritt.

»Herr Becker, Sie gehen als Letzter nach unten.« Damit hatte ich Kruk die Möglichkeit genommen, den Studenten und mich im Keller einzuschließen. In meinen Augen zwar ein unwahrscheinliches Szenario, trotzdem hatten mir solche Vorsichtsmaßnahmen schon mehr als einmal das Leben gerettet.

Wir landeten in einem Gerümpelkeller. An der hinteren Wand sah ich zwei Türen. »Wo geht's da hin?«

»Zwei weitere Keller«, sagte Kruk, »ebenfalls vollgestopft mit altem Zeug. Schauen Sie sich ruhig um. Falls Sie etwas für den Flohmarkt benötigen, bedienen Sie sich gerne. Was Sie mitnehmen, müssen wir nicht zur Deponie bringen.«

Der Fieldmanager kam mir nun irgendwie selbstsicherer vor. Dachte er wirklich an die Mär von dem Flohmarkt, oder hatte ich bereits das Wesentliche übersehen? Ich musste möglichst systematisch vorgehen. Becker konzentrierte sich auf den ganzen Sperrmüll, der auf dem Boden und diversen schiefen Holzregalen lagerte oder an rostigen Haken an den Wänden hing. Verwundert fragte ich mich, wer auf die Idee gekommen war, eine defekte Waschmaschine die steile Treppe hinunterzutragen, statt das Gerät gleich richtig zu entsorgen.

»Wow, ein altes Grammofon«, rief Becker, als er es aus einer staubigen Ecke zog.

»Schenke ich Ihnen«, sagte Kruk sofort, obwohl er mit hoher Wahrscheinlichkeit nicht der Eigentümer des Apparats war. »Ist aber kaputt, und Ersatzteile gibt es nicht mehr.«

Zu meiner durchdachten Vorgehensweise gehörte, dass ich mir zunächst nur einen groben Überblick über das Gerümpel machte. Sämtliche Gegenstände, die sich in den drei Kellerräumen befanden, lagerten dort seit Jahren, wie mir die Staubschichten verrieten. Staub war stets ein sicheres Indiz in Räumen, die nur selten betreten oder genutzt wurden. In kaum zehn Minuten hatte ich den Sperrmüll überprüft. Nichts Auffälliges befand sich darunter. Ich entdeckte keinen Gegenstand, den man normalerweise nicht in solch einem Keller aufbewahrte. Ich grinste über den Studenten, der inzwischen einen beachtlichen Stapel an unnützem Zeug zusammengetragen hatte, das ihm Dieter Kruk, ohne mit der Wimper zu zucken, schenkte.

Ich begann mit dem nächsten Schritt meiner methodischen Suche. Dieser Schritt führte fast immer zum Erfolg. Im Geiste ging ich den Grundriss des Erdgeschosses durch und verglich diesen mit der Anordnung der drei Kellerräume nebst der Treppe. Der hintere Bereich war unauffällig, die Kellerwände entsprachen nach meinem Gedächtnis den Außenwänden des Hauses. Nicht ganz so plausibel war der Bereich rund um die Treppe. Im Erdgeschoss begann die Treppe etwa drei Meter neben dem Hauseingang im Flur. Die Kellerwand selbst stand dagegen senkrecht direkt unter der Kellertür. Dies konnte zweierlei bedeuten: Entweder war der vordere Bereich des Hauses nicht unterkellert oder ein weiterer Raum schlichtweg von mir bisher nicht entdeckt worden. Da Kruk in dem Moment, als wir unten im Keller angekommen und nach hinten gegangen waren, selbstsicherer wurde, war mir die Lösung klar: Es gab einen versteckten Raum. Wenn ich mit Kruk alleine gewesen wäre, hätte ich meine Erkenntnisse zunächst für mich behalten und wäre später mit großer Mannschaft angerückt. Da Becker anwesend war, schätzte ich das Risiko eines Angriffs gering ein. Außerdem stand mein Wagen oben, und der Spanier Pablo Miro würde sich irgendwann wundern, dass ich nicht zurückkam.

»Was machen Sie da?«, fragte Kruk hektisch, als ich begann, die entsprechende Wand zu inspizieren.

»Reine Neugierde«, antwortete ich und zog eine alte Matratze zur Seite, die an der Wand lehnte. Eine Metalltür kam zum Vorschein. »Gewonnen«, stellte ich fest und schaute Kruk ernst an. Mit sichtlich betroffenem Gesicht zückte er erneut seinen Schlüsselbund und schloss auf. »Bitte schön«, sagte er mit einem Räuspern. »Schauen Sie sich in Ruhe um.«

Dietmar Becker kam mit großen Augen angelaufen. »Dass ich das übersehen habe«, wunderte er sich. »Normalerweise passieren mir solche Fehler nicht.«

Das konnte ich nicht auf mir sitzen lassen. »Ihre komischen Krimis sind doch auch voll mit Fehlern«, ärgerte ich ihn. »Halt, wo wollen Sie hin?« Becker war drauf und dran, in den soeben entdeckten Kellerraum zu gehen. »Vielleicht ist es eine Falle, und der Raum ist mit einer automatischen Schussanlage ausgestattet.«

Der Student verharrte mitten in der Bewegung. »Ist das Ihr Ernst?«, fragte er ängstlich.

»Was für ein Blödsinn«, antwortete Kruk für mich und betrat den fensterlosen Raum. Er drückte auf einen Schalter, und helles Neonlicht flammte auf.

»Sie bleiben draußen«, befahl ich Becker. »Kommen Sie nicht auf den Gedanken, uns zu folgen. Ich erkläre Ihnen nachher, warum ich das so möchte.«

Becker überlegte einen Moment. »Ich glaube, ich verstehe«, sagte er.

Dieter Kruk hatte ebenfalls verstanden. »Keine Sorge, Herr Palzki, ich werde Sie nicht in meinem Labor einsperren. Außerdem gibt es mehrere Personen, die den Raum kennen, auch meine Frau und die Schwiegereltern. So geheim, wie Sie vermuten, ist er nämlich nicht.« Kruk ging in das Labor, und ich folgte ihm. Becker blieb brav, aber neugierig im Türrahmen stehen.

Auf zwei langgezogenen Tischen standen diverse Versuchsaufbauten aus Glaskolben, Röhren und weiteren

Apparaten, die vor allem von Chemikern benötigt wurden. An der hinteren Wand waren mehrere Hängeschränke befestigt. In der Ecke standen zwei vor sich hin brummende Kühlschränke. Der Zweck dieses Raums blieb mir zunächst verschlossen. Ich konnte weder in Käfigen gehaltene Tiere noch Behälter mit einem Totenkopfaufdruck finden. Dafür kam mir ein anderer Gedanke. »Haben Sie das Siegel an der Haustür zerstört?«, fragte ich Kruk.

Der Angesprochene nickte. »Ich musste, als wir von dem Messebesuch zurückkamen, unbedingt nachschauen, ob mein Experiment ordnungsgemäß abgelaufen ist. Zu dem Zeitpunkt wusste ich noch nicht, was an dem Abend passiert war. Ich wunderte mich zwar über das Siegel und dass niemand zu Hause war, machte mir darüber aber vorerst keine großen Gedanken. Zunächst bin ich kurz in die Wohnung meiner Schwiegereltern, um sicherzugehen, dass nichts passiert ist. Dabei entdeckte ich zwar das Chaos im Esszimmer und das Geschirr in der Küche, einen Reim konnte ich mir darauf aber nicht machen. Ich ging anschließend in mein Labor, um dort nach dem Rechten zu sehen.«

»Und Ihre Frau? War die bei Ihnen?«

»Ja, äh, nein«, verhaspelte sich Kruk. »Sonja blieb vorne bei den Erntehelfern. Sie hat dort erfahren, was in den Stunden zuvor passiert war. Völlig aufgelöst kam sie zu mir ins Labor gerannt.«

»Das kann so nicht gewesen sein«, rief Becker von der Tür aus. »Ich habe Ihre …«

»Schon gut«, schnitt ich ihm das Wort ab. »Das werden wir alles noch aufklären.« Ich wandte mich wieder Kruk zu. »Sind die Versuche zu Ihrer Zufriedenheit verlaufen? Was experimentieren Sie hier eigentlich?«

»Auf jeden Fall keine Gifte«, sagte er bestimmt. Dieter Kruk hatte sich wieder im Griff. »Sie werden in diesem Raum keine illegalen oder gefährlichen Stoffe finden.«

»Weil Sie sie schon weggebracht haben«, rief der Student.

»Halten Sie die Klappe!«, fuhr ich ihn ungewohnt, aber verdient schroff an.

»Erzählen Sie weiter«, forderte ich Kruk auf.

»Ich bin gelernter Chemiker, Herr Palzki. Zurzeit arbeite ich beim Pfalzmarkt als Fieldmanager, wie Sie wissen. Mein Traum ist es schon immer, mich eines Tages mit einem kleinen Institut selbstständig zu machen. Als Alleinverdiener war es mir bisher leider nicht möglich, ausreichende Rücklagen für die erste Zeit einer Selbstständigkeit zu bilden. Meine Frau ist familiär sehr mit dem Hof ihrer Eltern verwurzelt. Sie arbeitet dort quasi als Familienmitglied Vollzeit, ohne einen eigenen Verdienst zu haben. Gut, wir dürfen hier kostenfrei wohnen, und am Essen fehlt es auch nicht. Aber das war es auch schon.«

»Wussten Ihre Schwiegereltern von Ihrem Lebensentwurf und diesem Labor?«

»Sie ließen keine Gelegenheit aus, mir meine Flausen, wie sie es nannten, auszureden. Ihr Herzblut, insbesondere das von Heidelinde, galt dem Hof und dem Betrieb. Sie sagten mir schon vor der Hochzeit, dass ihnen ein Landwirt als Schwiegersohn lieber gewesen sei. Jetzt können Sie sich ungefähr vorstellen, wie unser Verhältnis war, nämlich ziemlich angespannt. Erst nachdem ich den Job beim Pfalzmarkt bekommen hatte, wurden sie eine Spur freundlicher. Sie gaben mir sogar die Erlaubnis, im Keller das kleine Labor einzurichten. Natürlich hegten sie

Hintergedanken. Sie dachten, dass ich meine Tätigkeit dafür einsetze, ihrem Betrieb Vorteile zu verschaffen.«

»Haben Sie das getan?«

»Um Himmels willen!« Kruk ließ seine Augen rollen. »Wie hätte ich das machen sollen? Selbst wenn ich gewollt hätte. Im Pfalzmarkt wird alles drei- und vierfach überprüft. Ich wüsste auch gar nicht, wie ich meinen Schwiegereltern Vorteile hätte verschaffen sollen. Was der Einzelhandel morgen bestellt, kann auch ich nicht voraussagen.«

Ich umrundete einen der beiden Tische. »Um was geht es hier speziell?«

Kruk kam zu mir, öffnete ein durchsichtiges Gefäß und ließ mich hineinschauen.

»Eine grüne Pampe«, testierte ich, »riecht säuerlich.«

Kruk verzog sein Gesicht. »Laienhaft ausgedrückt mag das wohl stimmen. Ich experimentiere mit genveränderten Pflanzen. Das hört sich für Sie vielleicht auf den ersten Blick kriminell an, ist es aber ganz und gar nicht. Außerdem versichere ich Ihnen, dass dies nichts mit meiner Tätigkeit beim Pfalzmarkt zu tun hat.«

Ich merkte, dass ich mich auf dünnem Eis bewegte. Mein Wissen beschränkte sich allein darauf, dass man gentechnische Verfahren im Bereich der Pflanzen *Grüne Gentechnik* nannte. »Dann klären Sie mich mal auf«, sagte ich streng. »Von dem Ergebnis Ihrer Erörterungen hängt es ab, wie ich die Sache mit dem Siegel bewerte.«

Kruk versuchte, sich zu wehren. »Ich habe noch nie vorher ein polizeiliches Siegel gesehen. Der Aufkleber sah zwar amtlich aus, doch die Brisanz hatte ich überhaupt nicht erkannt.«

»Ist ja schon gut«, beruhigte ich ihn. Dass auf dieses

Vergehen im schlimmsten Fall eine Haftstrafe stand, band ich ihm nicht auf die Nase.

Kruk begann mit seiner Erklärung: »Die *Grüne Gentechnik* hat ihren schlechten Ruf zu Unrecht. Lassen Sie mich Ihnen kurz den Unterschied zur Züchtung definieren: Bei der Pflanzenzüchtung ändern sich die Pflanzen meist durch spontane Mutationen, ausgelöst zum Beispiel durch Kälteschocks und viele andere Ereignisse. Das ist ein völlig natürlicher Vorgang, der die Vielfalt der Pflanzen auf dieser Welt erst entstehen ließ. Bei einer geordneten Züchtung werden die Mutationen selektiv gesichtet und bewertet. Die geeignetste Mutation wird weiterverwendet.«

»Das habe ich verstanden«, unterbrach ich ihn.

Kruk nickte mir verständnisvoll zu. »Bei der *Grünen Gentechnik* versucht man, gezielt einzelne Gene der Pflanze zu verändern oder auszutauschen. Damit kann man leichter Artengrenzen überschreiten oder Probleme wie Unfruchtbarkeit umgehen. Wenn man in bestimmten Organismen gezielt einzelne Gene von anderen Arten einschleust, entstehen sogenannte transgene Pflanzen. Und in diesem Bereich forsche ich.«

»Ist das nicht gefährlich?«

»Dafür gibt es bisher keinen einzigen konkreten Beweis, Herr Palzki. Die Diskussion, ob die *Grüne Gentechnik* ein Segen oder abzulehnen ist, wird teilweise mit harten Bandagen geführt, die nur selten mit Argumenten unterlegt sind. In vielen Ländern wird sie verteufelt, in anderen Ländern regelrecht herbeigesehnt und seit vielen Jahren auch genutzt, nicht nur in Amerika. Pauschal kann man die Frage nach der Gefährlichkeit nicht beantworten, da man Dinge wie Umweltschutz, Ernährungssicherheit und, nicht zu vergessen, die Wirtschaftlichkeit berücksichtigen muss.« Kruk holte tief Luft, dann fiel ihm noch etwas ein. »Letztendlich läuft es darauf hinaus, wie *natürlich* man die Gentechnik im Vergleich zur konventionellen Pflanzenzüchtung bewertet. Es werden ja keine Gene neu erfunden oder erschaffen, nur eben anders kombiniert.«

»Ich verstehe«, sagte ich, obwohl ich nur die Hälfte begriffen hatte. »Und mit diesen Genen experimentieren Sie herum?«

Kruk zeigte ein angedeutetes Lächeln. »Sozusagen, Herr Palzki. Ich konzentriere mich auf ein paar wenige Gemüsesorten. Bevor Sie fragen: Zucchini gehören nicht dazu. Die Techniken, die ich eines Tages in meinem Institut nutzen möchte und für die ich wichtige Vorarbeiten treffe, nennt sich *Agrobacterium-vermittelter horizontaler Gentransfer*. Das werden Sie sich nicht merken können, es ist aber ein bekanntes Verfahren in der Fachwelt.«

Während seiner Ausführungen hatte ich mir die Apparate auf den Tischen genau angeschaut. Nichts blubberte oder kochte, es waren keinerlei aktive Prozesse im Gange. »Wie geht's hier weiter in diesem Labor? Was gibt's im Moment zu tun?«

Dieter Kruk fuhr mit seiner Beichte fort: »Ich gebe zu, dass ich heute noch mal im Labor war. Ich habe mein laufendes Projekt abgebrochen, daher können Sie im Moment keine Aktivitäten feststellen. Wegen des Todes meiner Schwiegermutter werde ich aus Pietätsgründen einige Zeit mit der Forschung aussetzen. Wir als Familie müssen erstmal sehen, wie es mit dem Betrieb weitergeht.«

»Dann hoffen wir, dass wenigstens Ihr Schwiegervater überlebt«, sagte ich ernst. Ich war mir nicht sicher, ob er dies wirklich hoffte. Wie ich wusste, gehörten das Anwesen und das Unternehmen der verstorbenen Heidelinde Rustik, somit dürfte beim Tod ihres Mannes ihre Tochter Alleinerbin sein, falls es kein anderslautendes Testament gab. Zumindest der Pflichtanteil war Sonja Kruk sicher.

»Leider muss ich Ihnen bis auf Weiteres untersagen, das Gebäude zu betreten. Die Spurensicherung wird morgen Ihr Labor untersuchen. Wenn Sie bei mir etwas gutmachen wollen, dann unterstützen Sie die Spezialisten, so gut Sie können.«

»Selbstverständlich, Herr Palzki«, antwortete er devot. »Das mache ich natürlich gerne und absolut gewissenhaft.«

»Dann will ich mal nicht so sein und die Sache mit dem Siegel auf sich beruhen lassen.«

»Vielen Dank, Herr Palzki.« Er deutete eine Verbeugung an.

Dietmar Becker hielt es nicht an seinem Platz im Türrahmen. Ohne mich eines Blickes zu würdigen, ging er zu den Tischen und schoss mit seinem Handy mehrere Fotos. Dann öffnete er den Kühlschrank. »Was sind das für Gläser?«, fragte er laut.

»Nichts, was Sie angeht«, fuhr ich ihn an. »Wer hat Ihnen erlaubt, Fotos zu machen?«

Becker zog den Kopf ein und antwortete kleinlaut: »Ein Freund von mir ist Chemiker, dem will ich diese Fotos zeigen.«

»Haben Sie kein Vertrauen in die Spurensicherung der Polizei?«

»Die haben ja nicht einmal das Labor gefunden«, erwiderte Becker frech.

»Weil die Kellertür abgeschlossen war«, gab ich zurück, wohlwissend, dass dies kein Argument war. »Die Sie ebenfalls übersehen hätten, wenn ich Sie nicht mit der Nase draufgestoßen hätte. Wenn Ihre sogenannten Kriminalromane auch so oberflächlich sind, dann gute Nacht.«

Becker schnaubte vor Wut, versagte sich aber einen Konter.

»Gehen wir nach oben«, befahl ich und ergänzte ironisch: »Bitte, schließen Sie zur Sicherheit alle Türen ab. Nicht, dass jemand in Ihr Labor einbricht, Herr Kruk.«

»Dieter!«, rief Pablo Miro aus Richtung der Container, als er uns das Haus verlassen sah. Soweit ich es aus der Entfernung erkennen konnte, wedelte er mit einem Umschlag.

»Das hat vor ein paar Minuten ein Eilbote für dich abgegeben«, sagte er, als wir uns auf halbem Weg trafen. Kruk warf einen flüchtigen Blick auf den Absender und riss das Kuvert auf. »Endlich«, meinte er, dann vertiefte er sich in eine Handvoll Blätter, die er aus dem Umschlag zog. »Wahnsinn«, meinte er schließlich kopfschüttelnd, »das ist noch schlimmer, als ich vermutet habe.« Ich sah seinem Mienenspiel deutlich an, dass es ihm unangenehm war, dass ich neben ihm stand. »Früher oder später hätten Sie es ja doch erfahren«, sagte er schließlich und holte tief Luft. »Ich habe heute früh, nachdem ich von dem Laborbericht erfahren habe, Reste der Zucchini als Privatperson auf eigene Rechnung in einem anderen Labor per Schnelltest untersuchen lassen.«

Becker hatte sofort eine Frage. »Woher haben Sie die Essensreste?«

Kruk überlegte einen Augenblick, ob er dem Hobbyautor antworten sollte. Da mir die dieselbe Frage auf der

Zunge lag, konnte er sich durch eine Weigerung keinen Vorteil verschaffen. »Der halbgefüllte Topf stand im Esszimmer auf dem Tisch. Die Spurensicherung hat für das Labor anscheinend nur eine Teilmenge mitgenommen. Ich habe den Topf leergemacht und ihn anschließend in die Spülmaschine gestellt. Vielleicht war das ein Fehler von mir, ändern kann ich ihn nicht mehr.«

Ich überlegte. Der Fieldmanager hätte, ohne dass es jemand hätte nachweisen können, das Gemüse verschwinden lassen können. Das hätte er auch schon spät am Vorabend tun können, Stunden, bevor das Laborergebnis vorlag. Stattdessen brachte er Reste der Zucchini in ein anderes Labor. »Warum haben Sie das Gemüse auf eigene Rechnung analysieren lassen?«

»Weil ich wissen wollte, wer meine Schwiegermutter ermordet hat.«

Becker und ich starrten ihn an. »Mord?«, sagte ich erstaunt. »Woher kommt Ihr plötzlicher Sinneswandel?«

Kruk reichte mir den Brief. »Den Inhalt werden Sie nur schwerlich verstehen, Herr Palzki. Auf der zweiten Seite steht, dass die Probe tatsächlich Cucurbitacin enthält.«

»Und weiter?«

»Ein Blatt danach können Sie nachlesen, dass es sich bei der von mir eingereichten Probe um genetisch veränderte Zucchini handelt, die ihren Ursprung in den USA haben.«

»USA?«, fragten Becker und Miro zeitgleich.

Kruk nickte. »Das heißt aber noch lange nicht, dass sie in den USA gepflanzt und geerntet wurden. Das wäre ein grober Denkfehler.«

Ich überflog den Bericht, konnte aber tatsächlich recht wenig bis gar nichts mit dem Inhalt anfangen. »Warum hat unser Labor das nicht entdeckt?«

»Weil es nicht danach gesucht hat«, erklärte Kruk. »Ich dagegen hatte einen unspezifischen Verdacht, daher beauftragte ich das volle Programm.«

Becker präsentierte, ohne lange nachzudenken, die Lösung. »Dann wird auf dem Hof Ihrer Schwiegereltern genverändertes Gemüse angebaut. Die Sache ist für mich eindeutig. Das ist doch mit Sicherheit verboten, oder?«

Kruk wurde wütend. »Was soll diese Unterstellung, Herr Becker? Selbstverständlich wird weder auf diesem Hof noch auf irgendeinem anderen Genossenschaftsbetrieb des Pfalzmarktes genverändertes Gemüse angebaut. Das würde mir sofort auffallen, das würde auch das Labor merken, das sämtliche Erntelieferungen kontrolliert. Und nicht zuletzt würden das unsere internen Schutzmechanismen bemerken. Nein, es ist unmöglich, dass wir genveränderte Ware angeliefert bekommen, geschweige denn, an unsere Kunden ausliefern.«

»Verboten ist es aber schon?«, fragte ich zur Sicherheit nach.

»Selbstverständlich«, erklärte Kruk. »In Deutschland ist das absolut verboten.«

»Warum haben Sie die Essensreste nicht selbst analysiert?«, fragte ich ihn. »Sie haben ein eigenes Labor, und mit Gemüsegenen experimentieren Sie doch nach eigener Aussage.«

»Sie haben keine Ahnung, wie aufwendig das ist, Herr Palzki. Ich befasse mich zwar im Rahmen meiner Forschung mit *Grüner Gentechnik*, doch die Geräte für eine Analyse habe ich gar nicht alle zur Verfügung. Außerdem, Herr Palzki, wann hätte ich das tun sollen, ohne dass es jemandem auffällt? Die einfachste und schnellste

Lösung für mich war, ein externes Labor einzuschalten, auch wenn es nicht billig ist. Schauen Sie sich nur die Rechnung auf dem letzten Blatt an.«

Ich suchte die letzte Seite des Briefes und musste hart schlucken, als ich den Betrag sah. In meinem nächsten Leben würde ich ein chemisches Labor gründen. »Darf ich das behalten?«, fragte ich Kruk.

»Ich bringe Ihnen morgen früh eine Kopie auf die Dienststelle, reicht Ihnen das?«

Ich nickte, doch so richtig weitergekommen waren wir nicht. »Haben Sie eine Ahnung, wo die amerikanischen Zucchini herkamen? Immerhin hatten Sie einen latenten Verdacht.«

»Leider nein«, entgegnete Kruk. »Zur Sicherheit werde ich das ungeerntete Gemüse auf unserem Hof und den bereits abgelieferten Teil einer Zusatzanalyse unterziehen lassen. Ich kann aber jetzt schon mit 100-prozentiger Sicherheit sagen, dass diese negativ ausfallen wird.« Er schaute mir eindringlich in die Augen. »Ich kann Sie nur bitten, das Gleiche zu veranlassen, Herr Palzki. Nur damit können wir irgendwelchen Spinnern mit ihren abstrusen Verschwörungstheorien begegnen. Sie wissen schließlich, wie sich im vergangenen Jahr verrückte Geschichten im Internet verbreitet haben, gegen die Grimms Märchen eine Reality-Show sind. Irgendwelche Dumpfbacken finden sich nämlich garantiert, die behaupten, Bill Gates will die Menschheit über genmanipuliertes Gemüse beherrschen oder vergiften.«

»Wobei Gates in den USA wohnt«, mischte sich Becker ein.

Ein extrem strenger Blick von mir und Kruk ließ ihn zurückrudern. »War nur ein Witz«, murmelte er.

Ich wechselte zurück zu den Fakten: »Irgendwer hat fremde Zucchini bei Familie Rustik eingeschmuggelt, die nicht nur genverändert, sondern auch giftig waren.«

Dieter Kruk nickte. Becker dachte nach, und Pablo Miro las den Bericht des Labors.

»Ich lasse morgen die komplette Umgebung absuchen«, bestimmte ich, »ebenso die Lagerhallen im Pfalzmarkt.«

Kruk war das nur zum Teil sympathisch. »Ich denke auch, dass Sie das tun sollten, Herr Palzki. Bitte handeln Sie beim Pfalzmarkt äußerst diskret, damit nicht gleich die Presse davon Wind kriegt. Finden werden Sie sowieso nichts, dafür verbürge ich mich persönlich.«

Ich begann mit der Verabschiedung. »Morgen Vormittag werde ich zunächst zum Pfalzmarkt fahren und dem Vorstand von meinen nächsten Plänen berichten.« Ein richtiger Plan sah anders aus, doch ich hatte keinen besseren.

»Dann werde ich Ihnen von meinen Beobachtungen berichten«, quatschte Becker und zog grinsend ein Fernglas aus seiner Tasche. »Ich gehe jetzt auf die Pirsch.«

Ich wurde hellhörig. »Was tun Sie? Es gibt hier weit und breit außer ein paar Hasen kein Wild. Außerdem wird es gerade dunkel.«

Der Student zeigte nach vorne zur Straße. »Ich will das Geheimnis des Parkplatzes lüften«, meinte er mit glänzenden Augen. »Diese Nebengeschichte wird für reichlich Spannung in meinem nächsten Kriminalroman sorgen. Bisher ist die Anzahl der Verdächtigen sehr überschaubar. Ich kann es mir nicht leisten, dass meine Leser vor der letzten Seite erraten, wer der Täter ist.«

»Das wissen die meisten schon nach dem ersten Kapitel«, ärgerte ich ihn und gähnte zusätzlich künstlich. »Sie können in Ihrem Personenglossar hinter dem Mörder auch direkt ›Täter‹ schreiben, das würde keinen Unterschied machen.«

Becker war eingeschnappt. »Ich wette, Sie haben noch nie einen meiner Täter vor dem letzten Kapitel erraten.«

»Stimmt«, antwortete ich. Dass dies allein der Tatsache geschuldet war, dass ich noch nie einen Krimi des Studenten gelesen hatte, verschwieg ich ihm.

»Sehen Sie«, fuhr er fort. »Und aus dem Grund werde ich heute die Lastwagen beobachten.«

»Ich komme mit«, sagte ich, wenn auch ohne große Lust. Immerhin war es nicht völlig unmöglich, dass die Beobachtung von Heidelinde Rustik eine Verbindung mit ihrem Tod hatte. Ich schnappte mir Juttas Handy und rief zu Hause an. Stefanie klang nicht unbedingt fröhlich, als ich ihr unaufschiebbare Überstunden ankündigte. Sie roch sofort Lunte und vermutete, dass ich mich in Gefahr begeben würde. Weder ein Hinweis auf mein Alter noch auf meinen Begleiter Dietmar Becker beruhigte sie. Ich versprach ihr, nicht nach 22 Uhr daheim zu sein.

»Ich denke nicht, dass Sie mich bei Ihren Ermittlungen auf dem Parkplatz brauchen, Herr Palzki? Dann werde ich jetzt zu meiner Frau nach Haßloch fahren.«

Ich gab mein Einverständnis. Kruk vereinbarte mit Pablo Miro für den morgigen Vormittag eine Besprechung und bat ihn, die Vorarbeiter zu informieren. Dann stieg er in seinen Wagen und fuhr davon.

»Kann ich Ihnen noch irgendwie helfen?«, fragte nun Pablo Miro.

Ich verneinte. »Wie lange bleiben Sie noch hier?«

»Mindestens bis morgen Abend«, antwortete er. »Mein Chef will mich gegen Mittag anrufen und die neue Route durchgeben. Im Moment läuft alles ein bisschen chaotisch ab. Wenn noch etwas sein sollte, können Sie mich die ganze Nacht bei den Containern finden.« Mit erhobenem Arm grüßend verabschiedete er sich in Richtung der Container.

Becker und ich waren allein.

»Von welcher Seite schleichen wir uns an?«, fragte er nervös.

»Das letzte Mal, dass ich Indianer spielte, ist schon ein paar Jahre her«, antwortete ich. »Wir gehen zunächst ganz zufällig wie Wanderer an dem Parkplatz vorbei in Richtung Dannstadt und beschränken uns auf das Sehen. Und lassen Sie um Himmels willen das Fernglas in der Tasche. Auffälliger geht's nun wirklich nicht.«

KAPITEL 9
EINE SPANNENDE NACHT

Es war nicht leicht, mit dem Studenten wie zufällige Passanten die Landstraße entlangzugehen und gleichzeitig unauffällig den Parkplatz zu beobachten. Wir waren die einzigen Menschen weit und breit, und jeder Autofahrer und jeder Radfahrer, der an uns vorbeifuhr oder uns entgegenkam, starrte uns an. Genauso war es mit dem Lkw-Fahrer, der in seinem Führerhaus saß. Auf dem etwa 100 Meter langen Parkplatz, der parallel zur Straße verlief, stand ein einziges Fahrzeug: ein Lkw mit italienischem Kennzeichen. Die Plane des Auflegers deutete darauf hin, dass er mit Obst und Gemüse beladen war. Dies erkannte ich nicht an den italienischen Worten, die auf der Plane standen, und auch nicht an dem Namen der Spedition, sondern einzig und allein an dem vegetarischen Zeug, das ein Künstler wenig naturgetreu, aber dennoch erkennbar, auf die Seitenflächen der Planen gemalt hatte. Ob der Lkw tatsächlich beladen war, konnte ich nur mutmaßen. Meine Kollegen von der Streife hatten für solche Dinge ein besseres Gespür: Sie konnten mit einem kurzen Blick zielsicher feststellen, ob ein Laster beladen war oder nicht.

Zwischen der Straße, auf deren Grasnarbe Becker und ich gingen, und dem Parkplatz verlief ein etwa zehn Meter breiter Streifen, der mit einigen Birken und wenig Buschwerk bepflanzt war. Insofern gab es keine nennenswerte

Deckung, und ich fauchte Becker mehrmals an, sein Fernglas in der Tasche zu lassen. Für den Fahrer des Gemüselasters boten wir Fußgänger eine temporäre Ablenkung. Obwohl er telefonierte, beobachtete er uns unablässig. Es war unmöglich zu sagen, ob er dies bei allen Menschen tat, die zufällig vorbeikamen, oder ob er einen Verdacht hegte. Da er telefonierte, konnte Letzteres durchaus möglich sein.

»Haben Sie sich das Kennzeichen gemerkt?«, raunte ich Becker zu.

»Sie etwa nicht?«, fragte er zurück. Dafür kassierte er einen bösen Blick.

Wir waren nun an der Ausfahrt des Parkplatzes angekommen. Der Beginn des Ortes lag fünf Gehminuten vor uns. »Lassen Sie uns bis Dannstadt gehen«, befahl ich. »Ich denke, wir werden immer noch beobachtet.«

Becker war der gleichen Meinung. »Haben Sie den riesigen Schnauzer des Kerls gesehen? So stelle ich mir einen Schwerverbrecher vor.«

»Seit wann schreiben Sie historische Krimis?«, fragte ich den Hobbyautoren erstaunt.

Becker war mindestens genauso erstaunt über meine Frage. »Wieso historische Krimis? Das ist überhaupt nicht mein Metier, die Recherchen wären mir viel zu anstrengend. Wie kommen Sie auf diese Idee, Herr Palzki?«

»Na ja«, begann ich, »Sie fangen an, Personen nach ihrem Aussehen zu klassifizieren. Großer Schnauzer ist gleich Schwerverbrecher. Das sind alles Klischees, Herr Becker. Vor 200 Jahren ist man vielleicht so vorgegangen. Wenn ich die Gefährlichkeit von Bürgern nach dem Aussehen beurteilen würde, wäre ich niemals ein so guter Kriminalist geworden, und meine Erfolge sprechen für sich. Ich bin immerhin der momentane Interims-Dienststellenleiter der Schifferstadter Kriminalinspektion, falls Sie dies noch nicht wissen.« Ich legte eine kleine Pause ein. »Heutzutage sind es nur noch Studenten, die per se für Verbrechen aller Art verdächtig sind.«

Becker murmelte unhörbar in seinen nicht vorhandenen Bart.

»Wie bitte? Ich kann Sie nicht verstehen.«

»Ich halte den Fahrer trotzdem für verdächtig«, sagte er trotzig.

»Was halten Sie von der Aufschrift auf dem Laster?«, ärgerte ich ihn weiter. Doch dieses Mal zog ich den Kürzeren.

Becker zog sein Handy aus der Tasche und präsentierte mir ein Foto des Lasters.

»Wann haben Sie das gemacht?«, fragte ich erschrocken.

»Sehen Sie, Herr Palzki, auch ich kann unauffällig observieren. Nicht einmal Sie haben bemerkt, wie ich das Bild geschossen habe.« Während ich betreten dreinschaute und aufpasste, ihm keine Wertschätzung zu zollen, drückte Becker wie wild auf seinem Handy herum. »Jetzt noch das Auswahlfenster über dem Text fixieren und die Sprache auswählen«, sprach er zu sich selbst. Kurz darauf nickte er und zeigte mir stolz das Display seines Handys.

»Toll«, sagte ich. »Jetzt kennen wir den Slogan dieser Gemüsefirma aus Italien. Wir kennen auch die Adresse der Firma und die des Spediteurs. Ob uns das im Moment weiterhilft?«

»Es ist immerhin ein Anfang«, sagte Becker beleidigt. »Ohne meine technische Ausrüstung hätten wir nur das Kennzeichen.«

»Technische Ausrüstung«, wiederholte ich schnaufend und zog Juttas Handy aus der Tasche. »Solche Dinger hat heutzutage jeder.«

Beckers Reaktion war anders als erwartet. Er stierte auf das Mobiltelefon. »Wahnsinn! Sie haben ja das neuste Modell. Das ist offiziell noch gar nicht auf dem Markt verfügbar. Hat die Schifferstadter Polizei Beziehungen zum Hersteller? Diese Geräte sind sündhaft teuer! Darf ich es mal anfassen?«

»Nichts da«, blockte ich ab und ließ Juttas Handy ohne jegliche Ehrfurchtsgefühle in der Hosentasche verschwinden. Ich musste unbedingt meine Kollegin fragen, aus welchem Etat dieses Gerät angeschafft worden war.

Wir erreichten den Ortsanfang und blieben hinter dem Ortsschild stehen.

»Gehen wir auf der Straße zurück?«, fragte der naive Becker.

»Dann könnte ich mir genauso gut meine Uniform anziehen«, antwortete ich genervt. »Natürlich müssen wir zurück zum Parkplatz, aber nicht so, wie Sie sich das vorstellen.«

»Sollen wir uns ein Taxi nehmen und noch mal von der anderen Seite kommen?«

Ich rollte mit den Augen. »Würden Sie solch einen Mist in Ihrem Roman schreiben?«

Becker überlegte, dann schüttelte er den Kopf. »Nee, ich würde uns beide irgendwo im Feld zurückschleichen lassen. Möglichst unsichtbar für den Lkw-Fahrer.«

»Prima«, lobte ich ihn. »Langsam färbt mein Fachwissen auf den naiven Autor ab. Kommen wir zum nächsten Punkt: Haben Sie sich die Umgebung zwischen dem

Parkplatz und dem Ortsanfang genauestens eingeprägt? Und zwar beide Seiten der Straße?«

Becker fühlte, dass ich ihn ertappt hatte. »Nicht so wirklich«, gab er zu. »Ich war in Gedanken bei dem Fahrer und wie wir ihn überführen könnten.«

»Typisch Krimiautor, immer den dritten Schritt vor dem ersten und zweiten tun. Wie soll daraus ein schlüssiger Plot werden? Sie müssen doch dauernd Anti-Fanpost bekommen, in der Ihnen die Leser Logikfehler vorwerfen.«

»Eigentlich nicht«, meinte Becker kleinlaut.

»Dann danken Sie Ihrem hervorragenden Lektorat. Ich gehe davon aus, dass die Damen und Herren Ihre Geschichten retten, anders kann es eigentlich nicht sein, so wie ich Sie kenne und einschätze. Hatten Sie in der Schule wenigstens passable Deutschnoten?«

Der Student versuchte, seine Haut zu retten, indem er auf die aktuelle Lage zurückkam. »Welchen Weg schlagen Sie vor, Herr Palzki? Ich bin schon ganz gespannt auf Ihren Vorschlag. Bestimmt kann ich von Ihnen etwas lernen.« Den letzten Satz sprach er nicht unterwürfig, sondern in einem provokanten Tonfall.

Da es inzwischen komplett dunkel und zusätzlich bewölkt war, konnte ich die bequemste Variante wählen. Selbstverständlich hatte ich mir während des Fußmarschs die Landschaft betrachtet und die potenziellen Wege eingeprägt. So, wie der Lastwagen stand, konnte der Fahrer uns nur in den Rückspiegeln beobachten, vorausgesetzt, er stieg nicht aus. Dann würde er aber seine erhöhte Sitzposition aufgeben müssen. Um die toten Winkel geschickt auszunutzen, war es am besten, auf der anderen Straßenseite am Rande eines Getreidefelds in Richtung Rustiks Hof zu schleichen. Kurz vor Beginn des Parkplatzes müssten wir bei dieser Variante allerdings auf die andere Straßenseite wechseln, damit wir uns hinter einer baufälligen Holzhütte in der Nähe des parkenden Lastwagens verstecken konnten. Die Straßenüberquerung war meiner Meinung nach der einzige Punkt, der uns gefährlich werden konnte. Insbesondere wenn in dem Moment auf der Straße ein Auto fuhr oder die Wolken den hellen Mond freigaben. Ich vertraute meinem Gefühl, dass kein parkender Lkw-Fahrer im Dunkeln ständig in die Rückspiegel schaute. Während ich dem Studenten die Route erklärte, kam aus Richtung Ort ein weiterer Lkw gefahren.

»Der ist auch aus Italien!«, schrie Becker, obwohl es zum Schreien keinerlei Veranlassung gab. »Können Sie die Aufschrift entziffern?«

»Viel zu dunkel«, antwortete ich. »Auf jeden Fall kein Deutsch.« Aufgemalte Gurken und anderes Gemüse hatte ich auch nicht erkennen können. »Beeilen wir uns lieber«, trieb ich Becker an und lief in Richtung Getreidefeld, das auf der anderen Straßenseite direkt nach dem Ortsausgang begann.

Wir waren noch nicht weit gegangen, da sahen wir, wie die Bremslichter des Lasters aufleuchteten.

»Der fährt auf den Parkplatz«, schrie Becker.

»Ich sehe es«, antwortete ich in normalem Tonfall. »Los, hoch auf die Straße.«

Becker blieb stehen. »Warum das denn? Ich dachte, wir wollten …«

»Nicht denken«, raunte ich ihm zu, »das kostet bei Ihnen zu viel Zeit. Ich erkläre es Ihnen unterwegs.«

Als wir auf der Straße rannten, kannte er den Grund.

»Damit wir schneller zum Parkplatz kommen«, sagte er zu mir.

»Volltreffer«, antwortete ich mit mittleren Atemproblemen. »Die Fahrer werden im Moment hoffentlich nicht die Straße beobachten. Das ist unsere Chance, ein paar Meter gutzumachen.«

Dietmar Becker begann ebenfalls zu schnaufen. Auch er schien älter zu werden. »Rennen wir da vorne rüber zu der Holzhütte?«, fragte er mich im Dauerlauf.

»Planänderung«, hechelte ich ihm zu. »Wir bleiben auf der Seite von Rustiks Hof. Es kann sein, dass wir mit meinem Wagen die Verfolgung aufnehmen müssen.«

»Dann müssen wir mein Auto nehmen«, meinte Becker. »Ich parke hinter Ihrem Wagen.« Dann fiel ihm etwas ein. »Ist das nicht eigentlich der Dienstwagen von Herrn Diefenbach?«

»Der braucht ihn im Moment nicht.« Da in dem Augenblick die Wolken den Mond freigaben, wagte ich einen Rundumblick. »Da drüben!«, rief ich nun. »Schauen Sie mal!« Innerlich ohrfeigte ich mich, da ich ebenfalls dem völlig unbegründeten psychologischen Phänomen verfallen war, dass man beim Rennen automatisch zu schreien begann.

»Der Kelte!«, rief Becker. »Was macht der denn hier?«

»Schreien Sie nicht so laut«, mahnte ich Becker in mittlerer Lautstärke an. »Im Freien kann man Stimmen bis zu einem halben Kilometer weit hören.«

Ich knallte heute bereits zum zweiten Mal auf Beckers Rücken, weil er unerwartet stehen blieb. Bevor ich verbal reagieren konnte, zog er sein Fernglas aus der Tasche. Ich nutzte die nächsten Sekunden, um wieder zu Atem zu kommen.

»Der Kerl versteckt sich hinter der Holzhütte«, berichtete Becker. »Dort wollten doch wir uns ursprünglich verstecken.«

Da der Mond inzwischen wieder verdeckt war, wunderte ich mich, wie er das sehen konnte. Ohne zu fragen, schnappte ich mir das Fernglas.

»Aua«, rief Becker, »Sie haben mir fast meine Nase abgerissen.«

Ich ignorierte seine wehleidige Bemerkung. »Ach so, ein Nachtsichtglas, jetzt verstehe ich. Wo haben Sie das her?«

»Aldi oder Lidl, ich weiß nicht mehr«, sagte Becker. »49 Euro im Angebot.«

Ich verzichtete darauf, ihn wegen des Spielzeugs zu ärgern. In diesem Ausnahmefall war ein Spielzeug besser als nichts. Schemenhaft konnte ich durch den rudimentären Restlichtverstärker des Geräts den Holzschuppen erkennen. Der Kerl, der uns schon mehrfach durch die Lappen gegangen war, hatte sich unsichtbar gemacht. »Der ist weg«, testierte ich.

»Nein«, behauptete Becker, »der steckt hinter der Hütte. Da brauchen Sie ein Röntgengerät.«

»Ihre Witze waren schon mal intelligenter. Los, wir nehmen Ihren Wagen als Deckung. Das ist zwar ein paar Meter vom Parkplatz entfernt, aber mit Ihrem Billigfernglas wird's schon gehen.«

Becker hatte eine andere Idee. »Sollen wir uns trennen, Herr Palzki? Ich verfolge den Kerl, der sich hinter dem Schuppen versteckt, und Sie beobachten die Fahrer der Laster.«

Fast hätte ich seine Idee befürwortet. Wenn sich Becker um den seltsamen Fotografen kümmerte, würde er das so auffällig tun, dass die Lkw-Fahrer auf alle Fälle auf ihn aufmerksam werden würden. In dieser Zeit würden sie mich nicht auf der anderen Seite bemerken. Der Fehler meines Gedankens wurde mir Sekunden später bewusst: Egal, was die beiden Fahrer mit ihren Ladungen vorhatten, sie würden ihren Plan nicht umsetzen, wenn in der Umgebung irgendetwas nicht stimmte. »Sie bleiben bei mir«, befahl ich. »Um den mysteriösen Fotografen kümmern wir uns später.«

Zum Glück hatte Becker übertrieben, als er vorhin meinte, direkt hinter meinem Dienstwagen zu parken. Direkt war in diesem Fall sehr relativ, in die Lücke zwischen den beiden Fahrzeugen passten locker drei bis vier weitere. Außerdem parkte Beckers Kleinwagen eher im Feld als auf dem Zufahrtsweg. Der Student war außer sich. »Das gibt's doch nicht!«, sagte er empört. »Jemand hat meinen Altglascontainer zur Seite geschoben.« Er ging um den roten Wagen herum und untersuchte den Lack mit einer winzigen Taschenlampe auf Kratzer.

»Wie haben Sie eben Ihr Auto genannt?« Wahrscheinlich hatte ich mich nur verhört.

»Altglascontainer«, bestätigte Becker. »Dieser Gag stammt von einer Kommilitonin, als ich sie heimfahren wollte.«

Er sah, dass ich ihn immer noch fragend ansah. »Das ist doch simpel, Herr Palzki. Bei meinem Wagen handelt es sich um einen Fiat Panda. Daraus wurde spaßeshalber wegen seiner Größe ein Fiat Fanta. Na, erkennen Sie jetzt den Zusammenhang zum Altglascontainer?«

Ich schnaufte ein paarmal durch und ärgerte mich, Becker wegen des Ausdrucks gefragt zu haben. »Ich weiß inzwischen, warum Ihr Container im Acker steht.«

Nun sah mich Becker fragend an.

»Mit ein bisschen Überlegen hätten Sie alleine draufkommen können. Sie sind nach mir und nach Dieter Kruk gekommen. Kruk ist inzwischen wieder weg. Können Sie mir folgen?«

Er nickte. »Sie meinen, Kruk hat mein Auto zur Seite geschoben?«

»Mit Sicherheit. Viel wiegt der Blechkasten bestimmt nicht. Im Zweifelsfall hat er ein paar Erntehelfer um Hilfe gebeten.« Ich deutete auf das Containerdorf, das inzwischen ausgestorben wirkte. Während der Diskussion mit dem Studenten hatte ich mit einem Auge und einem Ohr stets die Situation auf dem Parkplatz beobachtet. Die drei oder vier schwachen Straßenlaternen, die den Parkplatz ausleuchteten, reichten allerdings bei Weitem nicht aus, die Vorgänge aus dieser Entfernung genau erkennen zu können. »Ihr Fernglas, bitte.«

Becker gehorchte ohne den Versuch eines Einwands. Gemeinsam mit mir ging er hinter seinem Wagen in Deckung. Blöderweise begann er zu nörgeln.

»Was sehen Sie, Herr Palzki? Sollen wir die beiden vorläufig verhaften? Äh, ich meine natürlich festnehmen«, verbesserte er sich aufgeregt.

»Pst«, entgegnete ich, doch es war sinnlos.

»Machen die was Kriminelles?« Der Student zappelte hinter dem Kotflügel herum, als würde sein Leben auf dem Spiel stehen.

Mir blieb nichts anderes übrig, als den Reporter zu spielen. »Der Mann mit dem Schnurrbart und ein zweiter, deutlich kleinerer, stehen zwischen ihren Fahrzeugen und reden.«

»Was reden die da?«, fragte der Student.

Dieses Mal genügte als Antwort ein strenger Blick von mir.

»Ach so, ich verstehe«, entschuldigte er sich mit einem unbeabsichtigten Wortspiel. »Was tun die jetzt?«

»Immer noch reden«, sagte ich genervt. »Jetzt passiert etwas. Der Neuankömmling hat seinen Lkw direkt vor dem anderen abgestellt. Er öffnet gerade die hintere Plane seines Auflegers.«

»Und jetzt?« Becker war nah dran, mir das Fernglas wegzuziehen.

»Er öffnet immer noch die Plane. Was denken Sie denn, wie schnell das geht? Lassen Sie ihm doch ein wenig Zeit. Wenn ich ein besseres Gerät hätte, könnte ich tiefer in den Hänger schauen. So sehe ich nur den hinteren Bereich, und der scheint leer zu sein.«

»Leer?«, fragte der Student enttäuscht. »Keine Waffen oder zumindest Drogen?«

»Nein«, antwortete ich mit hochgezogenen Augenbrauen. »Nur rund ein Dutzend junge Mädchen kommen gerade heraus.«

»Mädchenhandel?« Becker fiel vor Aufregung rückwärts in den Acker.

»War nur ein Witz«, gab ich ihm zu verstehen. Ich bemerkte, dass ich den anderen Fahrer nicht mehr im Blickfeld hatte. Hektisch suchte ich die Umgebung ab, doch er blieb verschwunden. Dem Krimiautor dauerte es zu lange. Dieses Mal riss er mir das Fernglas aus den Händen. Ich ließ ihn gewähren, da ich sowieso nachdenken musste.

»Ich sehe den anderen«, rief Becker, obwohl ich keinen halben Meter neben ihm hockte. »Der war in seinem Hänger«, erklärte er. »Nun fährt er die Rampe an seinem

Auflieger runter. Ich kann aber wegen des Winkels nicht sehen, ob er etwas draufstehen hat.«

»Bestimmt ein paar Paletten Gemüse«, vermutete ich. Jedenfalls war es nach Aussage von Heidelinde Rustik in den von ihr beobachteten Fällen so gewesen.

»Stimmt«, bestätigte Becker kurz darauf. »Ich kann aber nicht erkennen, um welche Ware es sich handelt. Vielleicht sind es Zucchini.«

»Was heißt *vielleicht*?«, fragte ich nach. »Können Sie Zucchini erkennen oder nicht?«

»Eher nicht«, ruderte Becker zurück. »Jedenfalls fährt der Typ die Paletten auf einem Gabelstapler nach vorne zum anderen Lkw.«

Da mir die gebückte Haltung zu unbequem wurde, setzte ich mich auf den Boden. Becker beobachtete das Geschehen. Was wollte ich mehr?

»Jetzt wird die Ware auf den anderen Laster geladen«, berichtete Becker. »Die beiden sind schwer am Schuften.«

»Beobachten und berichten Sie weiter«, forderte ich ihn auf. Längst hatte ich die Planung für die nächsten Schritte im Kopf. Einem der beiden Laster würden wir nachher unauffällig folgen. Ich entschied mich für den neu hinzugekommenen, da dieser gerade mit Gemüse beladen wurde. Ob er zum Pfalzmarkt fahren würde? Nicht mehr lange und ich würde es wissen. »Was passiert da drüben?«, motzte ich. »Sie sollen doch ständig berichten.«

»Unverändert«, sagte er. »Der Verdächtige mit dem riesigen Schnauzer holt gerade die zweite Fuhre aus seinem Laster.«

In den vergangenen Minuten waren mir mehrere Blitze aufgefallen. Wenn wir Pech hatten, würde das Gewitter in unsere Richtung ziehen und die Observation zu einer nassen Angelegenheit machen.

»Jetzt wird definitiv andere Ware umgeladen«, meldete Becker. »Ich kann deutlich rote Sachen erkennen. Vielleicht Radieschen?«

»Tomaten«, sagte ich.

»Tomaten?«, wiederholte Becker, während er überrascht sein Fernglas absetzte. »Woher wollen Sie das wissen?«

»Ich weiß es nicht, ich habe nur geraten. Tomaten sind halt mal rot, wenn sie nicht mehr grün sind.«

Der Krimiautor schaute wieder durch sein Fernglas. »Jetzt holen sie eine dritte Ladung«, sagte er nach einer Weile. »Warum machen die das bloß?«

»Genau das wollen wir herausfinden.«

Nach endlosen Minuten sagte Becker aufgeregt: »Jetzt wird die Rampe hochgefahren.«

»Wird auch Zeit«, sagte ich mit einem Blick auf die Uhr. Stefanie würde mal wieder richtig sauer sein. »Wir steigen ein.«

Becker kapierte nicht.

»In Ihren Altglascontainer. Mein Dienstwagen ist viel zu auffällig.«

Becker lächelte. »Dass wir beide gemeinsam mit meinem Fiat eine Verfolgungsjagd unternehmen, hätte ich mir bis heute nicht träumen lassen. Darf ich das in meinem nächsten Krimi verwenden, Herr Palzki? Können Sie sich an eine bestimmte Szene mit George Lazenby als James Bond erinnern? Da ist er mit einem Kleinwagen wie ein Wilder durch diverse enge Orte gerast, weil er von Ganoven verfolgt wurde. Mein Panda kann das bestimmt auch.«

»Es wird keine Verfolgungsjagd geben«, konterte ich. »Wir observieren den Lkw mitsamt Fahrer, nichts weiter. Oder denken Sie, wir werden mit 150 Sachen durch die Ortschaften preschen? Laster sind gewöhnlich bei Tempo 80 limitiert, und ihre Sardinenbüchse bricht spätestens bei 50 zusammen.«

»Das glauben aber nur Sie«, meinte Becker stolz, während wir in seinen Wagen stiegen, was längst nicht so bequem wie bei meinem Dienstwagen war. »Mit dem Panda habe ich schon einen Porsche überholt.«

»Bei Rot an der Ampel«, ärgerte ich ihn. »Wie hoch war das Bußgeld?«

Becker klang verärgert. »Sie müssen immer alles ins Lächerliche ziehen. Seien Sie froh, dass ich Sie in meinen Krimis als ernsthaften Beamten beschreibe und nicht so unsympathisch, wie Sie manchmal im richtigen Leben sind.«

Ich schnappte nach Luft und wollte gerade beginnen, dem frechen Studenten eine Standpauke bezüglich Sympathie zu halten, da sah ich, wie der Schnauzbärtige in den Lkw seines Kumpels stieg und losfuhr. »Die haben die Fahrzeuge getauscht«, wunderte ich mich. »Was hat das jetzt zu bedeuten? Becker, starten Sie Ihr Dings, äh, Fahrzeug.« Der Fiat sprang sofort an, machte dabei aber einen kurzen und heftigen Satz nach vorne. Meine Kniescheiben krachten an das Handschuhfach. »Was soll der Mist?«, fauchte ich Becker mit schmerzverzerrtem Gesicht an.

»Ich muss irgendwie aus dem Acker raus«, schimpfte dieser. »Die kleinen Räder stecken im Sand fest. Könnten Sie vielleicht …?«

»Nein!«, unterbrach ich ihn barsch. »Strengen Sie sich an, sonst nehme ich meinen Wagen, und Sie bleiben hier.«

Die Drohung wirkte Wunder. Becker wackelte seinen Kleinwagen aus dem Sandboden heraus. »Geht doch«, meinte er mit einem verschmitzten Seitenblick zu mir. Meine lädierten Knie waren von seiner Aktion nicht sehr begeistert. Ich prüfte den Sitz des Gurts, um meine Überlebenschancen abzuschätzen.

»Folgen Sie langsam und mit genügend Abstand dem Laster«, forderte ich ihn auf.

»Ich bin kein Anfänger«, konterte Becker. »Das ist nicht das erste Mal, dass ich einem Verdächtigen folge.«

An der Ausfahrt des Parkplatzes zur Landstraße bog der Lkw in Richtung Dannstadt ab. Autobahn oder Pfalzmarkt, schätzte ich, wobei ich überzeugt war, dass die Fahrt in ungefähr einem Kilometer Entfernung am Pfalzmarkt enden würde. Ein Kilometer war nicht weit, konnte einem aber so vorkommen. Schuld war die einzige Ampel im Zentrum von Dannstadt. Für einen Fremden wirkte sie um ein paar Stufen überdimensioniert, für alle war sie wegen ihrer extrem langen Schaltdauer ein permanentes Ärgernis. Es gab zwar einen Schleichweg als Abkürzung, doch der gehörte zum streng gehüteten Geheimwissen der Ortsansässigen. Und für den Lkw-Verkehr war dieser sowieso nicht geeignet.

Zum Stressfaktor gehörte, dass die Ampelanlage der Weltmetropole Dannstadt-Schauernheim meist auch mitten in der Nacht in Betrieb war, so wie heute.

»Die Ampel ist kaputt«, regte sich Becker auf.

»Nur Geduld«, antwortete ich. »Das kommt Ihnen im Moment nur so vor. Gleich wird es grün.«

Meine Vorhersage bestätigte sich. Der Laster und wir fuhren geradeaus in Richtung Mutterstadt. Nur Augenblicke später hatten wir bereits den Kreisel am Ortsausgang erreicht. Direkt im Anschluss befand sich die Gemarkungsgrenze. Wie ich vermutet hatte, bog der Fahrer in die Einfahrt des Pfalzmarkts. »Halten Sie mal kurz«, wies ich den Studenten an. »Lassen Sie uns zunächst schauen, wo er genau hinfährt.« Da die Straße um diese Uhrzeit autoleer war, hielt Becker direkt an der Einmündung. Ich schnappte mir das Fernglas, was aber wegen der vielen Straßenleuchten kaum nötig war. »Der fährt rüber zu dem Neubau«, erkannte ich. »Das ist gut. Fahren Sie auf den Besucherparkplatz, das ist am unauffälligsten.«

Ich wunderte mich, dass Becker kommentarlos gehorchte. Allerdings wüsste ich nicht, was er als Alternative hätte vorschlagen können. Er parkte neben einem anderen Pkw, der verloren allein auf dem Besucherparkplatz stand.

»Und jetzt?«, fragte er, nachdem er den Motor abgestellt hatte.

»Ist das nicht selbsterklärend?«, fragte ich zurück. »Die Topografie spielt uns in die Hände.« Tatsächlich konnten wir relativ gefahrlos zwischen Landstraße und Metallzaun, der den kompletten Pfalzmarkt umschloss, auf einem breiten und ungemähten Wiesenstreifen unbemerkt zu den neuen Hallen gelangen. Becker zappelte unruhig herum, was das Entdeckungsrisiko leider wieder steigen ließ. Hinter einem Busch ging der Student in die Hocke und zog einen Seitenschneider aus der Tasche.

»Was soll das jetzt schon wieder?«, herrschte ich ihn an.

»Drehen Sie sich einfach für einen kurzen Moment um, Herr Palzki«, antwortete er kühl.

Ich seufzte und folgte seiner Anweisung. Als ich mich ein paar Sekunden später wieder umdrehte, befand sich im Drahtzaun ein veritables Loch. »Ich habe nichts gesehen«, sagte ich und kroch nach Becker durch das Loch auf das Firmengelände. Da um diese Zeit niemand mit uns rechnete, kamen wir unbehelligt in die Nähe des Neubaus. Wir versteckten uns hinter einem Auflieger genau an der Stelle, an der ich gestern den mysteriösen Fotografen entdeckt hatte. Von diesem Ort hatten wir freie Sicht auf den Lkw, der rückwärts an einer Rampe parkte. Von dem Fahrer war keine Spur zu sehen.

»Der Laster wird bestimmt bald entladen«, flüsterte mir Becker zu. »Sollen wir die Polizei, äh, ich meine, Ihre Kollegen rufen? Oder wollen Sie gleich ein Spezialeinsatzkommando einsetzen? So eine richtige Razzia, das würde uns bestimmt weiterbringen.«

»Unglaublich, Ihre Logik«, antwortete ich. »Was glauben Sie, was los ist, wenn ich meine Kollegen rufe, und die finden nur harmloses Gemüse? Ich muss an meinen Ruf als Interims-Dienststellenleiter denken. Wenn ich diese Ermittlungen vermassle, kriege ich vielleicht nie mehr eine Chance.«

Der Student sah mich bestürzt an. »Sie denken nur an sich und Ihre Karriere? So kenne ich Sie gar nicht, Herr Palzki.«

»Sie können mich in Ihren sogenannten Krimis ja anders beschreiben, wenn Sie wollen.« Um diesen Streit nicht ausufern zu lassen, deeskalierte ich. »Ich habe einen besseren Plan, Herr Becker. Wir warten ab, was mit der Ladung geschieht. Wenn wir die Ganoven jetzt sofort auffliegen lassen, erfahren wir vielleicht nie, was sie vorhaben.«

»Sie finden auch, dass es sich um Ganoven handelt?« Beckers Augen glänzten.

»Aber klar doch«, sagte ich zu ihm, auch wenn ich bei Weitem noch nicht davon überzeugt war. Diese Heimlichtuerei konnte auch einen harmlosen Hintergrund haben.

»Da, der Schnauzer«, flüsterte Becker. »Er kommt aus der Halle raus. Aber warum ist er allein? Ob jemand von innen das Rolltor öffnet?«

Nichts geschah, außer dass sich der Fahrer eine Zigarette anzündete und mit seinem Handy telefonierte. Dann schnippte er die Zigarette weg und stieg in das Führerhaus.

Becker rammte mir seinen Ellbogen in die Seite. »Der fährt wieder weg.«

»Ich bin ja nicht blind. Los, wir müssen zurück zu Ihrem Altglas… äh … Wagen.«

»Vielleicht fährt er nur an eine andere Rampe«, versuchte Becker eine Erklärung.

»Kann sein, kann auch nicht sein. Wenn er aber wegfährt, holen wir ihn nicht mehr ein, weil sein Vorsprung zu groß ist.« Das leuchtete dem Studenten ein.

Ohne groß auf Deckung zu achten, rannten wir zum Zaunloch, krochen hindurch und erreichten kaum eine Minute später den Besucherparkplatz. In dieser Zeit ließ ich mir das gerade Erlebte durch den Kopf gehen. Zu einem logischen Ganzen konnte ich die Geschichte nicht verknüpfen, da mir essenzielle Informationen fehlten. Auch dieses Mal sprang Beckers Panda auf Anhieb an. Bis zur Ampel hatte er zum Lkw aufgeschlossen. Während dieser über die Kreuzung fuhr, bremste Becker abrupt ab. »Scheiße, rot!«, schrie er und schlug mit der Faust auf das Lenkrad. »Jetzt haut er uns ab.«

»Hören Sie auf, Ihren Dings zu zerlegen«, mahnte ich ihn. »Fahren Sie schon los!«

»Es ist rot!«, stieß Becker aggressiv hervor und zeigte genervt auf die Ampel.

»Ich weiß, aber ich bin die Polizei. Fahren Sie vorsichtig über die Kreuzung, was soll um diese Uhrzeit schon passieren?«

Becker überlegte kurz. »Auf Ihre Verantwortung, Herr Palzki. Ich bin bisher in Flensburg punktefrei, und das soll auch so bleiben.« Vorsichtig gab er Gas und fuhr im Schneckentempo über die Kreuzung. Alles war frei, niemand kam uns in die Quere.

»Sehen Sie, war doch gar nicht so schlimm. Es hat nicht einmal geblitzt, und ich bin der einzige Zeuge Ihrer Straftat.«

Da der Lkw nicht in Richtung Autobahn abgebogen war, vermutete ich, dass er zurück zum Parkplatz neben der Landstraße fuhr, was sich kurz darauf bestätigte.

»Und jetzt?«, fragte Becker, als er am Bremslicht des Lasters feststellte, dass dieser auf den Parkplatz abbog.

»Wieder zurück in die Einfahrt bei Rustiks«, befahl ich. »Aber zuerst Licht aus.«

Fast im Blindflug bog Becker von der Landstraße ab. Durch ein paar Wolkenlücken schien etwas Mondlicht durch.

Hastig stiegen wir aus. Beinahe hätte der Student das Fernglas vergessen. Erneut bemerkte ich mehrere donnerlose Blitze am Horizont. In den vergangenen Minuten hatte es merklich abgekühlt, der Wind wurde stärker. Hoffentlich hielt das Wetter noch eine Zeit lang. Ohne uns zu beraten, schlichen wir in Richtung Straße. Auf die Deckung durch den Panda verzichteten wir, ich wollte dieses Mal näher ran. Der Straßengraben war ideal als Versteck. Widerwillig gab mir Becker auf meine Aufforderung hin das Fernglas. Der Laster parkte an der gleichen Stelle wie vorhin. Der Schnauzbärtige diskutierte heftig gestikulierend mit seinem Kumpel. Ich hatte den Eindruck, als gerieten sie in einen Streit. Der eine oder andere unverständliche Wortfetzen wehte bis zu uns herüber.

»Was ist da drüben los?« Becker hockte mit fragender Mimik angespannt neben mir im Graben.

»Die beiden diskutieren, sonst passiert nichts. Wir warten ein paar Minuten, dann gehen wir rüber.«

In diesem Moment geschah etwas völlig Unerwartetes. Ein helles Blitzen irgendwo in den Wolken, und genau zur selben Zeit hörte ich einen Schuss. Der Mann mit dem Schnauzer fiel wie ein Brett zu Boden, der andere blieb geschockt und wie zur Salzsäule erstarrt stehen.

Ich sprang auf. »Schnell, wir müssen rüber, jemand hat geschossen.« Ich wusste, dass wir uns mit dieser Reaktion selbst in Gefahr brachten, da ich nicht wusste, warum jemand geschossen hatte und um was es ging. Sobald ich in Rufweite war, schrie ich dem nach wie vor geschockt dastehenden Fahrer zu: »Gehen Sie in Deckung, Mensch!«

Erst jetzt reagierte er, indem er in sein Führerhaus sprang, ein denkbar schlechtes Versteck. Als ich mit Becker an dem Ort des Geschehens ankam, reichte ein Blick, um den Tod des Schnauzbärtigen festzustellen. Sein Kopf war nur noch zur Hälfte vorhanden. »Becker, wir gehen hinter dem Führerhaus in Deckung.« Sekunden später knieten wir hinter einem Rad auf der Beifahrerseite. »Sie da oben, ducken Sie sich um Himmels willen. Wir sind von der Polizei!«

»Was ist mit Marlon passiert?« Eine brüchige Stimme mit südeuropäischem Akzent kam aus dem Führerhaus.

»Wir wissen es nicht«, antwortete ich ihm. »Bleiben Sie auf jeden Fall im Laster. In ein paar Minuten sind meine Kollegen da.«

Ich schnappte mir Juttas Handy und rief auf dem Polizeipräsidium in Ludwigshafen an. Die Kollegen in Schifferstadt zu verständigen, war zu dieser Uhrzeit zwecklos. KPD hatte vor nicht allzu langer Zeit die Nachtdienste aus Kostengründen rigoros zurückgefahren. »Kein Bürger wird merken, dass in unserem Zuständigkeitsgebiet nachts nur noch eine Streife unterwegs ist. Das eingesparte Geld investiere ich in die Ausstattung meines Büros, da hat jeder etwas davon«, waren seine Worte.

Die Kollegen in Ludwigshafen reagierten sofort. Keine Viertelstunde später kam von allen Seiten ein Großaufgebot an Polizei, Rettungsdienst und Feuerwehr angerast. Im Nu war der Tatort rund um die Lastwagen ausgeleuchtet wie ein Fußballstadion.

KAPITEL 10
ZWEI TOTE IN EINER NACHT

Durch das nahezu zeitgleiche Eintreffen der Hilfskräfte konnten Becker und ich relativ sicher sein, dass der Schütze nicht mehr auf der Lauer lag. Bevor wir den Fahrer des Lasters evakuierten, ließ ich zur Vorsicht die Umgebung absuchen. Schnell wurde man fündig.

»Wir haben die Stelle gefunden, von der der Schuss abgegeben wurde«, sagte eine Beamtin, die atemlos angelaufen kam. »Mein Kollege sichert die Stelle.« Sie zeigte auf die andere Straßenseite.

»Im Graben?«, fragte ich überrascht.

Sie nickte. »Wir haben die Messinghülse gefunden, sie lag auf der Straße. Der Schütze kniete oder stand im Graben.«

Wahnsinn, dachte ich. Der Täter hatte sich kaum ein paar Meter von uns entfernt im gleichen Graben aufgehalten. »Haben Sie sonst etwas gefunden?«

»Wie denn? Vor kaum zwei oder drei Minuten habe ich die Hülse gefunden. Dann entdeckte mein Kollege nebenan das niedergedrückte Gras. Ich gebe jetzt erstmal der Spurensicherung Bescheid.«

Der Tote mit dem überdimensionierten Schnauzer hieß Marlon. Den Nachnamen kannte sein überlebender Kumpel, der sich als italienischer Lkw-Fahrer ausgab, nicht. Bestimmt würde man die Papiere des Toten im Führerhaus finden.

Der Italiener stand sichtlich unter Schock, eine Unterhaltung war nur bruchstückhaft möglich. Ich konnte lediglich in Erfahrung bringen, dass er regelmäßig im Auftrag seiner Spedition Lkws zu diesem Parkplatz fuhr, wo bereits andere ihm unbekannte Männer warteten. Der Vorgang war stets der gleiche: In seinen halbvollen Auflieger wurde weiteres Gemüse geladen. Anschließend hatte er ein bis zwei Stunden auf dem Parkplatz zu warten, bis der andere Mann seinen Laster zurückbrachte, der dann stets leer war. Danach hatte er die Order, zurück nach Italien zu fahren. Die Hintergründe dieses Vorgangs interessierten ihn nicht, da er von seinem Chef sehr gut bezahlt wurde und er zu Hause in der Nähe von Rom gerade ein Haus baute. Da er als Mörder nicht infrage kam, konnte ich ihn nicht in Untersuchungshaft nehmen, wie Dietmar Becker vehement forderte. Beide Lastwagen wurden von den Ludwigshafener Beamten in meinem Auftrag beschlagnahmt und der Fahrer nach Ludwigshafen in ein Hotel gebracht.

Was uns allesamt die ganze Zeit aufregte, war das permanent plärrende Martinshorn eines Rettungswagens, der auf der Landstraße parkte. Das Kreischen des Signals, das jetzt schon über eine Viertelstunde andauerte, zerrte an den Nerven. Vermutlich war der starke Wind dafür verantwortlich, dass es wesentlich lauter war, als man es ohnehin gewohnt war.

»Ich bringe die Deppen um!«, rief einer der Spurensicherer, der bereits an den Händen zitterte. »Wie soll man sich bei dem Lärm konzentrieren?« Allen anderen am Tatort ging es ähnlich. Manche hatten sich Kopfhörer aufgesetzt.

»Warum geht niemand zu denen hin und beschwert

sich?«, fragte ich mit beginnendem Kopfweh. Auch ich stand kurz vor dem Tinnitus.

»Das ist nicht unser Job«, meinte ein Ludwigshafener Beamter. »Ich verstehe sowieso nicht, warum das Rote Kreuz, der Arbeitersamariterbund und die Johanniter gleichzeitig da sind. Oder sehen Sie irgendwo einen oder mehrere Verletzte?« Er schaute zu der Leiche. »Und für den ist es eh zu spät.«

Um alles musste man sich selbst kümmern. Eigentlich wollte ich am Ort des Geschehens bleiben, um keine wichtigen Erkenntnisse zu verpassen. Doch ich beschloss, die Welt zu retten. Oder zumindest ein paar Dutzend Beamte und Rettungskräfte vor der finalen Taubheit. Dietmar Becker, den keine zehn Pferde vom Tatort wegbringen würden, informierte ich nicht. Sollte er weiterhin der Spurensicherung mit seinen unnötigen Bemerkungen auf den Geist gehen.

Irgendjemand hatte vorsorglich den Parkplatz komplett abgesperrt, sodass die Feuerwehr und die diversen Rettungskräfte die Landstraße blockierten. Da der Tatort hell erleuchtet war, konnte man die Fahrzeuge im dunklen Außenbereich nur schemenhaft erkennen. Nur beim letzten Fahrzeug in der Reihe der Sonderfahrzeuge waren Martinshorn und Rundumleuchte eingeschaltet.

Als ich näherkam und der Lärm noch infernalischer wurde, erkannte ich, dass das Fahrzeug kein Rettungswagen war, sondern ein ungewöhnliches Reisemobil. Mit dieser Möglichkeit hatte ich nicht gerechnet, erst recht nicht um diese Uhrzeit.

»Metzger!«, schrie ich, obwohl meine Stimme nicht die geringste Chance hatte, gegen den Dezibel-Overflow anzukommen. Doktor Metzger, der skurrilste Not-Notarzt der Kurpfalz, ach was, des gesamten Universums, hatte vor Jahren seine Kassenzulassung zurückgegeben und fuhr seitdem mit einem zur OP-Klinik umgebauten Reisemobil durch die Gegend, um Unfallopfer zu retten und zu versorgen. Doch nicht nur diese operierte er in seinem schmuddeligen Gefährt, sondern auch Privatkunden, wie er seine Patienten nannte. Seine Dienstleistungen waren so verrückt wie gefährlich, doch irgendwie schien er ein Gefühl dafür entwickelt zu haben, welche ärztlichen Dienstleistungen gerade nachgefragt wurden. Selbstverständlich trat er nur gegen Vorkasse in Aktion, um seinen finanziellen Erfolg im medizinischen Nichterfolgsfall nicht zu schmälern. Da er keinen festen Wohnsitz besaß, war es bisher keiner Behörde gelungen, ihm das Handwerk zu legen. Das Innere seines Reisemobils war ein Kabinett des Grauens. Die hygienischen Verhältnisse entsprachen einem mittelalterlichen Dorf während der Pestepidemie. Mit gewaltigen Dosen Antibiotika, die er aus dubiosen ostasiatischen Quellen palettenweise bezog, konnte er die Leben vieler seiner Kunden retten. Die Überlebenden waren froh, die horrenden Kosten einer Normalversorgung in einem Krankenhaus gespart zu haben.

Während ich mich todesmutig weiter zu Metzgers Fahrzeug vorkämpfte, entdeckte ich den zweiachsigen Anhänger hinter dem Reisemobil. Da ich dahinter Personen auf der Straße stehen sah, ging ich weiter. Notdürftig stopfte ich mir in jeden Gehörgang ein zusammengerolltes Papiertaschentuch. Verwundert stellte ich fest, dass hinter dem Anhänger ein kleinerer, einachsiger befestigt war, dessen Aufbau ich schnell als Stromgenerator erkannte.

Doktor Metzger war gerade dabei, mit einem Vorschlaghammer auf den Generator einzuschlagen. Neben ihm stand ein weiterer Mediziner: Günter Wallmen. Während Metzger mit seinen fetttriefenden langen Haaren und dem grauspeckigen Kittel aussah wie ein Lebewesen, das noch nie etwas anderes als Abwasserkanäle gesehen hatte, wirkte Wallmen durchaus wie ein Mediziner. Im Prinzip war er auch einer. Bei seinem Arbeitgeber, dem St.-Vincentius-Krankenhaus in Speyer, hatte er ein Sabbatjahr beantragt, um ein Jahr lang als Metzgers Gehilfe tätig zu sein und sich dabei von ihm die Doktorarbeit schreiben zu lassen. Wallmen litt seit Längerem daran, dass er als Oberarzt keine Promotion vorweisen konnte.

Die Situation war bizarr: Die Sirene schrillte so extrem, dass ich nahe dran war, mir eine Waffe auszuleihen, um sie zum Schweigen zu bringen. Gleichzeitig versuchte der Not-Notarzt, den Stromgenerator zu erschlagen.

Metzger erkannte mich. Seine frankensteinähnliche Lache konnte ich aufgrund der akustischen Umstände nicht hören. Nun kam er auf mich zu. Zu dem optischen Fiasko kam nun das olfaktorische: Der Gestank, der ihn umgab, konnte nicht von dieser Welt sein.

»Günter muss was mit der Elektrik durcheinandergebracht haben«, schrie er mir ins Ohr, nachdem er mir das Taschentuch herausgezogen hatte. »Das Scheißding lässt sich nicht mehr abstellen. Der Schalter muss wohl geschmolzen sein. Das liegt wahrscheinlich an den 230 Volt, die wir direkt auf die Sirene geschaltet haben, deswegen ist sie ja auch so laut. Normalerweise arbeiten die mit 24 Volt, ist das nicht der Kracher?«

Günter Wallmen, der mich ebenfalls erkannt hatte, winkte mir der Einfachheit halber zu.

Ich stoppte Metzgers nächsten Versuch, auf das Gehäuse des Generators zu schlagen. Dann ging ich um den Stromerzeuger herum und fand auf Anhieb ein Kabel, das in einem kleinen Kasten auf dem Gehäuse mündete. Ich wickelte mir das Kabel zweimal um meine Hand und zog ruckartig daran. Ein paar Funken stoben, dann war Ruhe. Nur der Stromgenerator lief noch, was aber aufgrund des plötzlichen gigantischen Geräuschunterschieds fast nicht auffiel. Aus Richtung Tatort hörten wir vereinzeltes Klatschen und ein paar Bravorufe.

»Jetzt ist alles am Arsch!«, fluchte Metzger. »Palzki, müssen Sie immer gleich alles kaputtmachen? Reicht es nicht, wenn in Ihrer Umgebung ständig die Menschen sterben wie die Fliegen?« Er wandte sich an seinen Medizinerkumpel: »Günter, schau mal, ob noch viel Sprit im Tank ist. Kannst du das reparieren? Die Rechnungen für die Reparatur und den Verdienstausfall schicken wir an Palzki.«

»Noch ein oder zwei Liter«, sagte Wallmen, nachdem er den Füllstand geprüft hatte. »In ein paar Minuten schaltet sich der Generator ab.« Er schaute zu mir. »Hallo, Herr Palzki. Tut mir leid, dass wir Sie mit unseren Problemen belästigt haben. Übrigens, Sie haben in einem Ohr ein Taschentuch stecken.«

Metzger brüllte einen Einwand. »Spinnst du, Günter? Wo siehst du hier auch nur das kleinste Problem? Unsere Sirene ging nicht aus, und? Wer wird denn deswegen so kleinlich sein? Stehen wir etwa neben einem Krankenhaus oder einem Altersheim? Wegen Lärmbelästigung kriegt uns Palzki jedenfalls nicht dran.«

»Und was hatten Sie mit dem Vorschlaghammer vor?«, provozierte ich den Pseudomediziner.

»Das geht Sie gar nichts an«, antwortete er sauer. »Sagen Sie uns lieber, warum wir vergeblich mitten in der Nacht hierhergefahren sind. Ich weiß nämlich jetzt schon, wie die Sache ausgeht. Niemand wird uns unseren Aufwand bezahlen. Nicht die Krankenkasse, nicht die Polizei. Und Herr Diefenbach auch nicht, mit dem liegen wir im Moment im Clinch, weil er nicht mit uns zusammenarbeiten will. Dabei haben Günter und ich ein tolles Provisionsmodell entwickelt.«

»Diefenbach liegt im Koma«, sagte ich. »Niemand weiß, ob er überleben wird.«

Wallmen und Metzger war diese Information neu, wie ich den überraschten Gesichtern entnahm. »Dann sollten ich und Günter schnell mit Diefenbachs Vertretung sprechen, vielleicht bringt uns das einen Schritt weiter.«

»Da werden Sie kein Glück haben, meine Herren. Ich bin die Vertretung.«

»Sie?« Metzger startete ein weiteres Mal seine abscheuliche Frankensteinlache. »Das ist das Ende der Kurpfalz! Günter, hast du das gehört? Ausgerechnet Palzki hat man die Schifferstadter Dienststelle anvertraut. Wahrscheinlich hat man gewürfelt.« Metzger brach seine Beleidigungen ab und sah mir streng ins Gesicht. »Mal ernsthaft, Palzki, stimmt das wirklich? Warum hat man keinen fähigeren Beamten genommen, also irgendeinen anderen als Sie? Die Todesrate in der Vorderpfalz wird ins Unermessliche steigen. Heute Nacht haben Sie mit Ihrem Feldzug bereits begonnen. Bis zur nächsten Leiche wird es bestimmt nicht lange dauern.«

»Halten Sie die Klappe«, fuhr ich ihn an. »Ich werde morgen eine neue Polizeiverordnung initiieren, die die Anzahl der Rettungskräfte in der Vorderpfalz reglementiert. Sie dürfen dreimal raten, wer für die Zukunft keine Erlaubnis erhält.« Mein aggressiv böser Blick ließ den Notarzt einen Schritt nach hinten machen.

»Aber Palzki, wer wird denn so nachtragend sein?« Metzger ruderte zurück. »Man wird ja noch seine Meinung sagen dürfen. Außerdem sind Günter und ich nicht mehr von dem offiziellen Rettungswesen abhängig, seit wir mit unserem neuen Geschäftsmodell im medizinischen Markt wie eine Bombe eingeschlagen haben. Da staunen Sie, was? Schauen Sie sich doch die Situation hier vor Ort an! Das Rote Kreuz, der Arbeitersamariterbund, die Johanniter, die Malteser, alle stehen in harter Konkurrenz für viel zu wenige kranke Kunden oder Unfallopfer. Von den sinkenden Margen ganz zu schweigen. Wenn ich nicht seit Jahren so kreativ neue Konzepte entwickeln würde, könnte ich schon lange nicht mehr die Raten für meine Villa am Starnberger See bezahlen.«

Ich beschloss, die beiden Pseudomediziner alleinzulassen. Doch Günter Wallmen wollte mich nicht so einfach gehenlassen.

»Wollen Sie nicht wissen, was wir uns Tolles ausgedacht haben, Herr Palzki? Mit unserem neuen Projekt ist Matthias und mir der große Wurf gelungen.«

Ich muss zugeben, dass mich der Anhänger hinter dem Reisemobil plus Stromgenerator ein bisschen neugierig gemacht hatten. Da ich vorhin in der Eile keine Zeit hatte, den neuen Schriftzug auf der Seitenwand des Reisemobils zu lesen, holte ich dies jetzt nach. Wie immer in blutroten Buchstaben konnte ich dort lesen: »Doktor Metzgers Ganzkörper-MRT – Kein Wehwehchen bleibt unentdeckt«.

»Na, ist das nicht der Kracher?«, fragte Wallmen. »Mit unserer gebrauchten MRT-Röhre, die wir billigst von einem Schrotthändler gekauft haben, fahren wir Gewinne ohne Ende ein. Die Maschine braucht zwar ziemlich viel Strom, doch mit unserem Generator können wir den Materialeinsatz pro Untersuchung auf fünf Liter Diesel beschränken. Außerdem noch ein bisschen Fotopapier, der Rest ist Reingewinn.«

So langsam verstand ich. »Das rostige Ding auf Ihrem Hänger ist ein MRT?«

»Der Rost ist nur äußerlich wegen des Wettereinflusses. Innen haben wir die Röhre natürlich neu lackiert, in beruhigendem Grün.« Günter Wallmen lächelte, und der Not-Notarzt, der gerade dazukam, erklärte weiter: »Das MRT ist nur der erste Baustein in unserer medizinischen Verwertungskette. Bisher ist noch kein einziger unserer Kunden gesund aus diesem Gerät herausgekommen. Ich und Günter finden immer was! Je nachdem, wie ramponiert unsere Kunden innerlich sind, kommen regelmäßig ein paar Folge-Operationen dazu. Wir sind halt ganzheitliche Mediziner, weil wir den ganzen Körper untersuchen.«

Wallmen flüsterte mir zu: »Die Strahlenbelastung ist zwar nicht ohne, das verraten wir unseren Kunden natürlich nicht. Röntgenstrahlung hängt ja sowieso immer ein bisschen in der Atmosphäre herum. Die Haftung für langfristige Auswirkungen unserer Untersuchung haben wir selbstverständlich im Kleingedruckten ausgeschlossen.«

»Wieso Röntgenstrahlung?«, hakte ich nach. »So viel ich als Laie weiß, gibt's die doch beim MRT gar nicht, sondern nur bei einem CT.«

Metzger winkte mit einer grobmotorischen Armbewegung ab. »Wer weiß das denn schon so genau? Unsere Maschine für die Kernspintomographie ist, also war, ursprünglich tatsächlich ein MRT. Eine der ersten, um genau zu sein. Damit wurde im Jahr 1977 die erste Kernspin-Aufnahme eines Menschen gemacht. Das Gerät ist seit vielen Jahren ausrangiert, mehrere Museen zeigten zwischenzeitlich Interesse. Aber wegen des desolaten Zustands landete es irgendwann beim Schrotthändler, von dem wir es für die Hälfte des Metallwerts gekauft haben. Ist das nicht ein Schnäppchen, Palzki?« Sein Mundwinkel zuckte nervös. »Das ist natürlich alles rechtens. Die Betriebsgenehmigung zum Betrieb einer Röntgeneinrichtung nach § 12 Abs. 1 Nr. 4 StrlSchG war problemlos, da der zuständige Ministerialbeamte zufällig dieselbe Vertrauensperson für Kapitalanlagefragen auf den Kaimaninseln hat wie ich. Da genügte ein kleiner Anruf, wir sitzen quasi im selben Boot. Den konnten wir auch als Strahlenschutzverantwortlichen gewinnen. Man weiß ja nie, ob man mal versehentlich kontrolliert wird!«

Wallmen übernahm. »Darüber hinaus und auf gleichem Wege bekommen wir reichlich Zuschüsse vom Land, immerhin handelt es sich um ein historisches Gerät. Ähnlich der Förderung von H-Kennzeichen bei Oldtimerautos. Leider war in den 70er-Jahren die Bildgebung in den MRTs noch sehr unbefriedigend und würde für einen Ganzkörperscan viel zu lange dauern. Matthias hatte dann die Idee, die Technik auszutauschen, damit wir eine einigermaßen funktionale Röhre haben. Wir haben nämlich beim gleichen Schrotthändler ein Dutzend Pedoskope erstanden.«

»Was bitte?«, unterbrach ich ihn. »Ich kenne nur Periskope.«

Wallmen lachte kurz künstlich auf. »Köstlich, Ihr Humor, Herr Palzki. Pedoskope gab es bis Anfang der 70er-Jahre in fast allen Schuhgeschäften. Erst danach wurden sie verboten. In der Schweiz gab es sie bis 1989.«

Metzger unterbrach seinen Medizinerkollegen. »Du, Günter, Palzki weiß gar nicht, was ein Pedoskop ist. Du kennst doch seine vielen Bildungslücken.« Der Not-Notarzt wandte sich an mich: »Mit diesen Apparaten wurden die Füße von Schuhkäufern geröntgt, und das mitten im Laden. Damit konnten Kunden und Verkäufer sehen, ob die neuen Schuhe passten.«

Eben machte es bei mir Klick. Vom Hörensagen kannte ich diese Geräte, die auch in den Schifferstadter Schuhgeschäften eingesetzt wurden. Während zum Beispiel ein Kinderfuß mit einem neuen Schuh im unteren Bereich des Pedoskops steckte, drückte die Verkäuferin auf die Röntgentaste. Gemeinsam mit der Mutter des Kindes diskutierte sie dann über die Passform des Schuhes, natürlich die ganze Zeit mit gedrückter Röntgentaste.

»Das sind 1a Röntgengeräte«, strahlte Metzger über beide Wangen. »Die Technik war damals viel simpler als heutzutage mit der ganzen Elektronik. Ein Hammer und ein Schraubenzieher reichen für eine Reparatur völlig aus. Den ganzen Aufwand mit der Abschirmung, den man heutzutage betreibt, konnten wir uns ersparen.«

Da ich nichts anderes tat, als ihn anzustarren, fuhr er fort.

»Die Röntgenmodule der Pedoskope haben Günter und ich in der Röhre eingebaut. Es hat zwar ein paar Fehlversuche gebraucht, bis das Ding einigermaßen lief, aber die Aufnahmen können sich wegen der hohen Strahlendosen durchaus sehen lassen. Nach der Untersuchung interpretieren wir die Ergebnisse und besprechen die weitere Behandlung. Der Kunde muss nur knapp eine Stunde lang in der Röhre liegen, und laute Geräusche gibt's bei unserem Modell auch nicht. Ängstliche schießen wir auf Wunsch in die Vollnarkose. Gegen saftigen Aufpreis, versteht sich. Das aus China importierte Narkosemittel ist relativ teuer, selbst wenn wir es verdünnen.«

Wallmen nickte während Metzgers Erklärung eifrig. »Eine Stunde volle Röntgenbelastung aus zwölf Pedoskopen ist zwar nicht so ohne, dafür aber absolut schmerzfrei. In Speyer bauen wir zweimal im Monat auf dem Festplatz neben dem Technikmuseum unsere Geräte auf für den von uns erfundenen *X-Ray Kids Club*. Wir richten dabei die Pedoskope in Reihe aus und beamen die Bilder großflächig auf eine Leinwand.«

Metzger unterbrach seinen Kumpel. »Palzki, Sie sollten mal deren strahlende Gesichter sehen!«

Wallmen nickte dankend und fuhr fort: »Die Eltern sind froh, wenn sie gegen eine kleine Gebühr eine halbe Stunde ihre Ruhe haben. Das ist ein unvergessliches und bleibendes Ereignis für die Racker. Vor allem die kleinen Kinder haben einen Mordsspaß, wenn sie ihre Knochen zu meiner flotten Gitarrenmusik auf der Leinwand tanzen sehen.«

Metzger zelebrierte erneut seine Lache, die nicht von dieser Welt war. »Na, Palzki, dürfen wir Ihnen einen MRT-Gesundheitscheck schenken? Nur die Folgebehandlungen gehen auf Ihre Kosten.«

Jetzt hatte ich endgültig genug. Ohne eine Verabschiedung verließ ich den Ort des Grauens. Gleich morgen würde ich mich mit Jutta und Gerhard beraten, was wir gegen Metzger und Wallmen unternehmen konnten.

Zurück am eigentlichen Tatort wurde mir von mehreren Beamten für das Abstellen der Sirene gedankt.

»Wo waren Sie, Herr Palzki?«, fragte Becker neugierig.

»Da vorne«, sagte ich und deutete unbestimmt in eine Richtung. »Was gibt's Neues?«

»Nichts«, antwortete Becker. »Es ist uns ein Rätsel, warum der Fahrer erschossen wurde.«

Mir fiel etwas ein. »Haben Sie den mysteriösen Kerl mit der Kamera noch mal gesehen?«

»Sie meinen …?« Becker kam ins Stottern. »Nei, äh, nein, den habe ich ganz vergessen. Der hatte sich doch hinter der Hütte versteckt. Ob er es war, der geschossen hat?«

Ich schüttelte den Kopf. »Der Schuss kam aus der entgegengesetzten Richtung, das wissen wir längst. Wurde der Bereich um die Hütte untersucht?«

»Dort war niemand, Herr Palzki. Warum auch?«

Ich lieh mir von einem Beamten eine Taschenlampe und ging zur Holzhütte, die höchstens 50 Meter entfernt war. Der Zugang zum baufälligen Gebäude war mit einem Vorhängeschloss gesichert und bestand anscheinend nur aus einem Raum. Um das Innere der Hütte sollten sich nachher die Beamten kümmern, dachte ich mir, während ich den Boden rings um die Hütte mit der Taschenlampenbeleuchtung absuchte. Ein kleiner Zettel lag neben einem Stein auf der Rückseite und entpuppte sich als Visitenkarte. Der Name und die Adresse auf der Karte ließen in mir sämtliche Alarmglocken anschlagen. Was hatte dies nun wieder zu bedeuten?

»Was haben Sie da?«, fragte Becker, der sah, dass ich etwas in der Hand hielt. Ich streckte ihm die Karte hin.

»Eine Visitenkarte von Steffen. Wo haben Sie die her, Herr Palzki?«

»Die hatte auf dem Boden gelegen.« Ich überlegte, warum Steffen Boiselle ausgerechnet an diesem Ort gewesen sein sollte, doch ich kam zu keinem befriedigenden Ergebnis. War es kein Zufall, dass er mir in Haßloch über den Weg gelaufen war? Hatte er mit diesem Fall zu tun?

»Das ist ja mal komisch«, meinte Becker. »Ich werde Steffen morgen früh anrufen, jetzt ist es leider zu spät.«

»Gar nichts werden Sie tun«, fauchte ich ihn an. »Dies ist eine polizeiliche Ermittlung. Ich selbst werde ihn befragen. Wehe, Sie warnen Ihren Spezi vor.«

Es begann leicht zu nieseln. Ein Blick auf die Uhr ließ meine Motivation vollends in den Keller rutschen. Wenn ich heimkäme, würde ich mit Stefanie zusätzlichen Stress bekommen. Vielleicht sollte ich mit der Heimfahrt ein paar Stunden warten, dann wäre sie froh, dass ich überhaupt noch heimkäme. Nein, so gemein konnte ich mit meiner Frau nicht umspringen. Wenn ich in den vergangenen Stunden nicht permanent unter Strom gestanden wäre, hätte ich sie bestimmt längst angerufen. Ich schaute aus taktischen Gründen ein zweites Mal auf meine Uhr, dieses Mal so auffällig, dass selbst Becker es mitbekommen würde.

Becker machte mein taktisches Manöver im Ansatz zunichte. »Warum schauen Sie ständig auf die Uhr, Herr Palzki?«, fragte er sofort.

»Ich habe nur nachgeschaut, ob sie vielleicht stehengeblieben ist. Gefühlt ist es für mich bereits viel später.«

»Sie werden doch nicht müde sein?«, fragte Becker vorwurfsvoll.

»Wenn Sie nur die Hälfte dessen geleistet hätten, was ich in den vergangenen 24 Stunden gestemmt habe, würden Sie jetzt auf dem Zahnfleisch vor mir her robben.«

Becker wollte etwas antworten, doch bevor wir uns gegenseitig hochschaukelten, schnitt ich ihm das Wort ab. »Es ist, wie es ist. Wir werden jetzt Feierabend machen. Die Kollegen, die vor Ort sind, sind kompetent und schaffen das ohne unsere Hilfe. Morgen früh werden wir weitersehen. Bewegen Sie bitte Ihren, äh, Wagen weg, damit ich heimfahren kann.«

Der Student war sofort einverstanden. »Ich komme morgen früh zu Ihnen auf die Dienststelle. Ist 8 Uhr für Sie okay? Oder eher früher?«

Egal, was ich antworten würde, von seinem Plan würden ihn nicht einmal ein Weltkrieg oder eine Pandemie abhalten. Sollte er ruhig um 8 Uhr auf mich warten. Um 9 Uhr würde er immer noch warten. Daher nickte ich ihm nur kurz zu.

Bevor wir zu unseren Wagen gingen, gab ich der Spurensicherung den Auftrag, die Holzhütte in Augenschein zu nehmen, was die Beamten stöhnend quittierten. Die Landstraße war inzwischen weitgehend frei von Einsatzfahrzeugen, selbst das brandgefährliche Medizinerduo hatte sich klammheimlich aus dem Staub gemacht.

Becker fuhr seinen Fiat Panda beim Wenden im Acker fest, konnte sich aber nach einer Weile selbst befreien. Seine Aufforderung, ihn anzuschieben, ignorierte ich.

Fast unhörbar schloss ich zu Hause die Haustür auf.

»Wo kommst du um diese Zeit her?« Stefanie stürzte aus dem Wohnzimmer herbei, begutachtete mich von oben bis unten und fiel mir dann um den Hals. »Bist du schlimm verletzt?« Sie war kreidebleich.

»Es ist alles in Ordnung, Schatz«, sagte ich, ging mit ihr ins Wohnzimmer und setzte mich auf die Couch. »Wie kommst du auf die Idee, dass etwas passiert sein könnte? Ich hatte nur einen dringenden Einsatz, der leider etwas länger dauerte als geplant.«

»Ich habe mit sämtlichen Krankenhäusern der Umgebung telefoniert«, erzählte meine Frau aufgedreht. »Sogar bei Jutta und Gerhard habe ich zu Hause angerufen, doch die wussten auch nichts. Jutta hat mich später zurückgerufen und mir gesagt, dass du in Haßloch einen schlimmen Unfall hattest. Oh, Reiner, ich habe mir ja solche Sorgen gemacht!«

»Haßloch? Aber das war doch nur eine Kleinigkeit.« Der Verband, den mir Becker angelegt hatte, war längst entfernt. »Ich habe doch anschließend mit dir telefoniert.«

»Da warst du aber so kurz angebunden, Reiner«, jammerte Stefanie. »Ich habe mir dann gedacht, dass du vielleicht in der Klinik liegst und schwer verletzt bist und mir das nur nicht verraten hast.«

Ich nahm meine Frau fest in den Arm. »Du hast zu viel gegrübelt, Stefanie. Wenn man in Gedanken ist, interpretiert man schnell Dinge hinein, die nur in der Fantasie existieren. Mir geht es gut, ich bin nur sehr müde.«

Stefanie war noch nicht zufrieden. »Mir macht das alles zu schaffen. Herr Diefenbach liegt im Koma, und eine Frau, bei der du zum Essen warst, ist daran gestorben. Kannst du verstehen, dass ich mir Sorgen um dich gemacht habe? Warum hast du nicht angerufen, als du gemerkt hast, dass es später wird?«

»Tut mir leid«, entschuldigte ich mich. »Es war ein ziemlich kräfteraubender Einsatz mit einer Observation. Dabei wurde ein Lkw-Fahrer erschossen.«

»Dann warst du also doch in Gefahr!« Stefanie zitterte am ganzen Körper.

»Nein, ich war sehr weit von dem Tatort entfernt. Die Spurensicherung des Ludwigshafener Polizeipräsidiums hat jetzt übernommen. Ich bekomme morgen früh die ersten Erkenntnisse geliefert.«

»Morgen früh?«, fragte Stefanie. »Wohl eher heute, oder?«

»Ja«, antwortete ich. »Tut mir leid, dass ich mich nicht früher gemeldet habe.«

Ein paar Minuten später hatte sie sich wieder einigermaßen beruhigt. »Du hast bestimmt Hunger, ich werde dir den Gemüseauflauf aufwärmen, den es heute Abend gab.«

Schlagartig setzte sich mir ein Kloß in den Hals. »Bitte nicht«, stöhnte ich theatralisch. »Im Moment kann ich kein Gemüse sehen, geschweige denn essen. Ich muss dann immer daran denken, wie Frau Rustik ums Leben kam und ihr Mann und KPD beinahe dadurch gestorben sind.« Ich verstand meine letzten beiden Sätze eher rhetorisch, da ich seitdem kein Gemüse mehr gegessen hatte.

»Dann kann ich dir nur Brot anbieten«, meinte Stefanie.

»Das reicht völlig«, besänftigte ich sie. Tatsächlich war ich seltsamerweise nicht sehr hungrig, was an meiner Anspannung liegen konnte.

»Was gibt's Neues von Paul?«, fragte ich meine Frau, während ich ein Käsebrot aß.

»Das erzähle ich dir morgen«, antwortete sie. »Das musst du nicht auch noch in deine Träume mitnehmen.«

»So schlimm?«, fragte ich zaghaft.

»Ja«, antwortete sie und kniff die Lippen zusammen.

Die Nacht war sehr kurz, trotz des Weckers, den ich versehentlich auf eine Uhrzeit gestellt hatte, zu der sich Melanie und Paul bereits in der Schule befanden.

»Musst du heute später zum Dienst?«, fragte Stefanie, die immer noch nicht restlos erholt aussah.

»Ich bin der Chef«, sagte ich. »Ich kann kommen und gehen, wann immer ich will.«

Stefanie seufzte. »Das habe ich in der vergangenen Nacht erlebt.«

»So war das nicht gemeint«, wehrte ich mich. »Ich wollte nur einen kleinen Witz machen. Selbstverständlich muss ich gleich los. Jutta und Gerhard haben bestimmt 1000 Fragen. Die beiden haben die Organisation der Dienststelle übernommen, solange KPD ausfällt.«

Trotz allem ließ ich den Morgen entspannt angehen. Ein ausgiebiges Frühstück inklusive Zeitunglesen gehörte dazu. Auf dem Weg zur Dienststelle fiel mir ein, dass Stefanie vergessen hatte, mich über die Missetaten unseres Sohnes aufzuklären.

»Guten Morgen!«, begrüßte mich Jutta, die an KPDs Schreibtisch saß und auf einer Tastatur herumhämmerte. »Den Berichten nach, die wir inzwischen vorliegen haben, hattest du gestern keine Langeweile. Wir übrigens auch nicht. Gerhard und ich fragen uns, wie KPD die ganze Dienststelle gemanagt hat.«

Ohne ihr zu antworten, ging ich zu einer der Besprechungssitzgruppen, öffnete dort die Kommode und zog eine Dose Premium-Kekse heraus. Zum Frühstück gab es zu Hause nur Käsebrot, was ich für keine allzu gute Magengrundlage hielt. Dann ging ich zur Kaffeemaschine, was für mich am heutigen Tag zum ersten Mal für eine

Überforderung sorgte. »Das Bedienungsfeld sieht aus wie das Cockpit eines Jumbos«, meinte ich zu Jutta. »Kannst du mir bitte helfen? Ich will einen normalen Kaffee mit Milch.«

»Normalen Kaffee gibt's bei uns nicht«, sagte Jutta. »Da kommt gerade Gerhard zur Tür herein, der hilft dir bestimmt mit deinem Kaffee.«

Gerhard hatte mein Problem mitbekommen und trat grinsend zu mir. In seinem Schlepptau befand sich Dietmar Becker. »Hallo, Herr Palzki«, meinte der Student und schaute provozierend auf die Wanduhr.

Die Fröhlichkeit der beiden machte mich stutzig. Was hatte das zu bedeuten? »Wo kommt ihr her?«, fragte ich Gerhard und den Studenten.

Mein Kollege grinste noch eine Spur fetter. »Ich habe vorhin erfahren, dass Herr Becker einen Fiat Panda besitzt. Solch einen Kasten hatte ich früher als Halbstarker auch mal. Ich habe mit seinem Einverständnis eine Runde auf unserem Parkplatz im Hof gedreht. Der Panda beschleunigt wie die Wutz, man darf nur nicht zu zaghaft mit dem Gaspedal umgehen.«

Dietmar Becker sah man den Stolz an. »Die Bremsen funktionieren ebenfalls tadellos, Herr Steinbeißer.«

»Zum Glück«, meinte dieser. »Sonst wäre ich mit dem Panda direkt in diesen Steinhaufen gerast.« Er sah mich an. »Weißt du, was die Sandsteine im Hof zu bedeuten haben?«

Ich zuckte kurz mit den Achseln. »Die gehören bestimmt KPD.«

»Apropos KPD«, mischte sich Jutta ein. Ihre Stimme klang nicht mehr fröhlich. Ich hielt in meiner Bewegung inne und stierte sie an. »Sein Zustand ist unverändert ernst. Die Ärzte wagen nach wie vor keine Prognose. Passend dazu habe ich eine weitere schlechte Nachricht: In der vergangenen Nacht ist Herr Rustik an multiplem Organversagen gestorben.«

Zwei Tote in einer Nacht, das war heftig, dachte ich und nahm geschockt auf der Sitzgruppe Platz.

KAPITEL 11
WAS WUSSTE STEFFEN BOISELLE?

»Die Analyse des Essens liegt nun schriftlich vor«, sprach Jutta weiter. »Das vorläufige Ergebnis wurde bestätigt. In diesem Zusammenhang will nachher Dieter Kruk bei uns vorbeikommen. Er sagte mir heute früh am Telefon, dass es über diese Laboranalyse hinaus weitere Erkenntnisse zu den giftigen Zucchini gäbe und du die Fakten bereits kennst. Was meint er damit, Reiner?«

»Das vergiftete Gemüse war genmanipuliert und stammt aus den USA«, platzte Becker zwischenrein. »Ich war dabei, als Dieter Kruk mit Herrn Palzki gesprochen hat.« Er stellte sich in Positur, so, wie es manchmal KPD machte, wenn er eine wichtige Aussage unters Volk bringen wollte: »Wir haben gestern Abend ein geheimes Labor von Kruk im Keller des Hauses seiner Schwiegereltern entdeckt.«

Ich glaubte, nicht richtig zu hören. »Wie bitte?«, schoss ich Becker mit einem mörderischen Blick an. »Wer hat's gefunden?«

Dietmar Becker stotterte herum. »Äh, ja, aber ich war immerhin dabei. Klar, Sie, äh, haben die versteckte Tür als Erster entdeckt. Aber ich hätte sie bestimmt gleich darauf gefunden.«

»Wieso waren Sie eigentlich dabei?«, fragte Jutta, für die diese Information neu war.

»Weil er sich immer unbefugt in unsere Ermittlungen einmischt«, polterte ich.

»Das stimmt überhaupt nicht«, verteidigte sich Becker. »Ich handelte im Grunde genommen im Auftrag des Vorstands des Pfalzmarkts. Sie baten mich, möglichst unauffällig Hintergründe zum Tod von Frau Rustik in Erfahrung zu bringen. Als Belohnung versprachen Sie mir, dass ich diese Geschichte in meinen nächsten Roman einbauen darf.«

»Das mit dem *unauffällig* müssen wir noch ein bisschen üben«, blaffte ich ihn weiter an. »Außerdem bringen Sie da etwas Entscheidendes durcheinander. Die Zucchini waren laut Kruk zwar genverändert, dies lässt aber keine Aussage darüber zu, wo das Zeug angepflanzt und geerntet wurde. Vielleicht bei Ihnen zu Hause im Garten, Herr Becker?«

Becker hielt meine provokante These für bare Münze. »Ich habe gar keinen Garten«, meinte er ängstlich.

»Umso besser für Sie, sonst wären Sie mein Verdächtiger Nummer eins. Ohne eigenen Garten rutschen Sie ein paar Nummern nach unten.« Der naive Student glaubte mir immer noch, sodass ich nachlegen konnte. »Sie tauchen mir viel zu häufig an den Tatorten auf, Herr Becker. Dass Sie einen Krimi über den Gemüsegarten Vorderpfalz schreiben wollen, könnte ein geschicktes Ablenkungsmanöver sein. Ein Hobbyautor, der sich sein eigenes Alibi schreibt, das wäre auch für die Polizei neu. Aber mich führen Sie mit dieser naiven Finte nicht hinters Licht.« Ich blickte dem eingeschüchterten Studenten fest in die Augen. »Ich hoffe für Sie, dass Sie mir heute nicht mehr über den Weg laufen, Herr Becker. Um 14 Uhr habe ich einen Termin bei den beiden Vorständen. Ich werde sie fragen, ob Sie uns die Wahrheit gesagt haben.«

»Aber selbstverständlich, Herr Palzki. Fragen Sie Herrn Oerther und Herrn Friedrich. Bei dem 14 Uhr-Termin bin ich übrigens auch dabei. Wir können gerne zusammen hinfahren.«

Meine Laune erreichte ein neues Allzeittief. Wurde ich diesen Querulanten niemals los? Ich hatte immer häufiger den Eindruck, dass der Student von den beiden Vorständen für ihre Zwecke missbraucht wurde, ohne dass er dies bemerkte. Aber warum? War das Zentrum der Verbrechen tatsächlich im Pfalzmarkt zu finden? »Ich fahre alleine«, gab ich dem Studenten zu verstehen. »Ich muss vorher Steffen Boiselle befragen, und zwar unter vier Augen.« Während ich die Visitenkarte des Cartoonisten in meiner Tasche suchte, um ihn anzurufen, schoss Becker ein weiteres Mal quer.

»Den Anruf können Sie sich sparen, Herr Palzki. Wir beide haben um 12 Uhr einen Termin mit Steffen.«

Wutentbrannt wollte ich aus dem Sofa aufspritzen, doch dazu war das Polster zu weich. Nach dem gescheiterten Versuch, der etwas hilflos aussah, blieb ich sitzen und zog eine Drohgebärde auf. »Geht's Ihnen noch gut? Ich habe Ihnen explizit verboten, Herrn Boiselle anzurufen! Was hat das jetzt wieder zu bedeuten? Ich werde Sie auf keinen Fall mitnehmen, Sie sind ab sofort mein Verdächtiger Nummer eins!«

Kleinlaut antwortete Becker: »Ich schwöre, Herr Palzki, Steffen hat mich angerufen, nicht ich ihn. Es ist alles nur reiner Zufall.«

»Zufälle gibt's bei einer Mordermittlung nicht«, unterbrach ich ihn harsch. »Niemals!«

»Dann eben kein Zufall«, fuhr er fort. »Trotzdem hat Steffen mich angerufen. Was sollte ich tun? Ich hoffte, dass ich in Ihrem Interesse agiere, als ich ihn um einen Termin für heute bat. Um 12 Uhr hat er zufällig in Dannstadt zu tun, nur ein Katzensprung von Rustiks Hof entfernt.«

»In Dannstadt?«, rief ich aufgeregt. »Wieso das denn? Und wo genau?«

Becker versuchte mit einem billigen Trick, die Oberhand zu gewinnen. »Die Wegbeschreibung ist relativ kompliziert. Ich weiß aber, wo das ist. Wir sollten zusammen nach Dannstadt fahren, sonst verpassen Sie Steffen womöglich.«

Ich schnaufte ein paarmal durch, um meine ungewohnte Aggressivität im Zaum zu halten. Zorn war noch nie ein guter Ratgeber. Klar, ich konnte Boiselle selbst anrufen und einen Treffpunkt ohne die studentische Nervensäge vereinbaren. Da dieser Zeichner inzwischen von seinem Kumpel Dietmar über sämtliche Details informiert sein dürfte, konnte ich mir durch den Mehraufwand keine zusätzlichen Vorteile erhoffen. »Haben Sie ihm von der gefundenen Visitenkarte erzählt?«

»Natürlich«, bestätigte er sofort. »Steffen wusste zuerst nicht, was ich meinte. Dann hatte er einen Verdacht, wie die Karte hinter die Hütte gekommen sein könnte.«

»Einen Verdacht?«

»Genau das hat er gesagt. Zu dem Treffen will er Beweise mitbringen. Mit dem Tod des Lkw-Fahrers hat er aber nichts zu tun, sagte er mir.«

»Sie haben ihm von dem Anschlag in der vergangenen Nacht erzählt? Sind Sie noch zu retten?«

Becker war sich keiner Schuld bewusst. »Das ist doch längst im Internet und im Radio zu hören.«

Das Klingeln des Telefons auf Juttas Schreibtisch unterbrach unseren Disput. Jutta führte ein kurzes Gespräch. Ihr Redebeitrag bestand nur aus einzelnen Worten wie ja, danke und okay. Zum Abschluss des Telefonats gab sie ihre E-Mailadresse durch. Nachdem Sie aufgelegt hatte, kam sie zu uns. »Das war Dieter Kruk«, erklärte sie. »Er kann leider nicht zu uns kommen, da er geschäftlich in seiner Funktion als Fieldmanager voll eingespannt ist. Er entschuldigt sich und sagt, dass es ihm leidtut. Aber er muss unbedingt die Aufträge vom Pfalzmarkt abarbeiten, damit die Lieferungen an den Einzelhandel nicht ins Stocken geraten. Die von ihm beauftragte Analyse wird er mir in ein paar Minuten als Scan per E-Mail zuschicken. Wenn Fragen offen wären, kann sie Reiner heute Mittag beim Treffen im Pfalzmarkt stellen.« Sie schaute mich an. »Wusstest du, dass er auch zu dem Treffen eingeladen ist?«

Ich nickte. »Er hat es mir gestern gesagt. Das wird wohl eine größere Runde werden. Viel verspreche ich mir davon sowieso nicht. Natürlich werden die unisono beteuern, dass es im Pfalzmarkt kein genverändertes Gemüse gibt und noch nie gegeben hat. Vielleicht könntet ihr beiden euch zu diesem Thema mal ein bisschen schlau machen? Ihr habt bestimmt Zeit ohne Ende.«

Gerhard fiel beinahe die Tasse aus der Hand. »Zeit? Du ahnst nicht, was es bei uns zu tun gibt. Laufend kommt ein anderer Kollege angeschissen mit irgendwelchem organisatorischen Kram. Jutta und ich haben keine Ahnung, wie KPD das geschafft hat.«

»Gar nicht«, erklärte ich. »Merkt ihr nicht, wie ihr

von allen vorgeführt werdet? Mal ehrlich, habt ihr KPD jemals gesehen, wie er sich mit Urlaubsanträgen oder überhaupt mit seinen Untergebenen befasst hat? Er hat gerufen, wenn er selbst etwas brauchte. Alles andere war ihm egal. Und da KPD jetzt weg ist, kommen halt alle mit ihren Problemen zu euch. Es hat sich längst herumgesprochen, dass ihr ein Ohr für die Belegschaft habt. Ihr habt mit eurer Gutmütigkeit eine Lawine losgetreten. Ihr seid einfach zu nett zu den Mitarbeitern. Das kann sich kein Chef auf Dauer leisten. Und ich muss es ausbaden, sobald dieser Fall gelöst ist.«

Jutta sah mich mit offenem Mund an. »Ist das dein Ernst, Reiner?«

»Nur zum Teil«, ruderte ich zurück und hob beschwichtigend beide Hände. »Ich wollte euch nur auf den Boden der Realität zurückbringen. Selbstverständlich sollt ihr den Kollegen helfen. Dagegen ist nichts einzuwenden. Nur glückliche Mitarbeiter machen einen guten Job. Aber wem erzähle ich das.«

»Aber wie sollen wir jetzt vorgehen?«, fragte Gerhard. »Das Tagesgeschäft frisst uns völlig auf. Wir kommen zu nichts anderem mehr. KPD hat das alleine hingekriegt.«

»Nichts hat KPD gemacht«, unterbrach ich ihn. »Und alleine schon gar nicht. Ich habe euch eben erklärt, dass er sich nicht um seine Untergebenen kümmerte. Deswegen hatten wir ja so ein miserables Betriebsklima.«

»Ich verstehe nicht«, sagte Jutta, der Verzweiflung nahe, »sollen wir jetzt oder nicht?«

»Natürlich sollt ihr«, bekräftigte ich sie. »Nur eben nicht alleine. KPD muss auf einen ganzen Stab externer Helfer zugegriffen haben. Habt ihr diesbezüglich nichts entdeckt?«

Jutta legte ihre Stirn in Falten und überlegte. »Doch, warte mal.« Sie ging zu KPDs Schreibtisch und wühlte in einem Haufen Papier, der unordentlich gestapelt in einem großen Korb lag. »Organisationsberatung *Akkurat GmbH & Co. KG*«, las sie vor. »Ich dachte, das wäre ein Werbeangebot für Dienstleistungen aller Art im Büro. Als ich die Mondpreise sah, habe ich das Schreiben ohne weitere Betrachtung in die Endablage gelegt.« Jutta öffnete den Brief. Kurz darauf erschrak sie: »Meine Güte, das ist kein Angebot, sondern die Rechnung für den vergangenen Monat. Das ist ja unglaublich. Wisst ihr, was sich KPD den Verwaltungskram kosten lässt?« Sie nannte uns eine astronomisch hohe Summe. Gerhard hatte den Schock als Erster überwunden: »Jutta und ich machen den gleichen Job für einen Hungerlohn.«

»Wir tun sogar viel mehr«, bestätigte Jutta, während sie sich in die Rechnung vertiefte. »Wie Reiner vorhin prophezeite, gibt es manche Positionen in der Rechnung nicht. Wenn KPD das nicht gemacht hat, hat es niemand getan.«

»Und deshalb sind euch die Kollegen dankbar, dass ihr jetzt für sie da seid«, fasste ich zusammen. »Das Betriebsklima ist seitdem um Welten besser geworden. Die Standard-Verwaltungssachen gebt ihr bitte zügig an diese *Akkurat*-Beratung ab, genauso wie KPD das die ganze Zeit tat. Da kann uns niemand einen Strick draus drehen. Ruckzuck habt ihr dann wieder euren gewohnten Freiraum und könnt euch um die wirklich zentralen Dinge kümmern, wie zum Beispiel eine Kurzanleitung für das Monstrum von Kaffeemaschine schreiben.«

Jutta und Gerhard waren glücklich. »So sieht die Welt gleich wieder besser aus«, frohlockte meine Kollegin. »Unterschreibst du bitte die Freigabe der Rechnung, Reiner?«

Widerwillig unterschrieb ich den gigantischen Rechnungsbetrag. »Für das Geld können wir uns fünf Verwaltungskräfte im gehobenen Dienst leisten. Darum kümmern wir uns demnächst.« Ich schaute mich um. »Die Größe des Büros ist sowieso überdimensioniert, da kommen Trennwände rein.«

»Und wenn Herr Diefenbach wieder gesund wird?«, fragte Becker.

»Dann natürlich nicht«, antwortete ich. »Dann bleibt alles beim Alten. Warum interessiert Sie das?«

»Weil ... äh ... ich ... dann ...«, der Student kämpfte um Worte. »Ich könnte mich selbstständig machen und mit ein paar studentischen Aushilfen die Verwaltungsarbeiten übernehmen. Selbstverständlich würde ich zivile Stundensätze berechnen und die Umsatzsteuer korrekt ausweisen.«

Ich roch Lunte. »Das wollen Sie doch nur aus dem Grund machen, damit Sie noch mehr Interna unserer Dienststelle für Ihre dubiosen Krimis abgreifen können. Wenn wir das mittelfristig nicht mit eigenen Leuten hinkriegen, werden wir die Arbeiten öffentlich ausschreiben, und zwar EU-weit.« Damit sah ich dieses Thema als beendet an.

Jutta druckte gerade die E-Mail von Dieter Kruk aus. »Was machen wir damit?«, fragte sie.

»Darum könnt ihr beide euch in den nächsten Stunden kümmern«, sagte ich. »Grüne Gentechnik ist ein interessantes, aber komplexes Gebiet. Wenn ihr etwas herausgefunden habt, ruft ihr mich am besten auf dem Handy an. Die Nummer hast du ja.«

»Klar, weil es mein Handy ist«, meinte Jutta mit einem Seufzen.

»Das ist Ihr Handy?«, unterbrach Dietmar Becker. »Ich dachte, es gehört Herrn Palzki. Wie kommen Sie zu diesem sündhaft teuren Modell? Auf dem Markt ist es noch gar nicht erhältlich.«

Jutta zierte sich kurz, bevor sie antwortete: »Eigentlich ist es nicht mein Diensthandy. Ich habe es nur leihweise an mich genommen, da der Besitzer im Moment nichts damit anfangen kann.«

»Das ist KPDs Gerät?«, fragte ich überrascht. »Wie bist du da drangekommen? Er hat es wohl kaum im Büro liegenlassen.«

Sie schüttelte energisch den Kopf. »Das Mobiltelefon kam gestern per Eilbote bei uns an, adressiert an KPD. In den Unterlagen habe ich entdeckt, dass er sich mindestens einmal im Monat das aktuellste Modell zuschicken lässt, um ja keine neuen Features zu verpassen. Ich vermutete zwar, dass es nicht ganz billig ist, aber warum sollte ich es nicht nutzen und stattdessen im Karton liegen lassen? Im Moment kann es mein Kollege ja ganz gut gebrauchen, nicht wahr, Reiner?«

»Dann passen Sie gut auf diese Wertsache auf«, meinte Becker. »Es ist hoffentlich versichert?«

Ich ignorierte den Studenten, da er sich mittlerweile für mein Gefühl viel zu stark in die Unterhaltung einmischte. »Gerhard, würdest du mir bitte noch einen Kaffee machen? Keine Extras, nur ein bisschen Milch.«

Mit einem Grinsen kam er meiner Aufforderung nach. »Du weißt nicht, was du verpasst, Reiner. Der Automat zaubert Kaffeevariationen, von denen du noch nicht einmal geträumt hast.«

»Kann ich auch einen haben?«, fragte Becker.

»Aber klar doch«, antwortete Gerhard. »Pandafahrer müssen zusammenhalten.«

Die Zeit, bis wir nach Dannstadt fahren mussten, verging zäh. Mit Becker kam ein richtiges Gespräch unter Arbeitskollegen nicht so richtig in Gang. Nur die Geschichte über unseren Jungkollegen sorgte für eine kleine Ablenkung.

»Jürgen will zu Hause ausziehen, weil er sich mit seiner Mama verkracht hat«, berichtete Jutta.

Jürgen, der Vierte unseres Teams, hatte unlängst seinen 30. Geburtstag gefeiert, wohnte aber immer noch zu Hause in seinem Kinderzimmer. Von vorne bis hinten wurde er von seiner Mutter betüddelt. Jürgen war außerhalb seines Berufs unselbstständig wie ein kleines Kind. Auf der Dienststelle war er allerdings der Meister der Computerrecherche, und mehr als einmal hatte er den entscheidenden Hinweis für die Lösung schwieriger Fälle gefunden. Zu Hause achtete seine Mutter penibel darauf, dass er drei gesunde Mahlzeiten am Tag zu sich nahm, sich ordentlich anzog und rechtzeitig zur *Tagesschau* daheim war. Das eine oder andere Mal hatte er es trotz des strengen Regiments seiner Mutter geschafft, weibliche Bekanntschaften zu machen, die aber allesamt an den Anforderungen der zukünftigen Schwiegermutter im Sand verliefen.

»Jürgen will wirklich ausziehen?«, fragte ich nach. »Der ist außerhalb seines Mutterhauses keinen Tag lebensfähig.«

»Er ist zurzeit sowieso allein zu Hause«, erklärte Jutta weiter. »Seine Mama macht einen längeren Urlaub.«

Ich bekam große Augen. »In den vergangenen Jahren fuhren die beiden jeden Sommer gemeinsam eine Woche nach Bad Salzuflen und im Januar ein paar Tage nach Butjadingen an der Nordsee. War einer der beiden jemals alleine unterwegs?«

»Jürgens Mutter ist verärgert, weil er, ihr einziges Kind, auf die Abendschule gehen will. Dreimal die Woche wäre sie abends allein zu Hause. Deswegen hat sie die Konsequenzen gezogen und wohl aus Trotz eine dreimonatige Schiffsreise auf einem sauteuren Seniorendampfer gebucht. Jürgen hat mir in seinem Ärger gesagt, dass es eine sogenannte Erbe-Vernichtungsweltreise sei, die seine Mama gebucht hat, und er nicht weiß, was er abends essen soll. Die eingefrorenen Pizzen hängen ihm langsam zum Hals raus. Sobald er von seinem Seminar zurückkommt, will er die Immobilienanzeigen studieren.«

Nach einer vierten Tasse Kaffee, der wirklich hervorragend schmeckte, war es endlich an der Zeit, nach Dannstadt zu fahren. »Kommen Sie, Herr Becker«, befahl ich. »Wenn es halt sein muss.«

Der Student lächelte. »Sie werden es nicht bereuen, Herr Palzki. In meinem nächsten Krimi werde ich Ihnen eine Sonderrolle zukommen lassen. Und wenn Sie sich in Zukunft Ihre sogenannten sarkastischen Witze, oder was immer das sein soll, verkneifen, werde ich ein paar Ihrer charakteristischen Ecken und Kanten entschärfen, sodass meine Leser sich mit Ihnen zumindest zum Teil als positive Figur identifizieren können.«

»Mit mir braucht sich niemand zu identifizieren«, entgegnete ich knurrend. »Ich bin einmalig.«

»Das stimmt leider!«, riefen Jutta und Gerhard im Chor und begannen zu lachen.

Ich beschloss, zu diesem Thema meine Klappe zu halten. Der Möchtegernautor würde sowieso schreiben, was er wollte.

»Eine Schande für unsere Dienststelle«, sagte ich, als wir im Hof ankamen. »Das nächste Mal parken Sie Ihren Privatwagen bitte draußen an der Straße wie die anderen Besucher auch. Sonst kommt noch jemand auf den abwegigen Gedanken, wir Beamte würden solch ein Ding fahren.« Eine weitere Gemeinheit konnte ich mir nicht verkneifen: »Haben Sie die Fenster Ihres Wagens verschlossen? Nicht dass die Kollegen ihr Altglas darin entsorgen.«

»Haben Sie Ihr Rasierwasser gewechselt?«, fragte ich Becker, als er auf dem Beifahrersitz Platz nahm. Schon als ich die Tür aufmachte, schlug mir ein unangenehmer Geruch entgegen, den ich nicht verorten konnte.

»Haben Sie eine Banane im Handschuhfach vergessen, Herr Palzki?«, konterte er. »Es riecht nach Gärung, da kenne ich mich aus.«

»Ist mir klar«, sagte ich und stellte die Klimaanlage auf die höchste Stufe. Der Geruch verschwand sofort.

Dietmar Becker genoss die Fahrt in meinem Dienstwagen sichtlich. »Wow, da hat man ja mehr Platz als in meinem Wohnzimmer. Das ist wie im ICE in der Ersten Klasse. Was ist das für eine grüne Taste?« Ohne meine Antwort abzuwarten, drückte er auf den leuchtenden Knopf, der sich in der Konsole zwischen den Vordersitzen befand. Es war leider nicht der Auslöseknopf für den Schleudersitz. Stattdessen staunte er Bauklötze, als die hydraulische Minibar nach oben fuhr und sich automatisch öffnete. »Ausschließlich Champagner im Dienstwagen?«, fragte er stirnrunzelnd.

»Das Zeug ist ein Dankeschön vom Verkäufer dieses Wagens. Ich muss die Brühe bei Gelegenheit entsorgen. Wenn Sie die Flaschen haben wollen, bedienen Sie sich ruhig.«

»Wissen Sie, was eine dieser Flaschen kostet?« Becker riss die Augen auf.

»Für mich waren sie gratis. Ich schenke Ihnen den Fusel. Das Leergut müssen Sie aber selbst entsorgen.«

»Danke«, sagte Becker freudestrahlend. »Ich nehme die Flaschen gerne mit, wenn wir wieder zurück sind.« Er rieb sich die Hände, in seinen Pupillen konnte ich Dollarzeichen sehen. Vermutlich hatte er soeben ein lohnendes finanzielles Schnäppchen gemacht.

Ich hatte beschlossen, nicht die Autobahn, sondern die Landstraße nach Dannstadt zu nehmen. Kurz nach dem Ortseingang schaute ich Becker an. »Wo müssen wir jetzt hin?«

»Immer geradeaus«, meinte er. »Über die Ampel hinaus, die uns in der vergangenen Nacht verärgert hat, weiter nach Schauernheim.«

Wir fuhren von Süden nach Norden durch Dannstadt und standen dabei gefühlt eine Ewigkeit an der Ampel. Nur wenige Häuser nach der Ampel lag das Ortsende von Dannstadt. Der Ortsanfang von Schauernheim befand sich exakt eine Autobahnbreite nördlich von Dannstadt. Die beiden Ortsteile waren durch eine Brücke über die A65 verbunden und hatten sogar eine eigene gemeinsame Autobahnzufahrt.

»Direkt am Ende der Brücke können Sie rechts anhalten, dann sind wir auch schon da.«

»Nicht gerade schwierig zu finden«, murrte ich.

Becker grinste, sagte aber nichts weiter dazu. »Da drüben wartet Steffen, können Sie ihn sehen?«

Ich parkte, und wir gingen zu dem Wartenden.

»Hallo, Herr Palzki, sind Sie befördert worden?«, begrüßte uns Boiselle. »Hat Rheinland-Pfalz eine fette

Steuernachzahlung erhalten, dass sich die Beamten nun solche Luxuskarossen leisten?« Er gab mir und Becker die Hand. »Grüß dich, Dietmar.«

»Du musst dir unbedingt den Wagen von innen ansehen«, schwärmte Becker. »Und erst der Champagner in der Maxibar!«

Boiselle lächelte. »Ich glaube nicht, dass Herr Palzki mich sprechen will, um mir seinen Wagen vorzuführen.«

»Ist nicht meiner«, antwortete ich kurz angebunden. »Ist das dieser Stein, den Sie uns als Treffpunkt angegeben haben?«

Der Cartoonist ging zu dem knapp zwei Meter hohen rechteckigen Sandstein mit stumpfer Spitze, der aufrecht auf einer Grünfläche stand und mit Efeu bewachsen war. »Dieser Menhir wurde vor 40 Jahren auf der Flur ›Langer Stein‹ entdeckt, direkt auf der alten Grenze zwischen Schauernheim und Dannstadt. Da neben ihm Scherben der jüngeren Latènezeit gefunden wurden, schätzt man sein Alter auf das erste oder zweite Jahrhundert vor Christus. Er könnte ursprünglich eine Grabstele gewesen sein.«

»Schön und gut«, bedankte ich mich knapp für die Ausführungen. »In der ganzen Region liegt der Boden voll mit keltischem Zeug. Damit musste ich mich bei diversen Mordermittlungen in den vergangenen Jahren schon mehrfach befassen. Im Moment interessiert mich eher eine zeitgenössische Visitenkarte, auf der Ihr Name steht, Herr Boiselle.«

Der Cartoonist wirkte nicht einen einzigen Moment verlegen. »Sie meinen den Fund hinter dieser Holzhütte in Richtung Hochdorf? Dietmar hat mir davon berichtet. Dafür kann es eigentlich nur eine einzige vernünftige Erklärung geben.«

Der Student mischte sich ein. Voller Elan fordert er Boiselle auf: »Sag ihm schon, dass du nichts mit den Lastwagen zu tun hast.«

»Halten Sie die Klappe, Becker«, fuhr ich ihn hart an. »Die Ermittlungen führe immer noch ich. Noch so ein verbaler Querschläger und Sie können nach Hause laufen.«

Steffen Boiselle lächelte. »Dietmar hat mir alles erzählt, außerdem habe ich es vorhin im Internet gelesen. Mit dem Mord habe ich tatsächlich nichts zu tun, auch wusste ich bisher nicht das Geringste von den Lastwagen, die regelmäßig auf diesem Parkplatz umgeladen wurden.«

»Und wie erklären Sie sich die Visitenkarte? So sauber und trocken, wie sie war, konnte sie noch nicht lange dort liegen.«

Boiselle öffnete seinen Geldbeutel und zog mehrere seiner Visitenkarten hervor. »Eine wichtige Eigenschaft dieser Karten ist es, dass man sie Freunden und Geschäftspartnern überreicht, um die Kontaktdaten auszutauschen.«

»Wollen Sie mich veräppeln?«

»Nur mit der Ruhe, Herr Palzki. Und nein, ich will Sie nicht veräppeln, sondern nur bezüglich der Visitenkarten aufklären.« Er machte eine kurze Pause. »Ich verbrauche jedes Jahr einige Dutzend dieser Karten, Dietmar hat eine und wahrscheinlich auch Sie. Ich will damit sagen, dass nicht ich es war, der meine Karte verloren hat. Ich kann es gerne vor Gericht beschwören: Ich war noch nie an dem Fundort der Karte, und an dem Parkplatz bin ich bisher höchstens vorbeigefahren.«

»Aber Herr Becker sagte mir, dass …«

»Dass ich wüsste, wer die Karte verloren haben könnte. Das ist richtig, ich habe da so einen Verdacht, aber alles bitte im Konjunktiv.« Er schaute auf seine Uhr. »Eigentlich müsste Peter längst da sein, sonst ist er sehr pünktlich. Ah, da drüben kommt er schon.«

Aus einem Seitenweg kam eine uns sehr bekannte Person auf uns zu: der mysteriöse Fotograf. Aus der Nähe betrachtet fiel auf, dass es sich bei der keltischen Tracht um einen schottischen Kilt handelte. Über den Schultern hatte er sein fotografisches Equipment hängen. Man sah ihm an, dass ihm diese Begegnung nicht gerade Spaß machte.

»Hallo, Steffen«, meinte er zurückhaltend und nickte uns kurz zu.

»Hallo, Peter«, antwortete Boiselle. »Du kennst die beiden?«, fragte er mit Blick auf mich und Becker.

Der Kiltträger nickte. »Insbesondere ihn«, er zeigte auf den Studenten. »Er hätte mich beinahe geschnappt, wenn er nicht plötzlich zu kotzen begonnen hätte.«

»Das ist Dietmar Becker, ein guter Freund von mir.«

»Hallo«, sagte Peter und nickte kurz.

Da Steffen Boiselles Gesprächsführung in die richtige Richtung ging, ließ ich ihn vorläufig weitermachen.

»Der andere ist Reiner Palzki von der Kripo in Schifferstadt. Laut seiner Aussage bist du in den vergangenen Tagen mehrfach vor ihnen abgehauen.«

»Ich wusste nicht, was man von mir wollte«, verteidigte sich der Fotograf. »Ich wusste nicht einmal, dass es Polizei ist. Ich hielt mich ja überall unbefugt auf. Zuerst auf dem Gelände des Pfalzmarkts, dann auf diesem landwirtschaftlichen Hof. Ich habe dort Bekanntschaft mit dem Hund gemacht, da wollte ich nicht noch zusätzlichen Stress.«

»Hast du mit dem Unfall im Pfalzmarkt zu tun oder mit dem Mordanschlag im Haus der Familie Rustik?«

Peter schaute verwirrt. »Von welchem Mord sprichst du, Steffen? Ich war nur in der vergangenen Nacht Zeuge eines Mordes.« Er schaute für einen Moment betreten zu Boden. »Der Unfall mit dem Lkw-Hänger geht leider auf mein Konto. Ich hatte mich zwischen den Gemüsesteigen versteckt, damit ich ein paar tolle Bilder aus einer erhöhten Position schießen konnte. Als Sie, Herr Palzki, dann mit den beiden anderen Personen aus der Halle kamen, bin ich fürchterlich erschrocken. Ich wollte mich sicherer verstecken, dabei habe ich leider eine Gemüselawine losgetreten. Das tut mir sehr leid, es war keine Absicht.«

Jetzt unterbrach ich die beiden. »Sagen Sie mir bitte erstmal Ihren kompletten Namen und warum wir Sie überall fotografierend gesehen haben.«

Der Kiltträger öffnete umständlich einen Stoffbeutel, aus dem er seinen Ausweis holte. »Mein Name ist Peter Kauert, ich wohne in Ludwigshafen-Oppau. Für Steffen Boiselle bin ich in diesen Tagen unterwegs, um Aufnahmen für ein Sagenbuch Vorderpfalz des *Agiro-Verlags* zu schießen. Über Dannstadt-Schauernheim und Umgebung gibt es viele solcher alten Geschichten. Um die Sagen möglichst authentisch darzustellen, braucht Steffen entsprechendes Bildmaterial. Da ich begeisterter Hobbyfotograf bin und für Steffen schon Fotos für mehrere Kalender und Bücher geschossen habe, ist das eine tolle Aufgabe für mich. Die Fotos sollen einen räumlichen Bezug zu den Geschichten haben, daher bin ich fast täglich mit meiner Ausrüstung unterwegs. Dass an dem Tag zufällig die Eröffnungsfeier der neuen Hallen des Pfalzmarkts stattfand, wusste ich vorher nicht. Und, wie gesagt, von einem Mord auf dem Hof der Familie Rustik weiß ich nichts. Zugegeben, ich bin ein paarmal ohne Erlaubnis dort gewesen. Bis auf den Hund und die kurze Verfolgungsjagd mit deinem Freund auf dem Acker gab es aber keine Probleme. Das unerwartete Treffen in Haßloch bei *Fliegengitter Hauck* tut mir natürlich auch leid. Ich wollte mich dort nur mit Steffen treffen. Als ich Sie beide sah, habe ich überreagiert und bin geflohen. Ich dachte, Sie wollten mich umbringen.«

Ein Missverständnis, nichts weiter, dachte ich. Da Steffen Boiselle während seiner Aussage zustimmend nickte, ging ich zunächst von der Korrektheit des Berichts aus.

Kauert, der inzwischen nicht mehr so angespannt wie zu Beginn wirkte, zog eine ziemlich brüchige Landkarte aus seinem Beutel. »Auf diesem Plan habe ich markiert, wo ich schon überall war und wo ich noch hinwill. Mit Steffen habe ich für heute diesen Treffpunkt in Schauernheim vereinbart, da ich sowieso noch den Keltenstein fotografieren will. Es verbirgt sich dahinter nämlich eine interessante Geschichte: Eines Tages …«

»Ja«, unterbrach ich ihn, da ich keine Lust auf eine Märchenstunde hatte. »Was hatten Sie in der vergangenen Nacht in der Nähe des Parkplatzes zu suchen?«

»Es waren die Lichtverhältnisse«, erklärte Kauert. »Nachtaufnahmen sind meine Spezialität. Ich konnte ein paar mystische Aufnahmen im Mondlicht machen: das freie Feld und im Hintergrund die Ortsbebauung. Die schemenhafte Holzhütte im Vordergrund ist auf diesen Bildern ein ästhetischer Hingucker. Die Lastwagen habe ich zunächst gar nicht richtig registriert.«

Er blickte zu Steffen. »Soll ich wirklich alles erzählen?«, fragte er leise.

»Aber klar doch«, forderte ihn Boiselle auf. »Auch Herr Palzki ist ein Freund von mir. Er will einen Mord oder vielleicht sogar mehrere Morde aufklären. Dass du dich tagsüber und nachts auf fremden Grundstücken herumtreibst, interessiert ihn nicht die Bohne.«

»Genau so ist es«, bestätigte ich. »Erzählen Sie weiter.«

KAPITEL 12
ERSTE ERGEBNISSE

Kauert schaute verlegen zu Boden. »Als ich die Fotos der Hütte im Kasten hatte, wollte ich auf die andere Straßenseite, um das Grundstück der Rustiks bei Nacht mit dem Haus und den Containern der Erntehelfer zu fotografieren. Wie gesagt, die Lichtverhältnisse waren außergewöhnlich gut. Ich war gerade am Parkplatz angekommen, da ist der zweite Lkw aus Richtung Dannstadt zurückgekommen. Um ein Haar hätte mich der Fahrer über den Haufen gefahren, weil er in hohem Tempo auf den Parkplatz abbog. Nur mit einem Sprung in den Acker konnte ich mich retten. Als ich mich wieder aufgerappelt hatte, hörte ich zwei Männer streiten. Da ich verängstigt war, bin ich zurück zu der Hütte geschlichen. Von dort wurde ich Zeuge, wie der Mann mit dem Schnauzer erschossen wurde. Als die Polizei kam, bin ich übers Feld abgehauen. Zum Glück hatte ich meinen Wagen nicht auf dem Parkplatz, wie zunächst geplant, abgestellt, sondern in Dannstadt.«

Sein Bericht klang plausibel, allerdings mit einer kleinen Ausnahme. »Wie konnten Sie aus dieser Entfernung sehen, dass der Mann einen Schnauzbart trug?«

Er warf einen kleinen Seitenblick zu Steffen, der verräterisch war. Ich antwortete für ihn: »Sie haben den Disput fotografiert, stimmt's? Das Gewitterblitzen, das ich zu diesem Zeitpunkt wahrgenommen habe, war nicht wetterbedingt, sondern stammte von Ihnen!«

Kauert nickte. »Ich war dermaßen verärgert, dass ich die beiden Kerle fotografierte. Ich wollte anfangs zur Polizei gehen und Anzeige erstatten, doch dann fiel der Schuss.«

Ich kam zur Frage aller Fragen: »Haben Sie den Moment des Mordes abgelichtet?«

Statt einer Antwort holte Kauert ein Mobiltelefon aus seinem Beutel. »Ich habe mir gedacht, dass die Aufnahmen von Bedeutung sein könnten.« Er wischte ein paarmal über das Display, dann reichte er mir das Handy. Der neugierige Becker kam zu mir und schaute über meine Schulter. Wir sahen mehrere Aufnahmen, deren Motiv ich vergangene Nacht von der anderen Straßenseite aus gesehen hatte. Die Aufnahmen waren relativ hell, da Kauert die beiden Streithähne angeblitzt hatte. Der Ausschnitt der Bilder ähnelte sich mehr oder weniger, kurz vor dem Schuss schien Kauert herangezoomt zu haben. Den Augenblick des Schusses hatte er zufällig exakt in einem Bild festgehalten. Der aufplatzende Kopf sah extrem ekelerregend aus, zumal klar war, dass dies keine Trickaufnahme, sondern böse Realität war. Im nächsten Bild stürzte Marlon gerade zu Boden. Mit einem fetten Kloß im Hals gab ich ihm das Handy zurück. Dietmar Becker kotzte derweil in die Grünfläche vor dem Menhir direkt auf das Erklärungsschild.

»Das ist leider wenig hilfreich«, sagte ich mit brüchiger Stimme. »Zu schade, dass wir Fotos vom Tatort und der Tat haben, aber leider nicht vom Täter.« Ich war nahe dran, es dem Studenten nachzumachen.

»Wollen Sie die letzten beiden Aufnahmen nicht sehen?«, fragte mich Peter Kauert.

»Danke, mir ist schlecht genug«, antwortete ich und übte mich in Körperbeherrschung.

»Da ist nichts Schlimmes mehr drauf«, forderte er mich auf. »Ich denke, Sie sollten noch mal kurz hinschauen.«

Widerwillig folgte ich seiner Aufforderung. Becker war immer noch dabei, Teile seines Mageninhaltes abzugeben.

Die letzten beiden Aufnahmen waren wie eine Erlösung. Kauert hatte, wohl unwillkürlich, weiter den Zoom betätigt. Da der Tote nun auf dem Boden lag und nicht mehr im Bilde war, lag der Fokus der Aufnahme deutlich weiter im Hintergrund. Genau dort stand der Schütze, beleuchtet von Resten des Blitzlichts. Ich ahnte sofort an der Haltung des Schützen, dass ich diese Person kannte. Aufgeregt wandte ich mich an Kauert. »Können Sie das vergrößern?«

»Aber sicher doch«, meinte er lässig. »Zwar nicht mit einem optischen Zoom, sondern nur mit einem digitalen, aber die Auflösung der Aufnahme ist hoch genug.« Eine Sekunde später sah ich den Mörder in Großaufnahme. Wie Schuppen fiel es mir von den Augen. Warum war ich nicht früher auf diesen Gedanken gekommen? Mit dieser Feststellung hatte ich zwar immer noch nicht das Motiv gefunden, dafür aber wichtige Anhaltspunkte.

Ich wandte mich an Steffen Boiselle. »Bitte fahren Sie unverzüglich mit Herrn Kauert nach Schifferstadt zu meinen Kollegen Jutta Wagner und Gerhard Steinbeißer. Wir brauchen unbedingt die Aufnahmen und die Aussage von Ihnen beiden. Ich werde meine Kollegen anrufen und instruieren. Es ist sehr wichtig!« Ich sah beide eindringlich an.

»Waren die Aufnahmen hilfreich?«, fragte Boiselle, der die Bilder nicht gesehen hatte.

»Ich glaube schon«, sagte ich unverbindlich. »Bitte tun Sie, was ich gesagt habe.«

Während sich die beiden verabschiedeten, kam Becker zu sich. Unbeholfen stand er auf und wischte ein paar Blätter von seiner Kleidung. »Habe ich was verpasst?«, fragte er zögerlich.

»Geht's Ihnen nicht gut, Herr Becker? Ich dachte, Krimiautoren können so was locker wegstecken? Wie wollen Sie in Ihren komischen Krimis einen authentischen Mord beschreiben, wenn Ihnen von einem platzenden Kopf immer gleich schlecht wird?« Becker kam näher, und ich trat ein paar Schritte zurück. »Außerdem riechen Sie streng. So kann ich Sie unmöglich in meinem Dienstwagen mitnehmen. Sie werden wohl oder übel laufen müssen. Oder soll ich Ihnen ein Taxi bestellen?«

»Sie haben was gesehen«, behauptete Becker. »Ich weiß nicht, was, aber Sie haben auf den Aufnahmen von Peter Kauert etwas Wichtiges gesehen. Ich war nur für einen kleinen Moment abgelenkt.«

»Mit Kotzen, ich weiß.«

»Ist Ihnen noch nie schlecht geworden? Sie sehen auch kreidebleich aus, Herr Palzki.«

»Aber ich kotze nicht die Dörfer voll. Was ist jetzt: Laufen oder Taxi?« Ich hatte nicht vor, dem Studenten meine Erkenntnisse mitzuteilen.

»Ich will wissen, was Sie gesehen haben, Herr Palzki.« Seufzend ging ich in Richtung Wagen.

Becker folgte mir und meinte: »Lassen Sie uns zu Rustiks fahren, dort kann ich mich ein wenig frisch machen. Bis zu unserem Termin im Pfalzmarkt dauert es noch eine Stunde.«

Von unserem Standpunkt aus war es zu Rustiks genauso weit wie zum Pfalzmarkt: rund eine halbe Stunde zu Fuß, wenn man nicht allzu zügig unterwegs war.

Ich hatte Erbarmen mit Becker und beschloss, aus dem Erste-Hilfe-Koffer ein Verbandstuch herauszuholen, damit er sich den Mund abwischen konnte. Als ich den Kofferraum öffnete, schlug mir ein Gestank entgegen, der sich durchaus mit dem von Becker messen konnte.

»Verdammt noch mal!«, fluchte ich, denn im gleichen Moment hatte ich den Karton mit dem Gemüse entdeckt, den mir Heidelinde Rustiks Ehegatte vorgestern geschenkt hatte. Die Temperaturen im Kofferraum waren der ordnungsgemäßen Lagerung nicht dienlich gewesen. Ich schnappte den Karton und warf ihn in das nächstgelegene Gebüsch.

»Wo haben Sie das her, Herr Palzki?«, fragte Becker neugierig. »Haben Sie gesehen, dass auch Zucchini dabei sind?«

Ich fluchte ein zweites Mal, dieses Mal leiser. Könnte uns der Inhalt des Kartons auf die Spur des Täters bringen? Handelte es sich um das gleiche Gemüse, das Frau Rustik für das Abendessen verwendet hatte? Es half alles nichts, ich musste den Karton mit auf die Dienststelle nehmen. Mit einer entsprechenden Grimasse schnappte ich den inzwischen teilweise durchweichten Karton und stellte ihn zurück in den Kofferraum.

»Warum wollen Sie das stinkende Zeug wieder mitnehmen?«, fragte Becker irritiert.

»Um den Geruch, der von Ihnen ausgeht, zu neutralisieren«, entgegnete ich wütend, obwohl er dafür ausnahmsweise mal nichts konnte. Im Kofferraum fand ich zum Glück eine Tasche mit Feuchttüchern, Flüssigseife, Rasierapparat sowie edlen Handtüchern mit KPDs Monogramm. »Wischen Sie sich grob ab, dann fahren wir zu Rustiks.«

Die Idee von Becker hatte auch für mich einen kleinen Vorteil: Ich konnte die Zeit bis zum Termin im Pfalzmarkt sinnvoll ausfüllen. Eine Rückfahrt nach Schifferstadt lohnte zeitlich nicht, und zu früh wollte ich beim Pfalzmarkt aus ermittlungstaktischen Gründen nicht ankommen.

Während sich Becker Mund und Gesicht abwischte, ging ich ein paar Schritte zur Seite und rief bei Jutta an. Ich avisierte den Besuch von Boiselle und Kauert. Außerdem nannte ich ihr den Namen des Schützen und bat sie, über diese Person bestimmte Informationen zu recherchieren.

Während ich mit Becker die kurze Strecke zu Rustiks Hof mit weiterhin voll aufgedrehter Klimaanlage fuhr, dachte ich über den Fall nach. Ich wusste nun, wer den Lkw-Fahrer erschossen hatte. Ob es einen direkten Zusammenhang mit dem vergifteten Gemüse gab, war damit noch nicht geklärt. Es roch aber förmlich nach einer Beziehung zwischen den beiden Ermittlungssträngen. Und dieser Geruch kam definitiv nicht aus Beckers Rachen und nicht aus dem Kofferraum.

Die Zufahrt zu Rustiks Haus war dieses Mal nicht blockiert. Dennoch hielt ich ziemlich weit vorne an, um den Erntehelfern einen Besuch abzustatten. Dietmar Becker schnappte sich die Tasche mit dem Hygienezeug und verschwand in einem der Container, in dem sich neben den Toiletten die Waschgelegenheiten befanden. »Fahren Sie nachher bitte nicht ohne mich zum Pfalzmarkt«, flehte er mich an. »Der Vorstand rechnet fest mit meinem Kommen.«

Sonja Kruk und Pablo Miro kamen mir entgegen, als sie mich entdeckten. Ich drückte Kruk mein Beileid zum Tod ihres Vaters aus. Sie bedankte sich nur kurz angebunden mit einem Nicken, denn Sie hatte ein wichtigeres Anliegen: »Herr Palzki«, sagte Kruk aufgeregt, »mein Mann ist verschwunden!«

Na sowas, dachte ich und musste ein Grinsen unterdrücken. »Haben Sie in seinem Labor nachgeschaut?«

»Selbstverständlich«, antwortete sie. »Im Wohnhaus ist er definitiv nicht.«

Ich verzichtete auf den Hinweis, dass das Betreten des Wohnhauses eigentlich immer noch polizeilich verboten war. »Seit wann ist er verschwunden?«

»Seit heute früh«, sagte Kruk. »So genau weiß ich das nicht. Er hatte den Auftrag, verschiedene Erzeuger des Pfalzmarkts aufzusuchen, doch bei keinem ist er tatsächlich aufgekreuzt.« Sie sah mich mit einem traurigen Gesicht an. »Ich hoffe, es ist ihm nichts passiert.«

»Gibt es denn Grund zu der Annahme, dass ihm etwas passiert sein könnte?«

»Was soll das?«, mischte sich Miro überreagierend ein. »Sie sehen doch, dass Sonja sehr aufgewühlt ist und Angst um Dieter hat. Und nein, wir können uns nicht vorstellen, warum er untergetaucht ist.«

Sonja Kruk meldete sich kleinlaut. »So ganz stimmt das nicht, Pablo«, widersprach sie dem Spanier. »Mein Mann hat die Analyse der Zucchini in Eigenregie erstellen lassen. In der vergangenen Nacht haben wir uns darüber intensiv unterhalten. Es könnte sein, dass es irgendjemandem nicht in den Kram passt, dass bei uns genverändertes Gemüse aufgetaucht ist.«

»Aber das ist doch Humbug«, meinte Miro. »Keiner der Erzeuger hat genveränderte Produkte auf seinen Feldern stehen. Bei den harten Kontrollen wäre das längst aufgefallen, und das nicht nur deinem Mann.«

»Ich weiß doch auch nicht.« Sonja Kruk war den Tränen nah. »Dieter ist seit gestern so ernst geworden, irgendwie hat er sich total verändert. Sogar meiner Tante ist das aufgefallen.«

Ich wechselte das Thema. »Wie kommen Sie mit dem Betrieb zurecht, jetzt, wo Sie wissen, dass Ihr Vater ebenfalls gestorben ist?«

»Das ist sehr tragisch«, begann sie. »Im Moment überfordert mich alles. Sie müssen wissen, dass ich mit meinem Vater kein allzu gutes Verhältnis hatte. Mit meinem Mann würde ich den Hof weiterführen können, doch ich denke, dass er andere Pläne hat. Mittelfristig werden wir wohl verkaufen müssen. Die nächsten Wochen dürften für uns sehr schwierig werden, aber mit Dieter und den Vorarbeitern sollten wir das hinkriegen.«

»Ich bin ja auch da«, mischte sich Miro ein. »Wenigstens noch zwei oder drei Tage«, ergänzte er.

Sonja Kruk lächelte ihm dankbar zu. »Ich kann im Moment jeden Helfer gebrauchen.« Sie erblickte Dietmar Becker, der aus dem Waschcontainer kam. »Herr Becker, kommen Sie mit Ihrem Krimi weiter?«

Der Krimischreiber schüttelte den Kopf. »Im Moment ist alles etwas kompliziert. Wenn ich und Herr Palzki den Fall gelöst haben, werde ich die Handlung in der Endfassung festlegen.«

»Wissen Sie schon, wer der Täter sein wird?«, fragte sie sichtlich interessiert. »Übrigens, mein Mann ist verschwunden.«

»Das ist ja mal interessant«, meinte Becker. »Wir ermitteln in verschiedene Richtungen«, ergänzte er. Dann sah er zu mir: »Herr Palzki, schauen wir uns noch mal das Labor an, jetzt, da Herr Kruk verschwunden ist?«

»Gute Idee«, bestätigte ich. »Schauen Sie sich das Labor in Ruhe an. In 20 Minuten ist Abfahrt.«

»Wollen Sie nicht mitkommen?«, fragte Becker irritiert.

»Nö«, sagte ich. »Ich schaue mir etwas die Gegend an. Frau Kruk, ist Barbie eingesperrt?«

»Die haben wir zu Bekannten gegeben«, erklärte sie. »Es ist niemand da, der sich um das liebe Tierchen kümmern kann.«

Becker ging in Richtung Wohnhaus, während ich ihm nachschaute. Sehr gut, dachte ich, als ich sah, wie Sonja Kruk ihm folgte.

»Herr Miro«, sprach ich den Spanier an, »würden Sie bitte die Vorarbeiter zusammentrommeln, damit ich sie als Zeugen vernehmen kann?«

»Haben Sie einen der Erntehelfer in Verdacht?«, fragte er überrascht.

»Ich habe Zeuge gesagt, nicht Verdächtiger.«

»Es sind aber nicht alle da«, meinte Pablo Miro. »Nur die, die zum Mittagessen gekommen sind.«

Zum zweiten Mal sah ich mit Essen und Getränken überladene Bierzeltgarnituren. »Ist da eine Hochzeit im Gange?«, fragte ich humorvoll.

Miro lachte. »Das liegt in der Tradition der Erntehelfer. Wenn sie schon mehrere Monate fern der Heimat sind, muss wenigstens das Essen stimmen. Sie können sich bestimmt einigermaßen vorstellen, wie anstrengend der Job auf den Feldern ist. Da kann man nicht genügend Kalorien zu sich nehmen.«

»Na ja«, sagte ich, »bei dem Fleisch, das hier liegt, sehe ich das ein. Aber das ganze Gemüse und die Kartoffeln? Ich dachte, da ist nicht viel mit Kalorien?«

Miro lachte erneut. »Denken Sie vor allem an Nährstoffe und Vitamine, Herr Palzki. Lassen Sie sich von Sonja eine Broschüre über gesundes Essen geben. Sie legt Wert darauf, dass die Erntehelfer genügend und gutes Essen bekommen. Auch in der Familie war sie für den Einkauf zuständig.«

Ich wäre ein schlechter Kriminalbeamter, wenn ich diesen Hinweis überhört hätte. Dennoch konnte ich mir eine Tatbeteiligung von Sonja Kruk im Moment noch nicht so richtig vorstellen. Wenn sie für den Einkauf zuständig war, warum gab es bei den Erntehelfern keine Opfer? Trotzdem erkannte ich die entscheidende Ermittlungslücke: Ich musste das Alibi des Ehepaars Kruk unter die Lupe nehmen. Ob sie tatsächlich auf Messebesuch waren?

Die Befragung der beiden anwesenden Vorarbeiter brachte mich nicht weiter. Ihnen war weder an dem Abend, als Rustiks vergiftet wurden, etwas aufgefallen, noch wussten sie, wo Dieter Kruk steckte. Das Polizeiaufgebot in der vergangenen Nacht hatten sie natürlich, wie alle anderen Bewohner der Container auch, miterlebt, da der Tatort höchstens 100 Meter entfernt lag.

»Mit den Lastwagen haben wir nichts zu tun«, beteuerte einer der Rumänen in gebrochenem Deutsch. Seinen Kollegen musste Miro aufgrund fehlender Sprachkenntnisse übersetzen: »Er sagt, dass er glaubt, den Täter gesehen zu haben.«

Wahnsinn, dachte ich. Von der Vernehmung der Vorarbeiter hatte ich mir nicht das Geringste erwartet, und jetzt das. »Details, Herr Miro, Details. Er soll alles sagen, was er weiß.«

Ungeduldig trat ich von einem Fuß auf den anderen, während der Spanier die Frage formulierte und der Rumäne Antwort gab.

»Schade, Herr Palzki«, sagte Miro. »Er hätte gerne geholfen. Er hat, als er draußen eine Zigarette rauchte, nur schemenhaft eine Gestalt gesehen, die neben der Straße stand. Dann hörte er einen Schuss, und kurz darauf kam die Polizei. Wohin die Gestalt gegangen ist, weiß er nicht. In der Zwischenzeit sind aufgrund des Schusses und des anschließenden Lärms die anderen Bewohner der Container herausgekommen.«

Der Rumäne begann erneut zu sprechen. Miro drehte sich zu ihm und hörte zu. Dann nickte er. »Ist schon gut, da war ich ja dabei.«

»Wo waren Sie dabei?«

»Der Vorarbeiter hat von einem komischen Vogel erzählt. Also kein Vogel, sondern ein richtig abgefahrener Typ, der behauptete, Arzt zu sein. Zu diesem Zeitpunkt war das Gelände an der Straße aber schon mindestens eine halbe Stunde lang gesperrt. Ich habe mich mit dem komischen Kauz unterhalten. Er wollte mir und den Rumänen einen Gesundheitscheck verkaufen. Nachdem ich ihm erzählt habe, was man hier so verdient, ist er wütend abgedampft.«

»Ich kenne den Kauz«, sagte ich. »Den können wir außen vor lassen. Er hat zwar einige Menschen auf dem Gewissen, doch geschossen hat er nicht.«

Ich stellte eine letzte Frage. »Kann der Vorarbeiter die

Person beschreiben? Männlich oder weiblich, klein oder groß?«

Miro übersetzte. Ich erkannte die Antwort am vehementen Kopfschütteln des Vorarbeiters.

»Da kann man nichts machen.« Ich schaute auf die Uhr. »Vielleicht komme ich auch so klar. Um 14 Uhr habe ich im Pfalzmarkt ein Treffen mit dem Vorstand und dem Aufsichtsratsvorsitzenden. Mit ein bisschen Glück kann ich während des Termins den Täter festnehmen oder zumindest identifizieren.«

»Sie wissen, wer es ist?«, fragte Miro erstaunt.

»Ich ahne es«, antwortete ich in vertraulichem Ton. Ich sah, wie Sonja Kruk und Dietmar Becker zurückkamen. »Bitte kein Wort zu den beiden.« Damit stellte ich als hochpsychologisch geschulter Kriminalbeamter sicher, dass der Spanier Sonja Kruk alles brühwarm erzählen würde.

»Wir haben nichts gefunden«, schrie mir Becker zu.

»Geht's noch eine Spur indiskreter?«, herrschte ich ihn an, als Kruk und er bei mir angekommen waren.

»'tschuldigung«, murmelte der Student. »Ich dachte nur, es interessiert Sie.«

»Natürlich interessiert mich das«, konterte ich. »Fünf Sekunden später hätte auch noch gereicht. Kommen Sie, wir müssen los.«

»Ihr Termin beim Pfalzmarkt, stimmt's?«, fragte Sonja Kruk neugierig.

»Nur eine kurze Sache, eine reine Formalie«, spielte ich das Treffen herunter. »Gleich danach werde ich mich um Ihren Mann kümmern und versuchen herauszufinden, wo er steckt.«

»Ich könnte uns nachher etwas kochen«, sagte die neue

Hofbesitzerin, doch dann fiel ihr das Verbot ein. »Ach so, ich habe vergessen, dass mein Wohnhaus noch nicht betreten werden darf.« Sie überlegte. »Ich kann trotzdem für uns kochen.« Sie ließ nicht locker. »Wollen Sie nach Ihrem Termin wieder hierherkommen, Herr Palzki? Dann koche ich bei den Erntehelfern.«

Becker versuchte, mich zu übergehen. »Das ist eine gute Idee, Frau Kruk«, bekräftigte er. »Herr Palzki ist begeistert.«

Normalerweise müsste ich den Studenten jetzt dermaßen in die Schranken verweisen, dass er sich im hohen Alter noch schmerzvoll an den Anschiss seines Lebens erinnern würde. Blöderweise würde das meine momentane Taktik konterkarieren. »Aber nur, wenn es nicht ausschließlich Gemüse gibt. Und bitte keine Zucchini«, ergänzte ich. An Kruks Gesicht sah ich, dass ich den letzten Satz besser nicht gesagt hätte.

Als ich die Tür des Dienstwagens öffnete, meinte Sonja Kruk naserümpfend, dass ein komischer Geruch in der Luft liegen würde. Ich verwies auf die fehlende Wartung der Klimaanlage und stieg mit Becker ein.

»Das Labor wurde aufgeräumt und grundgereinigt«, berichtete Becker hastig, als wir losfuhren. »Es stehen fast keine Utensilien herum, und die Kühlschränke sind leer. Nur ein Sixpack Bier liegt noch drin.«

»Das spricht für Dieter Kruk«, sagte ich. Während Becker bestimmt die verschwundenen Utensilien meinte, bezog ich mich auf das Bier.

»Warum hat er seine Sachen verschwinden lassen?«, fragte Becker und gab sofort selbst die Antwort. »Weil er eben nicht nur harmlose Experimente machte. Er hat etwas zu verheimlichen, so viel ist uns jetzt klar.«

»Uns?«, unterbrach ich ihn. »Ihnen, aber nicht mir.«

Der Student starrte mich an. »Haben Sie eine andere Erklärung?«

Ich hob kurz die Achseln und schwieg. Eine kleine Denksportaufgabe ohne logische Antwortmöglichkeit würde Becker ruhigstellen, bis wir am Pfalzmarkt ankamen. Tatsächlich schwieg er die restliche Zeit. Erst als ich den Wagen parkte, wurde er gesprächig. »Wie gehen wir vor, Herr Palzki? Haben wir eine bestimmte Taktik?«

»Das Überraschungsmoment wird unsere Taktik sein«, sagte ich mit einem gemeinen Lächeln.

»Überraschung? Haben Sie ein Ass im Ärmel?«

»Lassen Sie sich überraschen«, empfahl ich Becker. »Dann sind Sie unvoreingenommener und verraten sich nicht. Sie werden merken, wann es soweit ist.«

KAPITEL 13
ÜBERRASCHUNG

Dietmar Becker spielte für mich den Führer. Zielstrebig lief er im alten Teil des Betriebs zum Verwaltungstrakt. In einem Besprechungsraum im Obergeschoss wartete bereits der Vorstand.

»Hallo, Herr Becker, hallo, Herr Palzki«, begrüßte uns Hans-Jörg Friedrich. »Die Umstände unseres Treffens sind leider nicht so erfreulich, aber daran können wir nun mal nichts ändern.«

Sein Kollege Reinhard Oerther stand ebenfalls auf und begrüßte uns auf ähnliche Weise. »Nehmen Sie bitte Platz. Möchten Sie Kaffee oder ein Kaltgetränk?«

Friedrich verteilte an uns Kopien. »Das ist die Rückstandsanalyse, die unser Fieldmanager Dieter Kruk privat hat anfertigen lassen.«

»Danke«, sagte ich. »Wir haben den Bericht bereits vorliegen.«

»Umso besser«, meinte Friedrich. »Sicherlich haben Sie sich inhaltlich damit befasst. Leider ist Herr Kruk unauffindbar, sonst könnte er uns Näheres dazu sagen.«

»Wir haben ihn zu diesem Termin eingeladen«, erklärte sein Kollege Oerther. »Obwohl er heute Vormittag mehrere Termine hatte, wissen wir nicht, wo er sich im Moment aufhält. Das ist verdammt ärgerlich.«

»Über sein Verschwinden bin ich ebenfalls informiert«, bestätigte ich sachlich. »Die Daten werden zurzeit von Fachkräften der Kriminalpolizei aufgearbeitet, ein Ergebnis liegt mir bislang nicht vor. Ich selbst bin Laie, daher kann ich Ihnen zum Inhalt nichts sagen.«

»Aber wir!« Friedrich war eine Spur lauter geworden. »Es ist unmöglich, dass in unserem Unternehmen genveränderte Zucchini gesät, geerntet, angeliefert oder verteilt wurden. Wir stellen Ihnen gerne sämtliche Unterlagen zur Verfügung, die Sie wünschen, Herr Palzki. Wir unterstützen Sie tatkräftig bei der Suche nach diesem Gemüse. Nur: Bei uns werden Sie nicht fündig werden.«

»Das hat niemand behauptet«, sagte ich in ruhigem Ton. »Ich glaube Ihnen.«

»Sie, äh, Sie glauben uns?«, stotterte Friedrich.

Ich nickte. »Natürlich.«

Friedrich warf einen erleichterten Blick zu seinem Kollegen Oerther. »Und wir dachten, dass …«

»Keine Bange«, unterbrach ich ihn. »Wir werden die Transportwege vom Erzeugerbetrieb bis zum Kunden zwar genauestens untersuchen, es geht uns aber hauptsächlich darum, den Ablauf richtig zu verstehen.«

Friedrich atmete erleichtert aus. »Danke für das offene Wort. Auch ich bleibe bei meinem Versprechen, dass Sie jederzeit Zugang zu sämtlichen Informationen bekommen.«

Reinhard Oerther war gedanklich schon einen Schritt weiter. »Haben Sie eine Ahnung, wo das vergiftete Gemüse herkam?«

»Ich hoffe, dass wir dies im Laufe unserer Unterredung klären können. Zunächst würde ich aber gerne das Geschehen in der vergangenen Nacht aufarbeiten.«

»Den Mord an dem Lkw-Fahrer? Da können wir Ihnen leider nicht weiterhelfen. Gibt es eine Verbindung zum Pfalzmarkt?«

»Das ist …«

Jemand klopfte an die Tür. Steffen Boiselle und Peter Kauert traten ein. »Sind wir zum richtigen Zeitpunkt eingetroffen, Herr Palzki?«, fragte Boiselle. »Ihre Kollegen haben gesagt, dass wir unbedingt kommen sollen.«

Auf Gerhard und Jutta ist eben Verlass, dachte ich freudig. »Es könnte nicht besser sein«, sagte ich und stellte die beiden dem Vorstand vor.

»Tut mir leid, dass ich auf Ihr Firmengelände eingedrungen bin und fotografiert habe«, entschuldigte sich Kauert, der vermutete, dass das Treffen wegen seiner Fotos anberaumt worden war.

»Kein Problem«, erwiderte Friedrich. »Wir haben keine Geheimnisse. Das nächste Mal dürfen Sie aber gerne vorab fragen.« Er lächelte Kauert an.

»Um auf den ermordeten Lkw-Fahrer zurückzukommen«, sagte ich. Doch ich wurde erneut unterbrochen. Der Aufsichtsratsvorsitzende Christian Deyerling kam herein, und die Begrüßungszeremonie startete ein weiteres Mal.

Ich unternahm den dritten Versuch. Hoffentlich blieb Kauert stumm und verriet nicht, dass er den Schützen in flagranti fotografiert hatte. »Zunächst möchte ich grundsätzlich wissen, warum sich auf dem Parkplatz gegenüber Rustiks Aussiedlerhof ständig Lastwagen aus Südeuropa treffen, deren Waren zumindest zum Teil heimlich umgeladen werden. Die Ladung besteht aus Palettenware mit Gemüse, zumindest in der letzten Nacht war dies so. Nach diesem Vorgang fuhr der beladene Lkw zum Pfalzmarkt. Nach einer Viertelstunde kehrte er zurück auf den Parkplatz.« Ich schaute wechselnd zwischen dem Vorstand und dem Aufsichtsratsvorsitzenden hin und her.

»Daran ist nichts Geheimnisvolles«, erklärte Hans-Jörg Friedrich. »Erklärungsbedürftig ist nur, warum der Umladevorgang auf einem Parkplatz stattfand und nicht bei uns auf dem Gelände.«

»Lass mich das erklären«, mischte sich sein Kollege Reinhard Oerther ein. »Herr Palzki, Sie können sich denken, dass der Verkauf von Gemüse ein saisonales Geschäft ist. Im Sommer ist Hochsaison, im Winter ist Flaute.« Er sah mich fragend an, und ich nickte verstehend. »In jedem Frühjahr geht das Spielchen von vorne los: Wer ist der Erste, der liefern kann? Zurzeit arbeiten wir für einen unserer Kunden einen Spezialauftrag ab. Dies betrifft aber nicht den Pfalzmarkt, sondern eine Tochtergesellschaft. Der Händler bezieht gezielt ausländische Ware über die Logistik unserer Tochtergesellschaft. Der ganze Workflow läuft aber völlig getrennt von dem des Pfalzmarkts, selbst was die Kühlhäuser angeht.«

So langsam ergab sich für mich ein logisches Bild.

»Werden die ausländischen Produkte von Ihnen ebenfalls untersucht?« Diese nicht ganz unberechtigte Frage kam von Dietmar Becker. Ich begnügte mich mit einem bösen Blick.

»Selbstverständlich.« Nun übernahm Christian Deyerling die Erklärungen. »Die Produkte müssen nicht nur im Herstellungsland gelabelt, getestet und registriert werden. Auch bei uns werden sie zur Sicherheit weiteren Kontrollen unterzogen. Die Lieferkette ist zu jedem Zeitpunkt nachvollziehbar. Jede Packung Gemüse, die Sie beim Händler kaufen, kann man bis zum Herstellbetrieb nachvollziehen, egal in welchem Land.«

Deyerling machte eine kurze Pause und trank einen Schluck Kaffee. »Die Ware dieses Auftrags wird durch Importeure, die wiederum Spediteure beauftragen, nach Deutschland gebracht. Damit es sich rechnet, arbeiten die Importeure zweigleisig: Erst vor Ort werden die für die Tochtergesellschaft des Pfalzmarkts gelabelten und registrierten Produkte von dem nicht analysierten Gemüse für den freien Markt getrennt. Die andere Ware wird durch uns nicht vermarktet.«

Jetzt hatte ich eine Frage. »Warum wird das Gemüse nachts heimlich auf einem Parkplatz umgeladen, wenn es doch eine normale Vorgehensweise ist?«

Auch darauf hatte Deyerling eine Antwort. »Tatsächlich wurden die Waren bis vor einer Weile auf unserem Betriebsgelände getrennt. Inzwischen haben wir unsere internen Bestimmungen verschärft und es den Importeuren verboten, nicht gelabelte Waren auf unser Gelände zu bringen.«

Oerther ergänzte schnell: »Aber nicht, dass Sie denken, dass früher Schindluder getrieben wurde. Da sämtliche Waren registriert sind, konnte auch früher nichts passieren.«

Christian Deyerling zog ein Fazit: »Ich hoffe, wir konnten Ihnen erklären, was auf dem Parkplatz vor sich ging. Nicht erklären können wir uns den Mord an dem Lkw-Fahrer.«

»Warum wurde der Lkw nicht entladen?«

»Darauf wollte ich gerade zu sprechen kommen«, sagte Friedrich. »Der Fahrer hatte keine Papiere dabei. Diese hatte er in dem anderen Lkw vergessen. Er wurde deshalb von einem unserer Mitarbeiter weggeschickt. Der Mitarbeiter rechnete damit, dass der Fahrer mit seinem Laster eine Viertelstunde später wieder bei ihm vorfahren würde. Warum er umsonst wartete, erfuhr er erst heute früh.«

»Dass in der Nacht be- und entladen wird, ist nichts Besonderes«, ergänzte Oerther.

Dass es eine harmlose Erklärung für die nächtlichen Vorgänge gab, hatte ich längst vermutet. Insgesamt klang alles logisch, was die drei Herren erzählten. In diesem Fall war die Ermordung des Fahrers aus einem anderen Motiv heraus geschehen. Und just in diesem Moment, wo mir die Trennung der Ereignisse bewusst wurde, erahnte ich den niederträchtigen Grund der Tat. In meinem Kopf ratterte es, die Fäden der einzelnen Ermittlungsstränge verknüpften sich zu einem logischen Ganzen.

Es klopfte an der Tür. Der neue Gast war niemand anderes als der Fieldmanager Dieter Kruk. Mit einem Kopfnicken begrüßte er die Runde, setzte sich wortlos und schenkte sich eine Tasse Kaffee ein.

»Schön, dass Sie leben«, sagte Becker.

»Wieso?«, fragte Kruk überrascht.

»Sie waren verschwunden«, entgegnete ich.

Er winkte ärgerlich ab. »Ich hatte Dringendes zu erledigen.«

»Ich weiß«, mischte sich Becker ein. »Sie haben Unterlagen aus Ihrem Labor verschwinden lassen.«

»Ich wüsste nicht, was Sie das angeht«, schnauzte Kruk den Studenten an.

»Ein Labor?«, fragten die beiden Vorstände fast synchron.

»Sie sind Ihren Pflichten als Fieldmanager nicht nachgekommen«, beschwerte sich Reinhard Oerther.

»Ich weiß«, wand sich Kruk. »Tut mir leid, es ging nicht anders.«

»Lassen wir das im Moment.« Ich versuchte, die Gesprächsführung an mich zu reißen. »Gut, dass Sie da sind, Herr Kruk. Wir wollten gerade erörtern, wie das genmanipulierte Gemüse in das Haus Ihrer Schwiegereltern kam.«

Zu einer Antwort kam es nicht, da es erneut an der Tür klopfte. So langsam wurde es voll in dem Besprechungsraum.

»Da bist du ja«, begrüßte Sonja Kruk ihren Mann. »Wir haben dich überall gesucht.« In ihrer Begleitung war der Spanier Pablo Miro, der von der Vielzahl der Anwesenden überrascht wirkte.

»Suchen Sie sich einen Stuhl«, sagte Deyerling nach einer kurzen Vorstellungsrunde.

Sonja Kruk quetschte einen Stuhl neben ihren Mann, Pablo Miro fand gegenüber einen freien Platz.

Ich war zufrieden, die Neugier hatte alle Beteiligten zusammengetrieben. Wenn von nun an alles nach Plan laufen würde, könnte ich in wenigen Minuten nicht nur einen Mörder festnehmen, sondern den Fall komplett aufklären.

»Herr Palzki, Sie wollten gerade etwas sagen, als Frau Kruk hereinkam«, sagte Friedrich.

Ich nickte, blieb aber stumm.

Alle Anwesenden schauten mich verunsichert an.

»Ja, dann schießen Sie mal los«, forderte mich Friedrich auf. »Aber bitte nicht wörtlich nehmen.«

Ich lächelte gequält, blieb aber weiterhin stumm.

Warum diese Verzögerung, dachte ich nervös. Erleichtert vernahm ich das doppelte Klopfen an der Tür. Ein vielstimmiges, fast schon belustigtes »Herein« erscholl aus mehreren Kehlen. Da ich wusste, wer jetzt kam, stand ich auf und öffnete die Tür. Zur versammelten Gruppe sagte ich: »Darf ich Ihnen meine Kollegen Jutta Wagner und Gerhard Steinbeißer vorstellen? Bitte bleiben Sie sitzen.«

Mehrere irritierte Blicke schossen in meine Richtung.

»Es sind alle da«, meinte Jutta kurz angebunden.

»Ich weiß«, antwortete ich ihr. »Wir fangen direkt an.«

»Mit was wollen Sie anfangen?«, fragte mich der Aufsichtsratsvorsitzende. »Ich verstehe nicht.«

»Ich auch nicht«, antworteten andere in ähnlicher Form.

Ich nickte allen freundlich zu. »Das glaube ich Ihnen gerne. Ich habe meine Kollegen um Hilfe gebeten, weil ich in den nächsten Minuten einen brutalen Mörder festnehmen möchte. Da sich dieser Mörder als besonders skrupellos erwiesen hat, ist es besser, dies nicht alleine zu tun. Herr Steinbeißer und Frau Wagner sind eingeweiht und können entsprechend schnell reagieren. Ich verspreche Ihnen, dass wir niemanden in Gefahr bringen.«

»Das ist der Wahnsinn!«, rief Oerther. »Der Täter hält sich in diesem Raum auf?« Er schaute einmal in die Runde. »Das kann ich wirklich nicht glauben.« Dann verharrte sein Blick auf Peter Kauert.

»Ich war's jedenfalls nicht«, polterte Dieter Kruk. »Mit dem genveränderten Gemüse habe ich nicht das Geringste zu tun. Überhaupt hat es mit dem Pfalzmarkt nichts zu tun«, ergänzte er.

»Ich weiß«, antwortete ich. »Ihre Analyse zweifle ich nicht an. Ohne Ihre Hartnäckigkeit wäre das vielleicht gar nicht entdeckt worden.« Ich machte eine Pause, die ich dazu nutzte, fast jedem Anwesenden kurz in die Augen zu schauen. »In meinem Wagen befindet sich ein Karton mit Gemüse. Dies wird der letzte Beweis sein, um den Täter zu überführen. Alles andere sind Indizien.« Das Beweisfoto von Kauert erwähnte ich nicht.

Ich ging in Richtung Eingangstür und stellte mich neben meine Kollegen. »Dieses Gemüse, es ist leider inzwischen etwas angegoren, hat mir vor zwei Tagen Heidelinde Rustiks Ehemann kurz vor dem Abendessen als Geschenk des Hauses überreicht. Ich gehe davon aus, dass es sich um das gleiche Gemüse handelt, das beim Essen auf dem Tisch stand.«

»Dann lassen Sie es doch analysieren«, schlug Kruk vor. »Allerdings wissen Sie dann immer noch nicht, woher es stammt. Meine Schwiegereltern sind leider tot.«

»Es ist nicht das Gemüse, das mich auf die Spur brachte«, stellte ich klar. »Es ist der Behälter, in diesem Fall ein Karton.«

»Ein Karton?«, fragte ausgerechnet Becker. »Ist es der, den …«

»Seien Sie ruhig«, bellte ich ihn an. Niemand musste wissen, dass das Zeug zwei Tage unbeachtet im Kofferraum stand.

»Der Karton stammt von einem spanischen Handelsunternehmen«, sprach ich weiter. »In Deutschland ist es unbekannt.«

Alle Augenpaare wechselten von mir zu Pablo Miro, der wie versteinert dasaß.

»Ja, Herr Miro, ich bin mir sicher, dass die vergifteten Zucchini von Ihnen stammen. Als ich zum ersten Mal auf den Hof kam, sah ich, wie Sie Heidelinde Rustik eine

Steige Gemüse überreichten. Inzwischen haben wir herausgefunden, dass Sie regelmäßig Lebensmittel aus Ihrer spanischen Heimat mitbringen, die Sie an die Erntehelfer verteilen.« Ich drehte mich zu Gerhard. »Könnt ihr das bestätigen?«

Mein Kollege nickte. »Wir haben die Vorarbeiter befragt, bevor wir hierhergefahren sind.«

Pablo Miro wirkte nicht gerade wie ein Mörder. Zusammengesunken sah er auf dem Stuhl wie ein Häufchen Elend aus. »Es stimmt«, sagte er den Tränen nahe. »Die Zucchini habe ich aus meinem Heimatdorf mitgebracht. Ich habe den Garten unserer kürzlich verstorbenen Nachbarin abgeerntet. Woher sollte ich wissen, dass sie giftig waren?«

Gerhard und Jutta stellten sich zur Sicherheit neben Miro.

»Das verstehe ich nicht«, sagte Dieter Kruk. »Warum hat es bei den Erntehelfern keine Vergiftungen gegeben?«

»Weil Sie den ganzen Tag Zucchini geerntet hatten und die dann nicht auch noch essen wollten«, erklärte ich. »Frau Rustik hat sich allerdings über die großen Früchte von Miro gefreut und diese für die Zubereitung des Abendessens genommen. Und da es viel zu viel waren, habe ich den Rest geschenkt bekommen. Inklusive Karton mit spanischem Aufdruck.«

»Das tut mir so leid«, flennte Miro. »Ich wollte, ich könnte es rückgängig machen. Es war ein Unfall, das müssen Sie mir glauben.«

»Sie werden sich wundern, Herr Miro, aber ich glaube Ihnen tatsächlich.«

Der Spanier sah zu mir auf. »Wirklich?«

»Ein tragischer Unfall«, sagte ich. »Darüber werden zwar die Richter urteilen, doch ich bin davon überzeugt. Leider haben Sie es anschließend übertrieben.«

»Nein!«, schrie Pablo Miro. »Als ich mitgekriegt habe, dass meine Zucchini daran schuld waren, habe ich die Reste, die bei den Erntehelfern lagen, eingesammelt und vernichtet. Ohne mein Eingreifen hätte es vielleicht noch mehr Tote gegeben.«

»Wie wahr, wie wahr. Durch Ihr Eingreifen gab es tatsächlich einen weiteren Toten. Sie haben den Lkw-Fahrer erschossen.«

Ohne Vorwarnung spritzte Miro aus dem Stuhl auf und wollte fliehen. Gerhard, der darauf gewartet hatte und direkt hinter ihm stand, drückte ihn auf den Sitz zurück.

Miro begann zu zittern, als er seine Chancenlosigkeit erkannte. »Warum hätte ich das tun sollen?«

»Zur Ablenkung«, erklärte ich. »Die sinnlose Ermordung des Fahrers war ein skrupelloses Ablenkungsmanöver. Sie wollten die vergifteten Zucchini aus dem Fokus der Ermittlungen bringen.«

»Nein!«, schrie Miro und versuchte erneut einen erfolglosen Fluchtversuch.

Ich schaute kurz zu Gerhard. Mit einem unmerklichen Nicken gab er Antwort, ohne dass ich die Frage explizit stellen musste.

»Meine Kollegen haben die Waffe entdeckt.«

»In der Türverkleidung«, sagte Jutta. »War ganz leicht zu finden.«

»Die hat mir jemand untergejubelt, der Transporter ist so gut wie nie abgeschlossen.«

»Dann hätten wir zum krönenden Abschluss ein Beweisfoto von Peter Kauert. Er hat den Mord fotografiert. Auf der letzten Aufnahme sind Sie im Hintergrund deutlich mit der Waffe zu sehen.«

Pablo Miro beschloss zu schweigen. Erst als ich ihn in Handschellen abführen ließ, begann er auf Spanisch laut zu schreien.

In der folgenden halben Stunde folgte eine rege Diskussion. Dieter Kruk gab schließlich zu, dass er nicht auf einer Messeveranstaltung weilte, sondern in Frankfurt ein Beratungsseminar für angehende Selbstständige besuchte. Seine Frau Sonja übernachtete zur Tarnung in der Zeit bei ihrer Tante Tanja Hauck in Haßloch. Dietmar Becker hatte sie während des Abendessens tatsächlich vor dem Haus gesehen, da sie sich just in diesem Augenblick heimlich in ihre Wohnung im Obergeschoss schleichen wollte, um dort auf die offizielle Rückkehr ihres Mannes zu warten.

Auf weitere Ermittlungen bezüglich des Unfalls während der Eröffnungsfeier konnte ich verzichten, da es keinerlei Ansatzpunkte für eine vorsätzliche strafbare Handlung des Fotografen gab.

Dietmar Becker war ganz in seinem Element und entwickelte im Beisein des Vorstandes und des Aufsichtsratsvorsitzenden frei Schnauze diverse Varianten von möglichen Krimiplots. Jede neue Variante toppte die vorhergehende an Verrücktheit. Meine Bemerkung, dass er einen Krimi schreiben wollte und keinen Fantasyroman, brachte ihn nicht aus der Fassung. Irgendwann hatte ich genug und verabschiedete mich.

Auf der Heimfahrt gingen mir zwei wichtige Dinge durch den Kopf, die meine nahe Zukunft beträchtlich beeinflussen sollten: Wie ging es meinem Chef? Würde er überleben und wieder dienstfähig werden? Und vor allem, was hatte mein Sohn Paul angestellt?

KPDs Gesundheitszustand änderte sich auch in den nächsten Tagen nicht. Die Ärzte wagten es nicht, eine Prognose abzugeben. Die Geschichte mit Paul ging für uns als Familie gerade noch mal gut aus. Mir gelang es mit ein paar Kniffen, die alleinige Schuld auf Herrn Ackermann abzuwälzen. In Anbetracht des Alters meines Sohnes war dies sowieso mehr als gerecht. Die beiden hatten es tatsächlich geschafft, auf mehreren Parkplätzen von Schifferstadter Supermärkten bei den geparkten Pkws die Nummernschilder zu vertauschen. Bei den meisten Schilderhaltern konnte man die Kennzeichen in Sekundenschnelle aus- beziehungsweise einklipsen. Sie achteten bei ihrem kriminellen Tun sogar darauf, nur die vorderen Nummernschilder zu vertauschen, sodass keiner der Supermarktkunden nach dem Einkauf Verdacht schöpfte. Erst nach und nach gingen auf unserer Dienststelle die Verlustmeldungen diverser Kennzeichen ein. Und der eine oder andere Autofahrer wunderte sich, als er in seiner Post ein Knöllchen für eine Geschwindigkeitsübertretung fand. Ein zweites Mal wunderte er sich, als der Beschuldigte das Beweisfoto sah.

ENDE

DANKSAGUNG

Mein erster Dank gilt dem hervorragenden Team des Pfalzmarkts. In erster Linie natürlich an den Vorstand Hans-Jörg Friedrich und Reinhard Oerther sowie den Aufsichtsratsvorsitzenden Christian Deyerling. Es freut mich, dass Sie den Humor haben, Palzki in der ihm suspekten Gemüsebranche ermitteln zu lassen. Die Verzahnung mit dem realen Pfalzmarkt gibt der Geschichte einen authentischen *Drive*, auch wenn es jedem klar ist, dass die im Buch beschriebenen Vorkommnisse so niemals funktionieren könnten. Dennoch hat es mir viel Freude bereitet, tief in die Materie einzusteigen und von Ihnen mit vielen Informationen gefüttert worden zu sein. Die Komplexität und die immensen Schwierigkeiten der Gemüseerzeugung und des Gemüseverkaufs haben mich mehr als überrascht. In Zukunft werde ich diesen Produkten mit wesentlich höherem Respekt begegnen. Coronabedingt konnte ich bei diesem Band leider nicht so häufig vor Ort recherchieren, wie ich es normalerweise tue, doch durch ihr regelmäßiges Feedback glaube ich, dennoch einen guten und funktionierenden Roman geschrieben zu haben. Vielen Dank!

Hier finden Sie viele Informationen zum Pfalzmarkt:
https://www.pfalzmarkt.de/

Einen äußerst informativen Saisonkalender finden Sie hier:
https://www.pfalzmarkt.de/downloads/

Bedanken möchte ich mich bei der Zumba-Trainerin Silke Koch, die sich bereit erklärte, bei dem Spaß mitzumachen. Seien Sie ruhig etwas experimentierfreudig und schauen Sie sich bei Silke gerne mal kostenlos und unverbindlich das *Zumba Gold* an. Vielleicht suchen Sie ja schon lange genau nach solch einer sportlichen und gesunden Betätigung?

E-Mail: Silke_Koch_Zumba@t-online.de

Homepage: https://silkekoch.zumba.com

Facebook: https://www.facebook.com/SilkeKoch.Zumba

Mein Dank gilt auch Tanja und Martin Hauck, den Geschäftsführern des Unternehmens *Fliegengitter Hauck* in Haßloch. Vielen Dank, dass Kommissar Palzki eine wilde Verfolgungsjagd durch Ihr Unternehmen machen durfte. Wer sich für Fliegengitter und Co. interessiert, wird hier fündig:
https://fliegengitter-hauck.de/

Peter Kauert spielte in diesem Krimi den mysteriösen Unbekannten, der überall auftaucht und heimlich Fotos schießt. Auch im realen Leben ist Peter immer mit zahlreichen Kameras und Objektiven bewaffnet. Sein Faible für Schottland und die dortige Mentalität habe ich im Roman mit der »keltischen Kleidung« eingebaut, auch wenn es historisch vielleicht nicht ganz so stimmt. Peter hat schon zahlreiche Bücher mit seinen Fotos illustriert, insbesondere in Steffen Boiselles *Agiro-Verlag*, wo auch seine Burgenkalender erschienen sind.

peter.kauert@gmx.de
https://www.facebook.com/peter.kauert

Erneut tritt auch der Live-Zeichner und Cartoonist Steffen Boiselle im Buch auf. Seine Reihe »100% PÄLZER!« erscheint seit 2007 wöchentlich in der Tageszeitung »RHEINPFALZ AM SONNTAG« und erfreut dort die Leserschaft. Mittlerweile gibt es eine ganze Kollektion von Artikeln rund um die »100% PÄLZER!«-Marke. Neben zahlreichen Büchern existieren auch Dubbegläser, Frühstücksbrettchen, Postkarten, Kalender und vieles mehr mit entsprechenden Motiven aus der Feder vom Neustadter Zeichner. Und wenn er mal nicht zu Hause an seinen Cartoons arbeitet, dann ist der umtriebige Pfälzer unterwegs als Präsentator seines »100% PÄLZER!«-Vortrags oder als Karikaturist auf Hochzeiten und Betriebsfeiern. Mehr unter

https://www.agiro.de/

Günter Wallmen, Oberarzt und Unfallchirurg aus Speyer ist seit dem Band *Hambacher Frühling* als Doktor Metzgers Lehrling unverzichtbar für diese Krimireihe. Ich kann Günter nicht genug dafür danken, dass er als echter Mediziner den Mut hat, sich auf die schrägen medizinischen Dienstleistungen des Not-Notarztes einzulassen. Er geht sogar noch einen Schritt weiter: Viele der den beiden Medizinern angedichteten medizinischen Dienstleistungen basieren auf Günters Ideen. Ich hoffe, dass er noch lange gemeinsam mit Doktor Metzger auf Tour geht. Vielleicht klappts ja irgendwann mit der Promotion, selbst wenn es nur ein *Ehrenhalber*-Titel für besondere Verdienste um den deutschen Krimi ist …

Christian Treptow, *RHEINPFALZ*-Redakteur (zurzeit Sport Frankenthal) begleitet die Palzki-Reihe aktiv seit ungefähr zehn Jahren. Im Vorfeld des Bandes *Weinrausch* veröffentlichte er in der *RHEINPFALZ* über anderthalb Jahre lang eine 17-teilige Reihe über die Entstehung des Romans mit dem Titel *Der Palzki-Prozess*. Als Krimileser- und Hörbuch-Nerd konnte er mir viele inhaltliche Tipps geben und mich auf ein paar Rechtschreibfehler (das klingt so schön relativ wenig …) hinweisen. Regelmäßig tauschen wir uns bei einem Arbeitsessen in der *Speyerer Currysau* bei einem Palzki-Burger aus.

Björn Wojtaszewski kenne ich seit dem dritten Band *Erfindergeist* (2009). Zu diesem Zeitpunkt war er externer Pressesprecher des Holiday Parks und erfand die Idee, passend zum Park-Palzki mich als ersten Parkschreiber

Deutschlands auszuloben. In den vergangenen Jahren hat er einige Palzki-Projekte begleitet, was man daran ablesen kann, dass viele seiner Kunden, für die er als Kommunikationsberater tätig ist, Hauptrollen in Palzkis Ermittlungen spielen. Seine exklusiven Pressegespräche an den unmöglichsten Orten zum Erscheinen der neuen Bände sind legendär und nicht nur bei den Pressevertretern sehr beliebt. Bei Björn kann es durchaus vorkommen, dass auch mal ein Jagdhund am Sprechertisch zwischen der Prominenz der Palzki-Realpersonen sitzt.

Falls Sie Inhaber eines Unternehmens sind und kreative Ideen suchen:

https://www.facebook.com/prpluscom.bjoern.wojtaszewski/

IN EIGENER SACHE

Mehr als 100 real lebende begeisterte Menschen haben inzwischen in mindestens einem der Palzki-Romane Einzug erhalten. Sie sind damit unsterblich geworden. Zumindest literarisch.

Immerhin ein erster Anfang. Falls Sie dem immer größer werdenden Heer der Palzkianer folgen und im Palzkiversum aufgenommen werden wollen, so verrate ich Ihnen eine Möglichkeit dazu: Auf der Palzki-Internetseite www.palzki.de können Sie sich unverbindlich für einen Palzki-Newsletter anmelden. Etwa alle zwei Monate erhalten Sie auf elektronischem Weg News zum Palzkiversum. In jedem Newsletter gibt es die Möglichkeit, sich kostenlos für eine Echtrolle vormerken zu lassen. Sie müssen dazu nicht mehr tun, als eine kurze E-Mail zu schreiben. Und wenn Ihnen das Glück hold ist, dann melde ich mich eines Tages, und Sie sind dabei. Was das kostet: natürlich nichts – oder wie der Pfälzer sagt: Alles fer umme!

Für die Newsletter-Leser habe ich aber noch einen besonderen Bonbon:

In der Tageszeitung *DIE RHEINPFALZ* und mehreren Kundenmagazinen veröffentliche ich seit vielen Jahren Ratekrimis mit dem Kommissar Palzki. Weit über 250 Folgen sind bisher erschienen. Hinzu kommen mehr als 100 Ratekrimis der Palzki-Kids, die in der Freizeitbeilage *Leo* erschienen sind. In einem Digitalisierungsprojekt habe ich inzwischen rund 170 dieser Ratekrimis digitalisiert und in meiner Internetcloud hochgeladen. Im Palzki-Newsletter veröffentliche ich regelmäßig einen Direktlink zu diesen Krimis. Ohne Wenn und Aber dürfen Sie diese 170 Ratekrimis kostenlos herunterladen und im privaten Umfeld auch gerne weitergeben. Nur eine gewerbliche oder kommerzielle Nutzung muss ich leider untersagen. Ich habe aber nichts dagegen, wenn die Ratekrimis, wie es teilweise bereits gemacht wird, in Altersheimen oder in Wohnheimen für Menschen mit Behinderungen zur Unterhaltung genutzt werden. Auch Lehrer haben sich bei mir gemeldet, die die Ratekrimis im Schulunterricht nutzen, und zwar sowohl die *Erwachsenen-Palzkis* in den höheren Klassen als auch die *Palzki-Kids* in den Grundschulen. Wenn Sie die Ratekrimis lesen und mitraten möchten, aber kein Interesse an dem Newsletter haben: Eine kurze E-Mail reicht, dann verschicke ich den Link auch ohne Anmeldung. Sie dürfen gerne anonym bleiben. Und das alles ohne einen Hinweis auf die Datenschutzgrundverordnung …

Zum Schluss noch ein wenig Werbung in eigener Sache.

Im Jahr 2003 erschien mein erstes eigenes Buch, ein Kinderratekrimi. Im Laufe der Zeit hat sich natürlich ein gewisser Erfahrungsschatz gebildet, nicht nur im Bereich der Lesungen, sondern auch ein gerütteltes Maß an Wissen über die Buch- und Verlagsbranche. Unter den Palzki-Leser und Leserinnen befinden sich nach meiner Erkenntnis regelmäßig Lehrer, Inhaber von Restaurants und Cafés, Bibliothekare, Buchhändler sowie Veranstalter von Kursen und Seminaren. Da ich neben lebendigen Palzki-Krimiabenden auch Lesungen für Schüler mit den interaktiven Palzki-Kids (seit 2003 weit über 350 Veranstaltungen mit über 25.000 Schüler) anbiete und Krimischreib-Workshops für Erwachsene und Kinder halte, habe ich mir von meiner Tochter Larissa einen Flyer erstellen lassen, der Ihnen einen Überblick über einen Teil meiner Veranstaltungsangebote gibt. Sie finden den zweiseitigen Flyer leicht auf der Palzki-Seite oder unter folgendem Direktlink:

http://www.palzki.de/pdf/palzki_veranstaltungen.pdf

Ich hoffe, dass Sie dem Palzkiversum gewogen bleiben!

Viele kriminelle Grüße

Harald Schneider

http://www.palzki.de/

WILLY ASTOR UND DAS PALZKIVERSUM

Überraschungen gehören zum Leben. Positive Überraschungen sind dabei das (wohldosierte) Salz in der Suppe des Lebens. Eine dieser Überraschungen ist der Brief eines Palzki-Fans aus Bad Dürkheim. Einen Auszug aus dem Schreiben von Matthias Hahn möchte ich Ihnen nicht vorenthalten:

… *Nachdem ich nun alle 19 Krimis gelesen habe, schaue ich zufrieden auf mein Bücherregal, wo ich noch einmal alle Buchrücken und damit die Titel der Palzki-Bände Revue passieren lasse. Dabei fällt mir Willy Astor ein, ich weiß nicht, warum, und seine Art der »Wortfindungsstörungen«, z.B. seine knapp 7-minütige Wortspielgeschichte, die nur aus Filmtiteln von Kinoklassikern (ca. 160) besteht. Warum also nicht auch eine Geschichte aus Buchtiteln?*

PFALZKULT

VON MATTHIAS HAHN, BAD DÜRKHEIM

Es hätte so ein schöner Tag werden können.

Das diesjährige **Ernteopfer** des Bad Dürkheimer satanischen **Schwarzkittel**-Kultes war noch nicht erwählt. **Erfindergeist** war gefragt, denn es gab zu viele Bewerber, die diese Rolle übernehmen wollten. Wer war geeignet? Römische Privatleute haben für die Entnahme des kühlen Nasses aus dem Castellum ein **Wassergeld** bezahlt. Warum sollten geeignete Kandidaten Ihre Bewerbung nicht finanziell unterstützen, vielleicht sogar zu Gunsten von KPDs Schwarzgeldkassen? Nach Auswahl eines finanzkräftigen Kandidaten begann das Ritual, währenddessen dieser sich leider in eine Bierleiche verwandelte, nachdem er zu viel **Räuberbier** zu sich genommen hatte, dessen Essenzen in seine **Blutbahn** gerieten. Das Bier hatten die **Pilger** des Kultes aus anderen Regionen mit nach Hause gebracht, und so hinterließ es leider seine **Spuren**. Tja, **Künstlerpech**. Oder gar ein **Ahnenfluch**? Nun hatte man eine Leiche und wusste nicht, wohin damit. Hinter dem satanischen Vereinsheim gab es nun jedoch kleinere Felder, auf denen seit Jahren schon nichts mehr wuchs, **tote Beete**. Bei einem Fest zu Ehren des Märtyrers bis in die Nacht wurde das Begräbnis zelebriert, so mancher holte sich dabei einen **Weinrausch**, die Erzählungen und Geschichten am Lagerfeuer waren an **Sagen reich**. Anscheinend wirkte die Leiche inklusive des enthaltenen Bieres als ausgezeichneter Dünger, denn am nächsten Morgen war auf dem toten Beet eine **Mordsgrumbeere** gewachsen. Um sie zu schützen, wurde an geeigneter Stelle sofort ein **Parkverbot** ausgesprochen. Diese unschätzbare Frucht des Bodens sollte zum **Hambacher Frühling** geerntet werden, das ist in unserer Region meist zwischen Ende Juni (Frühkartoffeln) und Oktober (späte Sorten). Der Plan war, daraus einen Kartoffelschnaps zu destillieren und ihn als **Pfälzer Eisfeuer** zu vermarkten. Als die Zeit der Herstellung gekommen war, störte jedoch ein **Mörder aus Kurpfalz** den **Festakt** des Brennens und entkam mit dem wertvollen Rohstoff. Von Beruf war er Bauingenieur, und weil er den Schnaps für den ausschließlichen Eigenverzehr selbst herstellte und während der Arbeit trank, entstanden in Ludwigshafen viele Straßen, die heute unter dem Namen **Pfälzer Bausünden** bekannt sind.

Und wenn sie nicht gestorben sind, dann verbrechen sie noch heute …

DAS LIVE-STREAMINGPROJEKT IM CONGRESSFORUM FRANKENTHAL 2020

Anfang Mai 2020 klingelte mein Telefon. Am anderen Ende der Leitung: Frau Beate Scholl, Betriebsleiterin des Congressforum Frankenthal. Doch dieses Mal sollte Kommissar Palzki nicht wie im 2013 erschienen Band 8 ›Künstlerpech‹ in einem oder gleich zwei Mordfällen im CFF ermitteln.

Das Coronavirus hatte die Welt noch fest im Griff (ich hoffe, dass es jetzt, wenn Sie dieses Buch lesen, nicht mehr so ist), was ja bekanntermaßen auch für auftretende Künstler sowie Veranstaltungsorte von Klein bis Groß immense Auswirkungen hatte. Von einem Tag auf den anderen gab es für Autoren keine Lesungen mehr vor Publikum. Klar, ich war auch einer der vielen Betroffenen. Veranstaltungshäuser hatten plötzlich keinerlei Einnahmen mehr. Und das bei weiterlaufenden Fixkosten, die durchaus schnell existenzbedrohlich werden konnten. In manchen Bereichen konnte man teilweise mit Kurzarbeit entgegensteuern, ein Allheilmittel war dies aber nicht.

Das Congressforum Frankenthal mit seinem Großen Saal (1.000 Plätze), dem Spiegelsaal (300 Plätze) und vielen Konferenz- und Tagungsräumen steckte in dieser schwierigen Lage nicht den Kopf in den Sand. Mit Ideenreichtum und Tatkraft entwickelten die Mitarbeiter ein neues Angebot für alle Kunstinteressierten in der Kurpfalz und darüber hinaus. Wenn schon die Besucher nicht zum *Congressforum* kommen durften, musste die Kunst eben zu den Besuchern gehen. Regionale Künstler sollten sich im Internet bei YouTube, Facebook und anderen Kanälen präsentieren können, und zwar live.

Ein alter Hut, mögen jetzt viele sagen. Fast jeder, der etwas zu sagen hat, und ganz viele, die nichts zu sagen haben, streamen ihre Darbietungen ins Internet. Manche durchaus erfolgreich, die allermeisten weniger bis gar nicht. Wenn man sich die vielen Hobbyfilmchen ansieht, weiß man, warum: schlechtes und wechselhaftes Licht, stundenlang die gleiche Einstellung mit einer einzigen Kamera und oft genug mit dem Handy einfach drauflos gefilmt.

Das Congressforum hat die besten Voraussetzungen für Streams und ist professionell aufgestellt: Hardware auf dem neuesten Stand der Technik sowie ein hochkarätiges Mitarbeiter-Knowhow in allen benötigten Bereichen. Ich kann mich glücklich schätzen, mit dem sehr sympathischen Team des Congressforum den Grundstock für ein digitales Kulturangebot gelegt zu haben, die im Erfolgsfall durch weitere Autoren oder andere Künstler ausgebaut werden soll. Zu Beginn der Reihe hatte ich ein schlechtes Gewissen, ob ich als einziger Laie (ich bin Autor und kein Schauspieler) unter lauter Vollprofis den Anforderungen gerecht werden kann. Doch es hat zu jedem Zeitpunkt unheimlich viel Spaß gemacht, und ich durfte viel dabei lernen. Und das habe ich schon immer gerne gemacht.

Das etwa achtköpfige Team, unter anderem mit Miriam Engrich, Justus Hesse, Matthias Reinhardt, Daniel Reich und Felix Ortscheid, hatte richtig rangeklotzt, wie ich bereits beim ersten Treffen feststellen konnte. Im 100 Quadratmeter großen Konferenzraum 3.1 hatte man eine Bühne aufgebaut, die mehr als die Hälfte des Saals einnahm. Rings um die Bühne verliefen in vier Metern Höhe Alutraversen, an denen unzählige Scheinwerfer hingen. Der hintere Bühnenabschluss war komplett mit einer Leinwand verkleidet. Zwei Beamer auf der Rückseite sorgten für die entsprechenden Bühnenbilder, die Szenen aus den Palzki-Bänden darstellten. Vor der Bühne gab es zwei getrennte Technikbereiche. Von hier wurden das Licht, die fünf Kameras, der Ton, die Geräusche und die Technik für das Online-Streaming von zwei Veranstaltungstechnikern für Ton, Licht und Medien gesteuert. Ein dritter Techniker kümmerte sich während der Drehs um die Hauptkamera, die frontal zur Bühne stand.

Mit dieser Technik, diesem gigantischen Aufwand sah ich mich konfrontiert, als wir am Mittwoch, dem

13.05.2020 die erste Livefolge streamten. Zu meiner Beruhigung waren die Mitarbeiter ebenso nervös wie ich, obwohl diese sicherlich regelmäßig wesentlich aufwändigere und komplexere Veranstaltungen über die Bühne brachten. Aber das Livestreaming-Projekt war für alle etwas Neues. Der Umstand, ohne Publikum und entsprechendes sofortiges Feedback auf der Bühne zu stehen und Szenen aus den Palzki-Romanen zu lesen, war wesentlich schwieriger als gedacht. Schon bei den Proben musste ich lernen, mich nicht zu schnell zu bewegen, damit ich nicht aus dem Bild lief. Und die Sprache, die musste langsamer werden im Vergleich zu öffentlichen Aufführungen (Ausnahme: Frau Ackermann). Bei den Versprechern musste ich mir abgewöhnen, mit einem kleinen Gag darauf einzugehen, da ich nicht wusste, ob die nicht anwesenden Zuhörer den Versprecher überhaupt wahrgenommen haben. Gelernt habe ich vor allem, dass Lesen vor Publikum und das Filmen einer Lesung zwei komplett unterschiedliche Dinge sind.

Und wenn man jetzt vermutet, wir haben uns eine Viertelstunde vor Beginn des Streamings um 19.30 Uhr getroffen, der irrt: Meist trafen wir uns ab 15 Uhr, um Verbesserungsvorschläge der letzten Folgen zu diskutieren und die neuen Szenen vorzubereiten. Vor der Tagesprobe kam die Einstellungsprozedur: Zu jedem Palzki-Band hatte ich mir ein T-Shirt in unterschiedlicher Grundfarbe mit dem jeweiligen Buchcover erstellen lassen. Bei jedem Shirtwechsel mussten die Scheinwerfer auf Farbstichigkeit abgeglichen werden, danach die Kameras. Wenn das nicht exakt passt, sieht ein Zuschauer bei jedem Kamerawechsel sofort, wenn das Bild auf einmal zum Beispiel eine Nuance gelblicher ist.

Mit der reinen Aufführung war der Job bei weitem nicht getan. Es mussten die entsprechenden Passagen für die Lesungen herausgesucht werden. Wir stellten sechs Wochen lang jede Woche (Livezeit war immer mittwochs und donnerstags um 19.30 Uhr für circa eine halbe Stunde) einen anderen Palzki-Band mit vier bis fünf unterschiedlichen Szenen vor. In der ersten Woche begannen wir mit Band 8 *Künstlerpech* aus dem Jahr 2013, da Palzki in diesem Fall im Congressforum Frankenthal ermittelte. Wir investierten viel Zeit, um ausgesuchte Spannungspassagen mit humorvollen oder skurrilen Passagen zu verbinden. Wir passten dabei auf, dass ein Zuhörer den roten Faden nicht verlieren konnte. Auf reine Informationspassagen verzichteten wir, zumal wir in der Kürze der Zeit sowieso nicht die kompletten Hintergründe der einzelnen Fälle erklären konnten.

In der zweiten Woche befassten wir uns mit dem siebten Fall *Pilgerspuren* aus dem Jahr 2012, da auch in diesem Krimi Kommissar Palzki dem *Congressforum* einen Besuch abstattete. In den Folgewochen bespielten wir schließlich die neueren Bände wie *Ein Mörder aus Kurpfalz*, *Hambacher Frühling*, *Pfälzer Eisfeuer* und *Mordsgrumbeere.*

Neben den wöchentlich zwei Livestreams nahmen wir weitere Szenen auf, z.B. mit Frau Ackermann, die Frau, die schneller spricht als ihr Schatten, die zu vorher festgelegten Zeiten bei YouTube und Facebook freigeschaltet wurden.

Nach der ersten Woche wurde der Offene Kanal Ludwigshafen auf uns aufmerksam. Zwei Wochen später wurden fortan die Aufzeichnungen der Streams immer Dienstag- und Freitagabend im Offenen Kanal gezeigt.

Mit einem internetfähigen Smart-TV konnte man die Sendungen weltweit sehen.

Selbstverständlich wurde das Streamingprojekt mit regelmäßigen Pressemitteilungen sowie Social Media Posts auf der offiziellen Facebook Seite des Congressforum von den beiden Verantwortlichen, Tanja Stephan und Magdalena Blaszczyk, professionell vermarktet. Die Resonanz in den Medien und letztendlich auch die Online-Zugriffszahlen sowohl beim Livestreaming als auch beim Abruf der Aufzeichnungen waren überaus erfreulich und für uns eine tolle Anerkennung für diese gelungene Teamarbeit.

Das Livestreamingprojekt wird mir immer als sehr gelungene Aktion in Erinnerung bleiben, was vor allem an den Menschen des Congressforum lag, mit denen ich zusammenarbeiten durfte. Ich danke euch ganz herzlich dafür!

Neben den Live-Streams finden Sie in der CFF Mediathek weitere kulturelle Angebote unter

congressforum.de/

Hier geht's zum YouTube-Kanal des Congressforums:

https://www.youtube.com/channel/UCxlB8smOaLbwUoV1WIVg-ZA

© Congressf_Frankenth

EIN BESONDERES JAHR – EIN BESONDERER FESTAKT

v. l. n. r.: Richard Atzig, Klaus Gaude, Daniela Kemmet, Melanie Schneider, Harald Schneider, Karl Schramm, Claudia Senghaas

Im Jahr 2020 feiert Sinsheim sein 1250jähriges Bestehen, die Baden-Württembergischen Heimattage finden in Sinsheim statt, die Stadtbibliothek wird nach ihrer Sanierung wiedereröffnet. Das sollte gefeiert werden, mit ganz vielen besonderen Aktionen. Schon früh stand die Idee eines Regionalkrimis im Raum, mit einer Geschichte, die in Sinsheim spielt und eventuell auch das Thema 1250 Jahre aufgreift.

Bei einem Ausflug zur Buchmesse machten sich Bibliothekarin und Buchhändler auf die Suche nach einem Verlag, der Lust hätte, sich am Projekt zu beteiligen. Beim

Gmeiner Verlag wurden sie fündig – was vielleicht auch daran lag, dass beiden die Programmleiterin des Verlags, Claudia Senghaas, persönlich bekannt ist. Diese hat die Idee sofort aufgegriffen und sich auf die Suche nach einem Autor gemacht. Und Harald Schneider war genauso schnell im Boot und bereit, seinen Kommissar Palzki mal wieder ins baden-württembergische Ausland zu schicken.

Bei mehreren Treffen wurde die Handlung grob skizziert, über Handzettel und Internet wurden »Komparsen« gesucht. Unter allen »Bewerbungen« wurden der Musiker Karl Schramm und die Bibliothekskundin Ulla Huxel ausgelost. Claudia Senghaas wurde in die Geschichte aufgenommen und hat gleich noch den Verlagsleiter Armin Gmeiner als Mitspieler mitgebracht. Jörg Albrecht, Oberbürgermeister der Stadt Sinsheim, und Alexander Speer, Ortsvorsteher des Sinsheimer Ortsteils Dühren, waren virtuell mit dabei. Hans-Ingo Appenzeller hat in seiner Funktion als 1. Vorsitzender des Vereins Freunde des Lerchennestes e.V. (Friedrich der Große – Museum) mitgespielt und Irene Deck wurde ihre Rolle im Krimi zum Abschied in den Ruhestand geschenkt. Selbstverständlich durften auch Bibliotheksleiterin Daniela Kemmet und Buchhändler Klaus Gaude unter den Verdächtigen sein. Ein Mörder war schnell gefunden; nur als Mordopfer wollte keiner zur Verfügung stehen, weshalb ein fiktiver Wissenschaftler mitspielt.

Als im Februar 2020 der Sinsheim-Krimi »Festakt« seine Premierenlesung hatte, eröffnete er damit gleichzeitig die Stadtbibliothek Sinsheim als Lesungsort. Ein Krimi-Exemplar wurde von allen darin vorkommenden Real-Personen unterschrieben und zur Verlosung vorgesehen. Als Werbemaßname für die Verlosung (und den Krimi) und als besonderer Kulturbeitrag in einem besonderen (Kultur-)Jahr 2020 wurden einige Szenen aus dem Krimi eingelesen.

Autor Harald Schneider, Mitwirkende Claudia Senghaas, Karl Schramm, Klaus Gaude und Daniela Kemmet haben sich in der Bibliothek an den großen Stammtisch gesetzt, vorgelesen und sich dabei filmen lassen. Unterstützt wurden sie dabei aus dem Bibliotheksteam von Melanie Schneider und Richard Atzig.

Regionalität und Authentizität war dabei oberstes Ziel. Und ein bisschen auch der Spaß an der Sache, sowohl für die Mitwirkenden als auch für die Zuschauer. Sämtliche Videos können im YouTube-Kanal der Stadt Sinsheim angeschaut werden. Es lohnt sich: https://www.youtube.com/channel/UC4usFl2gv_aRxFUOArweQeQ

BONUS 1 –
PALZKI UND DER ABSCHIEDSBRIEF

Es hätte so ein schöner Tag werden können.

Meistens machte mir mein Beruf als Kriminalhauptkommissar Spaß. Er war abwechslungsreich, man hatte mit den unterschiedlichsten Menschen zu tun, und ab und zu konnte man die Bürger sogar von dem einen oder anderen Schwerverbrecher befreien. Manchmal gab es überaus emotionale Momente, wobei die Bandbreite enorm war: angefangen von älteren Bürgern, die trotz permanenter Warnungen einem Enkeltrick zum Opfer fielen und dabei ihre gesamten Ersparnisse verloren bis hin zu den Kapitalverbrechen, bei denen unschuldige Menschen umgebracht wurden.

Einer dieser Fälle, die ich so schnell nicht vergessen werde, spielte sich gestern in Maxdorf ab. Erschwerend kam hinzu, dass ausgerechnet mein Chef und Dienststellenleiter KPD, wie wir Klaus P. Diefenbach nannten, mit dabei war.

KPD und ich fuhren gerade durch Lambsheim, um potenzielle und rentable Standorte für unseren neuen dienststelleneigenen Mobilblitzer zu suchen, als ein Funkspruch reinkam, der sehr ernst klang. Mit hoher Geschwindigkeit rasten wir nach Maxdorf in die Hauptstraße. Mein Chef platzierte seinen Dienstwagen auf dem Bürgersteig so nahe an der Hauswand, dass ich über die

Fahrerseite aussteigen musste. »Ich darf das«, meinte er lapidar, während ich zur Haustür ging und klingelte. Der Summer ertönte, und wir konnten das zweistöckige Einfamilienhaus betreten. Ein sichtlich geschockter Mittvierziger stand vor uns. »Um Himmels willen«, schrie er, »ich habe mit allem gerechnet, aber damit nicht.« Er winkte uns ins Wohnzimmer und ließ sich auf einen Sessel fallen. KPD und ich nahmen ebenfalls Platz. »Was ist passiert, Herr Kanning? Ihre Frau soll tot sein, hat man uns in der Zentrale gesagt.« Kanning schniefte, KPD reichte ihm ein Taschentuch. »Ich weiß es nicht genau«, sagte er. Dann stand er auf und ging zu einer Kommode. Dort lag ein Brief, den er uns zum Lesen gab. »Ein Abschiedsbrief von meiner Frau«, meinte er unter Tränen. »Ich habe ihn gefunden, als ich von der Nachtschicht heimkam.« KPD und ich lasen den kurzen Text zügig durch. Kannings Frau schrieb, dass sie die vielen Demütigungen satthabe und lieber sterbe, als weiter mit ihrem Mann unter einem Dach zu wohnen. Ich hatte während meines Berufslebens schon einige Abschiedsbriefe zu Gesicht bekommen, dieser wirkte auf mich sehr ernst. »Seit wann haben Sie Streit mit Ihrer Frau?«, fragte ich. »Was heißt Streit?«, konterte Kanning. »Klar, wir hatten diverse Meinungsverschiedenheiten, vor allem wegen dem Erbe ihrer Mutter. Ich war dafür, ein großes Wohnmobil zu kaufen, doch meine Frau wollte das Geld unseren Kindern geben.« Er unterbrach schluchzend. »Dass sie sich umbringt, damit hätte ich nie gerechnet.«

»Wohnen Sie in diesem Haus allein?«, wollte KPD wissen. Kanning nickte. »Unsere beiden Kinder sind erwachsen und wohnen bei Hamburg beziehungsweise in Bayern.« Ich schaute mich um. »Haben Sie nach Ihrer Frau gesucht?« Er schüttelte den Kopf. »Ich habe trotzdem so eine Vorahnung, wo sie sein könnte. Ich traue mich aber nicht, alleine nachzuschauen.« Nach einem weiteren tränenreichen Anfall berichtete er: »In den letzten Tagen war sie mehrfach auf dem Dachboden gewesen, obwohl dort nur alter Plunder liegt. Ich hatte sie gefragt, was sie dort sucht, doch sie hat mir nicht geantwortet.« Stumm nickte ich KPD zu, und wir gingen ins Obergeschoss. Mit einem in der Ecke stehenden Holzstab, an dessen Ende sich ein Haken befand, zog ich die Dachbodentreppe nach unten. KPD kletterte vor mir die Treppe hinauf. Volltreffer, dachte ich seufzend, als wir im Licht der Taschenlampe Frau Kanning an einem Balken hängend vorfanden. Vor ihr lag ein umgekippter Stuhl, was auf einen Suizid hindeutete. Wir gingen nach unten und versuchten, Herrn Kanning, so gut es ging, zu beruhigen. Kurz darauf kam bereits die Spurensicherung, und zwei Stunden später stand fest, dass die Auffindesituation im Dachboden keinerlei Hinweis auf ein Fremdverschulden ergab. »Wieder einmal ein tragischer Suizid«, sagte KPD abschließend zu mir. »Nein«, antwortete ich energisch, »hier handelt es sich eindeutig um Mord.«

Frage: Was war Kommissar Palzki aufgefallen?

BONUS 2 –
PALZKI UND DAS ELTERNGESPRÄCH

Es hätte so ein schöner Tag werden können.

Eine aktuelle Metastudie bestätigte, was wir Polizeibeamte im täglichen Umgang mit der Bevölkerung erlebten. Polizisten gehörten der Berufsgruppe an, die am häufigsten angelogen wurde. Alle meine Kollegen konnten dies bestätigen: Der Wahrheitsgehalt der Aussagen, die wir täglich über uns ergehen lassen mussten, entsprach nur selten der Realität. Verkehrspolizisten erlebten fast bei jeder Unfallaufnahme, dass die Beteiligten absolut Gegensätzliches zu Protokoll gaben. Ohne Skrupel wurde gelogen, dass sich die Balken bogen. Gleich an zweiter Stelle folgten die Ärzte, die von ihren Patienten, die sich von einem Arztbesuch eigentlich Heilung versprachen, angeschwindelt wurden. Die Behauptung, dass die verschriebenen Medikamente regelmäßig eingenommen wurden, war dabei noch eine der harmloseren Lügen. Die Studie listete nicht nur die Berufsgruppen auf, die besonders häufig belogen wurden, sondern auch die, die selbst gerne die Unwahrheit von sich gaben. Überraschenderweise standen nicht die Politiker an erster Stelle, sondern, wer hätte das gedacht, die Lehrer. Wenn mir so manche Aussage befreundeter Lehrer durch den Kopf ging wie »Mittags und in den Ferien muss ich mich auf den Unterricht vorbereiten«, konnte ich das Ergebnis der Studie gut nachvollziehen.

Mit diesem Hintergrundwissen begab ich mich heute Vormittag zur Grundschule. Mein neunjähriger Sohn Paul hatte die Grundprinzipien der Schule noch nicht so ganz verstanden und sorgte dort bisweilen mit seinen sogenannten Schülerstreichen für Aufsehen. Bei seinen Klassenkameraden war er dafür natürlich sehr beliebt, bei seinen Lehrern dagegen eher weniger. Die meisten nahmen seine Streiche mit Humor, doch ausgerechnet seine Klassenlehrerin, Frau Grien, war trotz ihres jungen Alters sozusagen eine verbissene und humorlose alte Schachtel. Schon länger hatte ich den Verdacht, dass sie mit den Vorwürfen über Pauls Eskapaden maßlos übertrieb. So kam es, dass sie mich regelmäßig zu einem Elterngespräch bat, um mit mir über meinen missratenen Sohn zu sprechen.

»Herr Palzki«, begann sie heute, »glauben Sie mir, ich kann mir durchaus ein Urteil erlauben. Ich habe vor 15 Jahren immerhin als Jüngste meiner Jahrgangsstufe ein sehr gutes Abi abgelegt. Und als Grundschullehrerin bin ich eine wirklich gute und geduldige Pädagogin, doch was Paul macht, das geht eindeutig zu weit.« Ich rollte mit den Augen. Frau Grien war, im Gegensatz zu ihren netten und verständnisvollen Kollegen und Kolleginnen, hochgradig eingebildet und arrogant, fast schon so wie mein Chef. Außerdem hatte ich sie bereits bei früheren Gesprächen bei der einen oder anderen Lüge ertappt. Wer weiß, ob Pauls Streiche tatsächlich so kriminell und gefährlich waren, wie sie immer behauptete. »Was hat er denn dieses Mal wieder angestellt?«, fragte ich sie genervt und seufzte dabei. »Fast jeden Tag spielt er verrückt«, antwortete sie mit weitschwingenden Armbewegungen. »Ich könnte ein Buch darüber schreiben. Zum Glück sind ja bald Ferien, dann kann ich mich endlich von Ihrem Sohn erholen.«

Noch blieb ich freundlich, doch eine kleine Gemeinheit konnte ich mir nicht verkneifen. »Fahren Sie weg oder müssen Sie sich in den Ferien auf den Unterricht vorbereiten?« Sie bemerkte meine Spitze nicht, sondern begann zu schwärmen. »Nein, ich fliege wieder nach Berlin, wie fast jedes Jahr. Seit ich beim Mauerfall 1989 zufällig live dabei war und eigenhändig mitten in der Nacht mit Hammer und Meißel ein Stück der Mauer abgeschlagen habe, ist Berlin meine absolute Lieblingsstadt.« Ich unterbrach ihre Schwärmerei abrupt. »Und warum haben Sie mich heute konkret einbestellt?« Sie sah mich zornig an. »Ich muss das Jugendamt informieren, Herr Palzki. Ich habe dieses Mal Pauls Streiche wahrheitsgetreu protokolliert und werde das an das Amt weiterleiten. Wollen Sie es vorher lesen oder kann ich es gleich losschicken?« Nun hatte ich endlich genug von Frau Grien. »Ihre Lügengeschichten brauche ich nicht zu lesen«, schnaufte ich aufgebracht. Pauls Lehrerin unterbrach mich: »Wollen Sie behaupten, dass ich lüge?« »Ja«, antwortete ich. »Sogar bei unserem Gespräch eben haben Sie mir eine faustdicke Lüge aufgetischt. Ich denke, dass ich Ihren Vorgesetzten informieren werde.«

Frage: Was war Kommissar Palzki aufgefallen?

Hauptkommissar Palzki ermittelt:

1. Fall: Ernteopfer
ISBN 978-3-89977-748-2

2. Fall: Schwarzkittel
ISBN 978-3-89977-804-5

3. Fall: Erfindergeist
ISBN 978-3-8392-1009-3

4. Fall: Wassergeld
ISBN 978-3-8392-1062-8

5. Fall: Räuberbier
ISBN 978-3-8392-1129-8

6. Fall: Blutbahn
ISBN 978-3-8392-1240-0

7. Fall: Pilgerspuren
ISBN 978-3-8392-1318-6

8. Fall: Künstlerpech
ISBN 978-3-8392-1384-1

9. Fall: Ahnenfluch
ISBN 978-3-8392-1437-4

10. Fall: Tote Beete
ISBN 978-3-8392-1538-8

11. Fall: Weinrausch
ISBN 978-3-8392-1686-6

12. Fall: Sagenreich
ISBN 978-3-8392-1743-6

13. Fall: Mordsgrumbeere
ISBN 978-3-8392-1925-6

14. Fall: Parkverbot
ISBN 978-3-8392-2049-8

15. Fall: Hambacher Frühling
ISBN 978-3-8392-2215-7

16. Fall: Pfälzer Eisfeuer
ISBN 978-3-8392-2328-4

17. Fall: Ein Mörder aus Kurpfalz
ISBN 978-3-8392-2419-9

18. Fall: Festakt
ISBN 978-3-8392-2571-4

19. Fall: Pfälzer Bausünden
ISBN 978-3-8392-2747-3

20. Fall: Das letzte Mahl
ISBN 978-3-8392-2803-6

weitere:
Palzki ermittelt
ISBN 978-3-8392-1331-5

Wer mordet schon in der Kurpfalz?
ISBN 978-3-8392-1582-1

NAFD
ISBN 978-3-8392-2155-6